最美南京古诗词

徐树忠　武玲　著

南京出版传媒集团　南京出版社

图书在版编目(CIP)数据

最美南京古诗词 / 徐树忠，武玲著. -- 南京 : 南京出版社，2025. 1. -- ISBN 978-7-5533-5254-1

Ⅰ. I222

中国国家版本馆 CIP 数据核字第 2025BC3861 号

书　　名	最美南京古诗词
作　　者	徐树忠　武　玲
出版发行	南京出版传媒集团 南　京　出　版　社
社　　址	南京市玄武区太平门街 53 号
邮　　编	210016
联系电话	025-83283873、83283864(营销)　025-83112257(编务)
策划统筹	许小彦
责任编辑	许小彦
装帧设计	赵海玥
责任印制	杨福彬
排　　版	南京新洲印刷有限公司
印　　刷	南京新洲印刷有限公司
开　　本	700 mm×1 000 mm　1/16
印　　张	13.75
字　　数	202 千
版　　次	2025 年 1 月第 1 版
印　　次	2025 年 1 月第 1 次印刷
书　　号	ISBN 978-7-5533-5254-1
定　　价	58.50 元

古诗词中的南京

（代前言）

我读小学的时候就喜欢课本中的古诗词，可以说古诗词是我的启蒙老师。如今因工作东奔西走、忙忙碌碌，但我时常会忍不住想起和向往古诗词里的悠闲淡然。

十多年前，我举家从江都搬到南京。那时，我对南京的印象仅限于“六朝古都，十朝都会”“中山陵”“夫子庙”“秦淮河”之类。然而，由于教学研究的需要，抑或兴趣使然，我越来越钟情于古诗词中的南京了。南京在六朝时期就有“诗赋之都”的美誉，是中国“山水诗”的发源地。自谢灵运、鲍照、颜延之之后，在南京又诞生了“永明体”诗歌。“永明体”的诞生，在中国诗歌史上具有划时代、里程碑的意义。千百年来，在南京这片热土上，无数文人雅士乐其山川人物，抒发情思，为之酬唱吟咏者不计其数；历代诗家词客留下的巷陌足迹，思接千载，为之细致描摹者不知编撰了多少卷帙，为后世的南京人留下了宝贵的文化遗产。在南京的历史发展进程中，许多大诗人如璀璨的星辰光耀寰宇，无数辉煌的篇章传诵四海。尽管斗转星移，人世沧桑，但这些吟咏南京的古诗词已如基因般融汇于中华民族的精神血脉之中。它是我们伟大民族不朽的文化遗产，是整个人类社会宝贵的精神财富。

说到写南京的古诗词，我最先想起的是谢朓《入朝曲》中的“江南佳丽地，金陵帝王州”两句，既简洁，又霸气！读来，便让人感受到江南景色的秀美迷人和南京古城的繁荣富足。在介绍南京时，如在机场、火车站、旅游巴士的广播里，通常会以这两句诗来开头。

写南京的古诗词，通过抒发对大自然的感情，抚慰了人们的心灵。应该说，我们的精神世界是丰富多样的，可以从内容丰富多彩的传统古诗词中找到与自己心灵共鸣的篇章，给我们以激励、以慰藉、以鼓舞。我们或击节吟哦，或饮泣长叹。古诗词中宏伟的理想、高尚的情操，使我们可以寄托情怀、陶冶心性。写南京的古诗词具有常新的、永恒的生命。南唐后主李煜的《浪淘沙》《虞美人》《望江梅》等篇章，抒发了悲伤、屈从等情感，通过悲愁的艺术反照来净化人的心灵，从而激发历代诸多仁人志士的家国情怀，同时也使我们学会用艺术的眼光来看待人生。清代赵翼《题遗山诗》有云："国家不幸诗家兴，赋到沧桑句便工。"南京曾是一座忧伤之城，写南京的古诗词中，许多都带着悲情，有王朝更迭的悲伤，有物是人非的神伤，还有借古讽今的凄凉。例如杜牧的《江南春》："千里莺啼绿映红，水村山郭酒旗风。南朝四百八十寺，多少楼台烟雨中。"还有包佶的《再过金陵》："玉树歌终王气收，雁行高送石城秋。江山不管兴亡事，一任斜阳伴客愁。"斗转星移，我们在经历了众多的世事之后，再来读它，便渐渐悟出一些意蕴来。这份沧桑之感，并非建立在"生命无为"的悲观基调之上。相反，它是人们对生命的自我意识。国学大师南怀瑾曾说过："越清净无为，生命功能越强大。"它教会我们更加珍惜生命、理解生命，更加热爱生活。今天，相比起古人，我们的科技更发达了，物质生活更富足了，眼界也更开阔了，但我们的心思更复杂了，各种焦虑更多了，幸福指数反倒降低了。每当此时，不妨吟诵"问君能有几多愁，恰似一江春水向东流"，与我们的一己之悲相比，李后主那样浩荡的悲愁、深刻的哀痛，应该会使我们的凡心微微放下一点，使我们的胸怀稍稍开阔一些吧！

写南京的古诗词，还教会了我们将泛神论的精神和自然融为一体。吟咏南京的古诗词之所以能深入人心，在于它以完美的艺术形式，深刻而生动地表达了人们的思想感情，激起了人们心灵的共鸣。任何文学艺术都是客观世界和一定的社会生活的反映，发挥着它们"兴、观、群、怨"的社会功能。虽然抒发的是古人在彼时彼地的情志，但那些千古传诵的名篇，是从几千年来多如恒河沙数的作品中由亿万人筛选出来的。它们都具有极高的艺术价值，大多与后世及今时今地的人们在思想感情上有着相通或相似之处。朱元璋《咏燕子矶》云："燕子矶兮一秤砣，长虹作杆又如何？天边弯月是挂钩，称我江山有几多！"气魄宏大，想象奇特，出语不凡。朱元璋将自己的豪情壮志投射在了"长虹""弯月"等景物之上，尤其是把江山称为己物，有着帝王不可一世的傲气。乾隆皇帝也在南京的名胜古刹、寻常巷陌，留下了他诗作的字迹。《燕子矶》《大报恩寺》《青溪览古》等，承载了南京人爱乡情感的意象和记得起的乡愁。这些古诗词，用颇具特色的浓缩、暗示、联想、想象等艺术手法，将诗人自己穿越千古的情感力量与自然合而为一，共享人间的欢乐与悲伤。王国维说过："一切景语，皆情语也。"一花一叶，一丘一壑，原本是安静的景，在诗人的笔下灵动起来了，情绪也活跃起来了，像浩浩荡荡的江水，绵延不绝，寄托着人心和诗情。

写南京的古诗词，还通过描写市井生活，将独具特色的地域文化保存至今。纳兰性德《梦江南》（其一）中的南京是雄伟壮丽的："江南好，建业旧长安。紫盖忽临双鹢渡，翠华争拥六龙看。雄丽却高寒。"《秦淮古迹诗》中的南京是繁华热闹的："万人喝彩灯船过，百盏琉璃赛月光。"《忆秦娥·忆秦淮》中的南京是妩媚多情的："梅花点额芙蓉髻，妆成照影春波里。"李白的《长干行》中，南京青年男女的爱情是纯洁的："妾发初覆额，折花门前剧。郎骑竹马来，绕床弄青梅。同居长干里，两小无嫌猜，十四为君妇，羞颜未尝开。"另一首《玩月金陵城西孙楚酒楼，达曙歌吹，日晚乘醉著紫绮裘乌纱巾，与酒客数人棹歌秦淮，往石头访崔四侍御》中的南京人则是爽直热辣的："昨玩西城月，青天垂玉钩。朝沽金陵酒，歌吹孙楚楼。忽忆绣衣人，乘船往石头。草裹乌纱巾，倒被紫绮裘。两岸拍手笑，疑是王子猷。酒客十数公，崩腾醉中流。谑浪棹海客，喧呼傲阳侯。半道逢吴姬，卷帘出揶揄。我忆君到此，不知狂与羞。一月一见君，三杯便回桡。舍舟共连袂，行上南渡桥。兴发歌绿水，秦客为之摇。鸡鸣复相招，清宴逸云霄。赠我数百字，字字凌风飙。系之衣裘上，相忆每长谣。"这些渗透着鲜明的人文精神的古诗词，必将会与更多南京人的心灵产生共鸣，成为南京人的一种精神信仰和文化传承，并使更多的南京人在人生的旅途上投去怀旧的一瞥，继续滋养着一代又一代的南京人。

我虽然已在南京生活十多年了，但充其量只能算是南京的“移民”，对南京的了解还是太少了。我的儿子却是长于斯的。要想让他做一个有根的人，我觉得，多阅读源远流长、千姿百态、丰富多彩、绚丽夺目的描写南京的古诗词，绝对是一个好主意。衷心期待古诗词爱好者们都能涵泳其中，感受到南京千年文化的厚重，以此来复活我们对古诗词的那一份痴迷和眷恋。

徐树忠

2018 年 10 月 20 日于南京

目　录

第一章　形胜之美

早在三国时期，诸葛亮来到秣陵(今南京)，察看山川形势后不禁感叹道："钟山龙蟠，石头虎踞，此乃帝王之宅也。"于是，南京走上了历史的舞台。今日的南京融山、水、城、林为一体，江、河、湖、泉相得益彰。长江穿城而过，江岸线总长近200千米。紫金山风景秀丽，幕府山气势雄伟。南京人春游牛首，秋赏栖霞。秦淮河、金川河萦绕其间，玄武湖、莫愁湖点缀城中。本章第一节将介绍南京的秀美山川。

南京作为六朝古都，十朝都会，城市的街巷纵横交错，留下了众多的老地名，如白下亭、长干里、杏花村、桃叶渡、凤凰台、白鹭洲等。这些老地名既是历史的标识和符号，更承载着厚重的文化底蕴，成为对历史文化的一种记忆。有幸的是，古代的诗人词家流连这些街巷后，还留下了优美的诗词名篇，使得这些街巷的知名度倍增，也使得南京的历史文化底蕴更加深厚。老街巷的地名不仅记载了一个民族、一个地区、一个历史阶段的史实、故事和文化等信息，还深深地烙下了不同时期的印记。这是生于斯、长于斯的先民们各种社会活动的历史遗存，也是一座城市不可磨灭的文化基因。本章第二节将介绍南京的寻常巷陌。

南京还是一个佛都。在中国的佛教发展史上，南京的地位可以说是举足轻重的。南朝梁时，举国信佛。"南朝四百八十寺，多少楼台烟雨中"，写的就是当时的国都南京。现今南京的许多著名寺庙，如鸡鸣寺、栖霞寺、宏觉寺、定林寺、静海寺、毗卢寺等，都曾位列"四百八十寺"之中，至今已有千年以上的历史。朱自清曾说："逛南京像逛古董铺子，到处都有些时代侵蚀的遗痕。你可以摩挲，可以凭吊，可以悠然遐思……"所以，这些精美的古寺可以让你体验到一个充满禅意的南京。本章第三节将介绍南京的名胜古刹。

第一节　秀美山川

南京最著名的山水莫过于钟山与玄武湖。钟山山脉像一条龙盘踞在南京城的中央，紫金山是龙首，龙广山(今富贵山)是龙脖子，覆舟山(今小九华山)、鸡笼山(今鸡鸣寺、北极阁)是龙腰、龙身，黄泥岗(今鼓楼岗)、五台山是龙尾。古玄武湖极为浩大，从鸡笼山下一直向北延伸至幕府山脚，水域面积至少是今天玄武湖的3倍(玄武湖在北宋时期因王安石"废湖还田"之策被填，消失了二百多年)。这一山一水奠定了南京的形胜。古诗词中赞美南京秀美山川最经典的莫过于谢朓的《入朝曲》：

江南佳丽地，金陵帝王州。
逶迤带绿水，迢递起朱楼。
飞甍夹驰道，垂杨荫御沟。
凝笳翼高盖，叠鼓送华辀。
献纳云台表，功名良可收。

特别是"江南佳丽地，金陵帝王州。逶迤带绿水，迢递起朱楼"两联，诗人饱含深情地赞美了金陵帝都的形胜之美。前一联从空间横面着墨，描绘金陵城的地理形势；后一联从时空纵面落笔，概览金陵城的历史迁延。远看金陵城，蜿蜒曲折的护城河环绕着城墙，绿波荡漾，风光旖旎，层层高楼，鳞次栉比，在日光照耀之下，显得灿烂辉煌；近看金陵城，驰道两旁，矗立着威仪棣棣的皇宫高墙，甍宇齐飞，舛互迢递，一望无际；细看金陵城，车驰舟驶，声鼓动地，绿水朱楼，红绿相映，琉璃飞甍，葱葱杨柳，青黄相间，五色缤纷，气象非凡。笔触之间皆是显赫、辉煌的气派，彰显出了泱泱帝都的气势。

诸葛亮所说的“龙蟠虎踞”，指的是南京的“四象”风水。古时候的人分辨东南西北的方向是按八卦的方位来分的，面对南方，左为东、右为西，前为南、后为北。南京的山川形势便是左青龙（紫金山）、右白虎（清凉山）、前朱雀（秦淮河）、后玄武（幕府山）。古城墙“皆据岗垄之脊”环京城，“高坚甲于海内”，况且又有长江天堑环城而过，可谓“固若金汤”。历代文人歌咏南京山川秀美的诗词无一不是围绕这几个方面来吟诵的。本节就吟咏南京的山水形胜的古诗词，按照“龙蟠虎踞”“秀山烟岚”“水色湖光”三个部分来进行赏析。

一、龙蟠虎踞

吾皇曾驻跸，千古说蟠龙

提起“龙蟠虎踞”，我们不得不提到元代诗人萨都剌。可以说，就酷爱山水这一点，他比起山水诗的奠基人谢灵运，也有过之而无不及。萨都剌的一生大部分时间在江南度过。诗人大约在元文宗至顺三年（1332 年），任江宁诸道行御史台掾史，由北方移居集庆（今南京）。他在秀丽的风光中，模山范水，写下了许多赏心悦目的诗篇。下面我们来欣赏一首他的五律《秋日钟山晓行》：

楼阁笼云气，苍茫第几峰。
长林万松雨，落日半山钟。
石磴盘空险，僧廊落叶重。
吾皇曾驻跸，千古说蟠龙。

诗人通过描绘自己清晨登钟山的观感，融情于景，直抒胸臆，把忠君爱国思想表露无遗，这一点与汉族诗人并无二致。这说明在长期的民族融合过程中，我国各族人民已具有了共同的历史文化意识和价值认同，逐步形成了统一的中华民族的爱国精神，并凝结为中华民族不断发展壮大的血脉之魂。

钟山的别称有许多，传说也有很多。最初，因它的外形像一口倒扣在地上的大钟，得名“钟山”“钟阜”；又因为太阳初升之时，山顶被朝霞环绕，得名“紫金山”；又传说春秋时期楚威王在此埋金以镇压“王气”，故称“金陵”，“陵”是“大山丘”的意思。三国时，孙权为避祖讳，将钟山改为“蒋山”，以纪念秣陵尉蒋子文。蒋子文因捕盗，为贼所杀，葬于此，故也称“蒋陵”。

这首五律就以“钟山本色”作为开头，叙述了清晨钟山钟灵毓秀，朝气蓬勃，朝霞苍茫，云气笼罩山间，露出“紫金山”真容的景象。颔联和颈联，“长林万松雨”，介绍了钟山的植被多以松树为主，一阵风过后，那松针如同下雨一般簌簌而下。“石磴盘空险”，说明了山道的险峻。当时，山上有“蒋山寺”（后被朱元璋迁至钟山东麓，即今灵谷寺），故有“落月半山钟”“僧廊落叶重”的诗句。尾联述说元文宗图帖穆耳曾来此驻跸，使钟山更添一段人文佳话。在中国古代文化中，称皇帝为真龙天子。钟山龙蟠，有真龙天子登临，那是一件多么荣幸的事啊！这就注定了钟山能流传千古。

古戍依重险，高楼见五梁

我们再来欣赏一首唐代诗人张谓的咏“石头虎踞”的五律《登金陵临江驿楼》：

古戍依重险，高楼见五梁。
山根盘驿道，河水浸城墙。
庭树巢鹦鹉，园花隐麝香。
忽然江浦上，忆作捕鱼郎。

张谓的诗被公认为“格度严密，语致精深，多击节之音”。其诗辞精意深，讲究格律，诗风清正。这首五言律诗就描写了诗人登上金陵城西清凉山石头城的所见所思。古代石头山以“石头”为名，直到南唐时期在山上建了“清凉寺”，遂以寺名山，改为清凉山，延称至今。论石头山的形胜，石头便是虎首，清凉山今国防园一带是虎项(虎颈)，马鞍山、古平岗、四望山(今八字山)是虎身，卢龙山(今狮子山)是虎尾。龙蟠横亘于南京的东西方向，虎踞纵贯于南京的南北方向，“龙蟠虎踞”就是纵横于南京城内的两条主要山脉。

首联，“古戍依重险，高楼见五梁”。起句开门见山，介绍了金陵西部“虎踞”的形胜，言简意赅。“古戍”是指三国时孙权在这里所建的石头城堡，依托层层险阻的地势，攻防兼备，反映了这里的形势险要，是金陵门户、江防重地。登楼站在高处，可以看到清凉山的五道梁。

颔联，“山根盘驿道，河水浸城墙”。承接上一联的诗意，继续介绍形胜：山脚下有一条蜿蜒盘曲的官道，即“清凉古道”，直通城里。这里是秦淮河与长江的交汇处，清凉山外包着的城墙，长年累月地被秦淮河水、长江水浸泡着。诗句用了对仗手法，上下联对得十分工整。

颈联，“庭树巢鹦鹉，园花隐麝香”。诗意开始转了，撇过山水，转而谈自然小景——楼下的花鸟树木，优美的生态环境，赋予了整首诗一个美好的意境，读者仿佛听到了鹦鹉的叫声，看到了花的妍丽，甚至还能够闻到隐藏在花园里的麝鹿散发出来的香味。这里，作者运用意象，使我们在听觉、视觉、嗅觉上都获得了真切的感受。此联也用了对仗，非常工整。

尾联，“忽然江浦上，忆作捕鱼郎”。诗人在不经意间看到江面上漂泊的渔船，想起了渔夫在风浪中捕鱼的艰辛，具有了一种兴发感动的力量。诗人不再只是写景，而是借景抒情，此情此景也让我们很自然地想起在海上搏击风浪、永不言败的“硬汉”——海明威笔下圣地亚哥的形象。诗写到这里虽然结束了，但也告诉我们，今人是完全可以与古人进行深情对话的，诗的意境远没有结束，留给后人无尽的遐想和感慨……

二、秀山烟岚

第一金陵明秀山，所欣初遇足空前

栖霞山，素有“六朝胜迹”之称，享有“一座栖霞山，半部金陵史”的美誉。千年古刹、佛学“三论宗”祖庭、佛教“四大丛林”之一的古栖霞寺就坐落在栖霞山西麓。历史上曾有五王十四帝登临过栖霞山，其中清朝乾隆皇帝爱新觉罗·弘历六下江南，五次驻跸栖霞山。下面我们来欣赏他的一首七律《游栖霞山》：

第一金陵明秀山，所欣初遇足空前。
画屏云庵紫峰阁，乳窦春淙白鹿泉。
梵业镌碑尚隋代，净因舍宅自齐贤。
更谁凿壁名纱帽，只恐平原意未然。

“第一金陵明秀山”，这是乾隆皇帝送给栖霞山级别最高、名头最大、流传最广的美誉。栖霞山在明代被列为“金陵四十景”之一，有历史遗迹 80 多处，荟萃了宗教文化、帝王文化、绿色文化、民俗文化、地质文化、石刻文化、茶文化等。栖霞山古称“摄山”，并不出名。南朝齐时，平原人明僧绍，将其宅院“栖霞精舍”赠予法度禅师，法度将院改建为寺，并命名为“栖霞寺”，摄山也因寺而更名“栖霞山”，从此成为中国佛教圣地之一。

乾隆这位风雅天子可以说踏遍了栖霞山的林壑溪泉，一次次登临最高峰，对山中景物、历朝典故、梵刹琳宫都熟悉到了“如数家珍”的地步。景致岗上至今留有为乾隆皇帝修建的“栖霞行宫”和“御花园”遗址，彩虹桥、玉冠峰、太古堂等诸多胜迹也由他题名“钦定”。

《游栖霞山》这首“御制”的七言律诗开篇直接称栖霞山为金陵诸山之首。颔联描述的白云庵为明僧绍“栖霞精舍”旧址，紫峰阁则是“栖霞十景”之一。紫峰阁下方是白鹿泉，“茶圣”陆羽当年在此植茶树。此联对仗十分巧妙。颈联叙述栖霞山的悠久历史。舍利塔建于隋代，千佛岩源于南齐，“齐贤”即指征君明僧绍。尾联，乾隆认为纱帽峰的名字官味太重，明僧绍肯定看不惯，于是将之改成玉冠峰。我们从诗中既读出了乾隆皇帝对汉族知识分子的笼络，也读出了他率性的一面。

天印山高四遥望，振衣同上兴飘萧

方山，山体呈方形，孤耸绝立，山顶平坦，四角方正，犹如一枚玉印从天而降，故又称“天印山”。在明代，“天印樵歌”被列入“金陵八景”和“金陵四十景”；在清代，又被列入了“金陵四十八景”。方山以其独特的火山地貌留下了许多奇特的自然景观和悠久的历史文化。从三千年前泰伯奔吴、两千年前秦始皇镇金陵王气，到六朝繁华旧事，方山凝聚了半部金陵文化史。如今，方山的定林寺塔、洞玄观、孙权点将台、王僧辩墓等一百多处遗迹，与山脚蜿蜒流淌的九曲秦淮一起，组成了集山、水、林、寺为一体的迷人风光带。明代诗人许谷的七律《登方山绝顶》更是浓缩了这一风光带的精华。我们一起来欣赏：

天印山高四遥望，振衣同上兴飘萧。
深岩茇草秋仍茂，绝顶清池旱不消。
散睇青峦围锦甸，举头苍霭接丹霄。
洞中却爱栖真者，不信人间有市朝。

方山风景秀丽，植被繁茂，覆盖面极广。除大面积的茶树外，另有榆树、栗树、檀树、桨王树、榉树等繁多品种，自然生态环境保护完好。

明代南京本土大诗人许谷在某个秋高气爽的时节，从北侧陡坡登上方山绝顶观景。近看，山下群鸟啁啾，住宅星罗棋布；山上茶林葱茏、祥云悠悠。极目鸟瞰北方，巍巍钟山依稀可见，绮丽多姿的东山城安睡在秦淮河母亲的怀抱中。兴奋之余，他写下了这首七律。

首联，“天印山高四遥望，振衣同上兴飘萧”，描写诗人站在山顶俯瞰四下，兴致盎然，意气飞扬。颔联“深岩芨草秋仍茂，绝顶清池旱不消”和颈联“散睇青峦围锦甸，举头苍霭接丹霄”，非常形象地反映出天印山这张展示南京绝佳山水的名片。尾联介绍了当时社会的一种风土习俗，方山的洞中总有那么一些人，信奉道术，修身养性，不喜欢凡尘闹市，认为这样就可以修得所谓的“正果”。诗人乘兴而来，登高望远，触景生情，有感而发，用词浅显易懂，对方山的美景作了很好的概括和由衷的赞美，绝对是方山最佳的广告诗。

三、水色湖光

流到石头方好去，望中渺渺与云平

秦淮河是一条承载着厚重历史的河，它孕育了中国四大古都之一的南京，被南京人亲切地称为母亲河，更被誉为“中华第一历史文化名河”。如今的“十里秦淮”成为每个来南京的游人必到的打卡地，人们在灯月交辉、笙歌彻夜中体会着古都的繁华。这条由“六朝金粉”凝成的河中流淌着许多动人的故事。不信，请看宋代诗人马之纯的七律《秦淮》：

城中那有大川行，惟有秦淮入帝城。
十里牙樯并锦缆，万家碧瓦与朱甍。
船多直使水无路，人闹不容波作声。
流到石头方好去，望中渺渺与云平。

马之纯著有《金陵百咏》，其中关于秦淮河风光带的诗有十多首。他死后被追封为太师，赠越国公，可见当时朝廷对他的认可。其孙马光祖曾三任建康(今南京)知府，主编过《景定建康志》，其学识才智无不与家风有关。

马之纯的这首七言律诗是吟咏内秦淮河入城这一段的，内秦淮河从东水关头至西水关全长 4.2 千米，沿河两岸从六朝起便是世家望族聚居之地，俗称“十里秦淮”。

首联起句，通过一问一答，引出了秦淮河流入“帝城”的位置。颔联描述这十里秦淮河里的船都是象牙装饰的桅杆、锦制的缆绳。两岸的房屋都是“碧瓦朱甍”，富丽堂皇。而这歌舞升平的另一面呢？颈联交代了“船多直使水无路，人闹不容波作声”。内秦淮河竟然是一条不能通航、只供寻欢作乐的河！当时正是南宋时期，不禁让人联想起杜牧的“商女不知亡国恨，隔江犹唱后庭花”来。这是六朝金粉千年传承下来的靡丽繁华的写照。尾联说，十里秦淮只有流到石头城外才有出路，因为它即将汇入浩渺的长江中，“望中渺渺与云平”。诗句中隐隐能感觉到作者的惆怅和慨叹。

紫川通太液，丹岑连少华

南京市内有两条河流，一条是秦淮河，另一条是金川河。咏金川河的诗极少，这里介绍一首南朝梁诗人刘孝威的五言古体诗《登覆舟山望湖北》：

紫川通太液，丹岑连少华。
堂皇更隐映，松灌杂交加。
荇蒲浮新叶，渔舟绕落花。
浴童竞浅岸，漂女择平沙。
极望伤春目，回车归狭斜。

这首诗属于南朝的“永明体”，五言十句。作者站在覆舟山上眺望，只见西北隅有一条河流，水漾紫光，直通玄武湖，即今金川河。南朝自刘宋以来，宫中尚紫，故以“紫川”承代金川河。东北方则是峰峦起伏，石含丹紫，与覆舟山相连，即紫金山，故称“丹岑”。“太液”原指汉武帝在都城长安开凿的池名，这里指玄武湖。“少华”，即覆舟山。因山上有小九华寺，故山亦名小九华山、少华山。这两句纵览金陵山水，对仗工整，境界阔大，勾绘出帝都金陵的壮丽景象。

诗的三、四句“堂皇更隐映，松灌杂交加”总写远望金陵宫城的景色。宫殿隐映于绿荫之中，高大的苍松翠柏和低矮的丛生灌木，俯仰生姿，相间而生，郁郁葱葱，簇拥着金碧辉煌的宫城。五至八句，前两句侧重写物，后两句侧重写人。这四句都在第三字嵌入一个动词，描摹出了物态和人态。其中尤以“绕”“竞”二字最为传神。水面落花，本来静止不动，着一“绕”字，与舟合写，便点出落花在舟行和波摇间浮荡的优美景象，并可见落花极多，布满水面舟侧；再细加品味，又似落花有情，故绕渔舟。至于“竞”字，更为形象地写出浴童在浅水地带奔跑相竞、水花飞溅的场景和天真活泼、竞嬉欢逐的情态。浣衣女则选择柔软的沙滩。结尾两句交代了行踪，回车去了金粉之地。这首诗不仅反映出诗人观察细微、用笔老到，也表现出他游山观景的浓厚情趣。

玄武湖头春可怜，绕堤花柳媚遥天

自先秦时期的“桑泊”开始，玄武湖先后有“秣陵湖”“蒋陵湖”“后湖”“练湖”“北湖”等名称。“玄武湖”之名始于南朝宋文帝元嘉二十三年(446年)。湖中分布着五块各具特色的绿洲，五洲之间，桥堤相通，别具其胜，历史人文古迹荟萃，山水城林相融之美彰显。

环洲，因洲形屈曲、环抱樱洲而得名，素有“环洲烟柳”之美称。洲上古迹众多，其中以童子拜观音石、郭璞墩、喇嘛庙最为著名。樱洲，因昔日樱桃遍布洲上，曾为宫廷贡品，故名。樱洲花繁叶茂，形成“樱洲花海”的盛景。梁洲，因纪念南朝梁昭明太子而得名。一年一度的菊展均在此举行，故有“梁洲秋菊”的美誉。湖神庙、览胜楼、友谊厅、明代黄册库遗址文化展馆等古迹新景均汇集于此。菱洲，因曾盛产菱角而得名，自古便有“菱洲山岚”之美名。翠洲，因洲上修竹亭亭，雪松如盖，翠色浮空，故名。翠洲风光幽静，苍松、翠柏、嫩柳、淡竹，构成了“翠洲云树”的景观。明代诗人朱孟震有一首吟咏玄武湖的七律《玄武湖》，堪称集诸多美景于一身。我们一起来欣赏：

玄武湖头春可怜，绕堤花柳媚遥天。
风微凫鹭参差下，日丽楼台紫翠连。
龙气深秋晴似雨，马蹄芳草暖浮烟。
白云自是神仙署，谁道蓬莱弱水边。

朱孟震歌咏的玄武湖与今天的玄武湖地理位置区别不大，所以我们读后也会倍感亲切。玄武湖在宋代曾被王安石“废湖还田”，消失了二百多年。到了明洪武时期，朱元璋建明城墙，重新开挖了玄武湖，并修筑了五洲，内设黄册库。遗憾的是，其水面面积仅及六朝时期玄武湖的三分之一。玄武湖的南岸、西岸和北岸环湖修筑了明城墙，开了太平门和神策门，太平门外设置了“三法司”御史台、刑部、大理寺衙门机构，神策门则有神策卫驻守。最终形成了我们今天看到的格局。

朱孟震的这首七律，赞美了春天的玄武湖。首联介绍了玄武湖内外两重天，东北岸实际上是荒芜一片，诗人用“春可怜”来形容，用反衬法说明湖外的荒凉，湖内的五洲则是一片春意盎然，堤岸“花柳媚遥天”。颔联实写和风丽日之下，湖面有“凫鹭”在嬉水，“参差下”即不时地飞起、落下；岛上富丽堂皇的“楼台”像这幅山水画的背景，隐现在“紫翠”中。诗人通过一动一静的描写，使玄武湖秀美生动的画面跃入眼帘。颈联的“龙气”指雾气迷茫，“芳草”烟岚，真是仙境一般，胜似“蓬莱”啊！尾联诗人由衷发出一声赞叹：玄武湖真是神仙居住的地方啊！

第二节　寻常巷陌

南京作为中国的四大古都之一，是中华文明的重要发祥地，是中国南方的政治、经济和文化中心。六朝时期的建康城是当时世界上最大的城市，人口达百万，是世界上第一个人口超过百万的城市，经济发达，文化繁盛。城市越大，街巷就越多。人们为了方便自己的生产和生活，对特定的某一地理位置上的自然或人文的地方实体进行命名，就有了地名的概念。街巷的命名也不例外，南京城的不少老地名都打上了时代的烙印。

俗话说，"北京的胡同，上海的弄堂，南京的巷子"。南京的巷子就像荡漾在秦淮河中泛着波澜的水，倒映着两岸金迷纸醉的繁华世事，朴实平凡，却又蕴藏着无数耐人寻味的故事。南京的寻常巷陌，无一不流淌着历经千年的韵味，写满了世代南京人对待生活的态度和悠闲舒适"过日子"的气息，与人们的社会生活结下了不解之缘。街巷的命名、更名、发展、演变始终受到社会方方面面的制约。现如今，许多的老街巷已不复存在，但是我们依然可以在古诗词中寻觅到这些街巷的信息。例如，乌衣巷、长干里等老地名都已有千年以上的历史，是人类非物质文化遗产中的一笔重要财富。

在吟咏南京的古诗词中，有不少涉及南京的老地名。这些诗词或是抒发人生感慨，或是充满幽默情趣，或是羁旅思乡，或是借景抒情，使我们在欣赏古诗词之美的同时，能感悟到诗人在那个时代所留下的不一样的印迹。本节就吟咏南京老地名的古诗词，按照"街巷阡陌""星桥凤台""笛步竹畦"三个部分来进行赏析。

一、街巷阡陌

旧时王谢堂前燕，飞入寻常百姓家

南京有星罗棋布的老街小巷，若想真正读懂南京，最好的办法就是钻进这些曲曲折折的小巷之中。每一条老街小巷的背后都会有一个精彩绝伦乃至惊世骇俗的故事，都藏着许多南京人最深刻、最美好的儿时记忆。典型的有唐代“诗豪”刘禹锡的七绝《乌衣巷》：

朱雀桥边野草花，乌衣巷口夕阳斜。
旧时王谢堂前燕，飞入寻常百姓家。

诗歌的开头两句用了工整的对偶句，就像是两个醉眼的特写镜头：一帧是生长在桥边的野草花，一个“野”字，揭示了景象的衰败荒凉；一帧是斜挂夕阳的街道巷口，一个“斜”字，有力地渲染出日薄西山的惨淡情景。写今日的衰败景象，并与昔日门庭若市、冠盖云集的繁荣盛况形成强烈对照。乌衣巷，南京人都知道，曾是晋代王、谢两大豪族的宅第所在，因两族子弟都喜欢穿乌衣以显身份尊贵而得名。王导、王羲之、王献之、谢玄、谢灵运这些历史名人、文坛巨匠都曾在这里居住过。诗人在第三句开头特地用“旧时”两字加以强调，巧妙地赋予燕子历史见证者的身份。在第四句中再以“寻常”两字，强调今日居民的身份与往昔主人的身份截然不同。于是乎，我们从大姓士族的豪宅与普通百姓的陋室的对比中，感受到了一种富贵如云、往事如烟、岁月不居的苍凉。作者借晋代豪门世族的覆灭，暗示当时的新贵也必将重蹈覆辙。

这首诗通篇写景，不加一字议论。诗人从侧面落笔，采用以小见大的艺术手法加以表现，语言含蓄，耐人寻味。寓情于景，让抽象枯燥的理念具象化，用简单而美丽的画面激发读者的无限遐想。这是唐诗的一个基本特点，也是其之所以让人读之有一咏三叹、回味无穷的奥妙所在。

钞库街头第一坊，游人消渴试新尝

钞库街是南京的一条老街，位于秦淮区夫子庙秦淮河南岸，东北起文德桥，西南至武定桥。钞库街在明代是皇家金库——宝钞库的所在地，街以库名。东晋这里是骠骑航；明时又称沉香街，据传因项子京在此焚烧沉香床而得名。明末，钞库街是名妓李香君的媚香楼所在地。清代诗人查慎行在《金陵杂咏》中就有一首吟咏钞库街的七绝诗。我们一起来欣赏：

钞库街头第一坊，游人消渴试新尝。
近来曲巷添茶社，谁记新都是滥觞。

钞库街是明初皇家金库所在地，到了清代，这里已经成为夫子庙秦淮河商业区了。细读之后，我们不难发现，其实诗人感兴趣的不是钞库街，而是钞库街上的一家茶坊，并且是街头的第一家茶坊。游人逛夫子庙，沿秦淮河南岸游走，便自然来到此处，为解渴，就会进去坐坐，品尝新茶。诗的起首两句清晰地交代了诗人关注之所在和缘由。后两句则通过设问的方式，突出了此茶坊在诗人心中的独特地位，尽管近来大街小巷平添了不少茶社、茶坊，但独爱这一家。诗句平白自然，通俗易懂，颇有唐代新乐府诗的味道。结尾一句“谁记新都是滥觞”有调侃生活中的一些“潮”人的味道——“没文化，真可怕！”

这原本应该是一首咏钞库街的诗，可诗人对钞库街的由来只字未提，而将重点放在这里历史最悠久的茶坊上，可见这个“第一坊”不只是诗人常来喝茶的地方，更成为他放不下的情结，所以诗人才会对此情有独钟。或许是因为在传统文人的眼中，茶是雅事，而钱是俗事，喝茶体现了诗人雅致的生活追求。尤其是对于一代著名诗人来说，宁雅勿俗，完全可以理解，也更值得我们学习。

二、星桥凤台

夕阳时是放船时，一带烟波此景宜

清代诗人周月溪有一首七律《文德桥》：

夕阳时是放船时，一带烟波此景宜。
雁齿桥阴兰桨划，虾须帘影晓妆迟。
扑人山翠浓涵雨，近水杨枝软拂丝。
唤取一轮新月起，阿谁争把玉箫吹。

南京民间自古就有“君子不过文德桥”之说。文德桥北岸为孔子圣庙、江南贡院之地，南岸则为烟花金粉、粉黛丝竹之区。虽仅一桥之隔，景物殊为反差。“君子不过文德桥”意在警诫读书人须得坚贞自守，存有抵挡诱惑之心。

周月溪的这首七律，比较细腻地描绘了黄昏时分文德桥一带的景象。首联介绍时间，太阳还没有下山，正是夕阳无限好的时候。颔联以“雁齿”喻桥身，以“虾须”喻桥两旁人家的户帘，再嵌之“兰桨”的划动与“晓妆”的迟梳，就使整个画面变得气韵生动起来。联尾三字的节奏，诗人采用了“二一”音步，“兰桨划”“晓妆迟”。颈联则由远及近，展现了桥四周的景物：远处峰峦翠浓，涵雨扑人而来；近处杨柳如丝，轻拂着水面，让人顿生春意盎然之感。颈联在律诗中属于“转”联，不但诗意转，节奏也在转，所以诗人将联尾三字的节奏转变为“一二”音步。“浓涵雨”“软拂丝”，对仗十分工整，格律非常严谨。尾联突出新月和玉箫，不仅与首联相呼应，更让人读罢生出诸多美妙的遐想。

千年百尺凤凰台，送尽潮回凤不回

金陵凤凰台在吟咏南京古地名的诗词中，出现得比较多，最早且最出名的当属李白的《登金陵凤凰台》。这首诗是天宝六年(747年)李白受人排挤，被“赐金放还”，离开长安，南游金陵时所作。与这首诗有关的还有一个有趣的故事。李白在作这首诗之前曾游览过武汉黄鹤楼，并留下“眼前有景道不得，崔颢题诗在上头”的诗句，可见李白是憋着一股子劲想与崔颢的《黄鹤楼》一争高下的。这首诗既发思古之幽情，又写江山之壮观，还以咏叹政治愤懑作结，历史、自然、社会，俱是宏观，而又不失其真切。气势恢宏，情韵悠远，诚为登高览胜之杰作，具有盛唐气象，深得范德机(范梈)、王元美(王世祯)、严沧浪(严羽)等许多诗坛大家的赞誉。我想，若是崔颢读了这首诗也会褒奖有加的。

当然，还是会有人不服气，想要暗自较劲。宋代大诗人杨万里就曾作一首七律《登凤凰台》，我们一起来欣赏：

千年百尺凤凰台，送尽潮回凤不回。
白鹭北头江草合，乌衣西面杏花开。
龙蟠虎踞山川在，古往今来鼓角哀。
只有谪仙留句处，春风掌管拂蛛煤。

诗人登高望远，长江、白鹭洲、乌衣巷、杏花村、钟山、石头城尽收眼底，触景生情，写下了这首感怀诗。

杨万里以怀古为主题，抒发了苍凉幽微之感慨。此诗的艺术特色非常显著：首先，诗中回荡着一股充沛、浑厚之气，这种博大之气使诗人渊深的思想、高妙的见解、阔大的胸襟，成为编织巨大艺术境界的核心与精神内涵，而人们总能被这种以气夺人的艺术魅力所打动。其次，在表现自然力量的雄大与沧桑变化的悠远时，选取了最为典型的事物，即“白鹭洲北头江草相合”“乌衣巷西面杏花竞开”，把时间的改变(历史的变迁)与空间的不改(地点的依旧)，有机整体地表现出来，从而构造出阔大而又启发人们更深思索的境界。第三，遣词造句别致自然。诗以寓目山河为线索，追求情随景生，意象谐成，通过恰切的语词链条的勾连，把辽阔高远的自然景观与诗人潇洒的气质和略带感伤的情怀紧密地联系在一起，意到笔到，词义契合，起到了内外呼应的作用。

诗人杨万里登上了凤凰台，“谪仙留句处”还在，可李白早已故去，空余春风抚摸着落满灰尘的蜘蛛网，诗歌以景结情，言有尽而意无穷。诗人此时感慨良多，同样我们似乎也感受到了孟浩然《与诸子登岘山》中抒发的“人事有代谢，往来成古今。江山留胜迹，我辈复登临。水落鱼梁浅，天寒梦泽深。羊公碑尚在，读罢泪沾襟”的人生感慨。古往今来，登临凤凰台者多矣，皆湮没无闻。诗仙李白留句处，亦蛛网蒙尘。诗人想到百年后，于己又当如何，不免悲伤，掀起了一场强烈感怀的情感风暴。

杨万里在诗中感叹历史沧桑，人世无常，气势之大，感慨之深，令人不免唏嘘怅惘。但说实话，比起大诗人李白曾经在此吟咏过的那首脍炙人口的《登金陵凤凰台》来，此诗还是略逊一筹的。

三、笛步竹畦

青莲邀笛步，绿锁赛工桥

笛步，为教坊所在地。相传晋代王徽之曾在此邀桓伊吹笛，故而得名。我们一起来欣赏一首明代诗人谋垸的五律《白下集沈生予明府席上赋得春草》：

芳杜夺幽色，秦淮客路遥。
青莲邀笛步，绿锁赛工桥。
柔雨生三径，残烟认六朝。
梦归南浦里，几个别魂消。

明朝时，赛虹桥一带属于郊外，比较荒凉，人迹罕至。这首诗是作者在生员沈予明的府上集会时所作。

首联中的“芳杜”指香草杜衡，因其味芳香而得名。芳杜生长时可使荒凉的地方变得郁郁葱葱，香气扑鼻，从而吸引城里的游人不惧路途遥远前来观赏。颔联的“青莲”，是一种青色莲花，花瓣长而宽，青白分明。“笛步”是南京的一处古迹，旧名萧家渡，位于秦淮区淮清桥畔；“赛工桥”则是今天的赛虹桥，在建邺区，古称横塘。“邀笛步畔有青莲，赛工桥旁被绿锁”，很巧妙地利用地名作对，可谓别出心裁。颈联中的“三径”指归隐者的家园，“柔雨”代表“润生”，“残烟”表示“消亡”。此联的意思是说很多人开始热衷于归隐，而不在乎功名了。尾联的“南浦”，指南面的水边。《楚辞·九歌·河伯》有云：“子交手兮东行，送美人兮南浦。”后常用来代指送别之地。是啊，每次离别，总是有人情思难消，流淌出来的文字总能直抵内心最柔软的地方。

七家湾里当年泪，流到于今论是非

七家湾是城南门西市井老街巷。南京人常说：“眼泪流到七家湾”。这勾起了我们探究的欲望：在七家湾这条老街巷的历史中，到底隐藏着怎样令人心痛的故事呢？为解开这个谜题，我们来欣赏一首清末民初诗人张保亨的七绝《七家湾》，答案可能就蕴藏在其中。

果有淮西脚大讥，渡江初政亦堪疑。
七家湾里当年泪，流到于今论是非。

诗人张保亨是南京本土的老秀才，家住仓巷，著有《冶西杂咏》一卷，收诗30首，诗集中有颇多有趣的掌故。比如七家湾的来历，就跟一个故事有关。传说马皇后有一双大脚，绣球公园里就有马娘娘的大脚印。古时候女孩是要裹脚的，马皇后未裹脚，这与古代礼教不合，属下等“贱民”，一时被坊间传为笑柄。朱元璋做了皇帝后，自然对过去的出身很忌讳。洪武初年，他微服“与民同乐”，率眷属出行，观门西笪桥元宵灯会，见灯谜上画有一大脚女子怀抱西瓜，勃然大怒。原来七家湾一带居住的都是回民，属前元色目人，而此画必出自文人之手，他便以“前朝余孽讥讽新政”为名，屠杀当地士族并株连其亲属，只留七户白丁人家。这就是“七家湾”地名的由来。诗的前两句叙述了此次事件的原委，语句直白明了。后两句“七家湾里当年泪，流到于今论是非”，直言其中的是非曲直已经说不清、道不明了。以现在的眼光看，马皇后不拘封建礼教，有一双劳动人民的大脚，是非常光荣的。当然后人不知前人事，此事也只能任由今天的老百姓去评说了。

鼓楼冈下路高低，处处萝墙映竹畦

栽竹亦成畦，明代诗人李流芳有一首七绝诗是这样写的：

鼓楼冈下路高低，处处萝墙映竹畦。
记得清凉留宿夜，香灯贝叶雨窗西。

这首绝句是一篇忆旧作品，题为《送汪伯昭游白门，伯昭将自京口至栖霞寺，因忆旧游走笔得四绝句》。诗人要送汪伯昭去南京栖霞寺，勾起自己当初来南京时路过鼓楼岗以及在清凉寺借宿时的种种记忆。

这首诗实为写景酬赠之作，风格清新自然，笔墨平淡，将明代南京鼓楼岗附近的景物真实地再现在了我们的眼前。鼓楼岗下的小路高低不平，周围还是一派荒凉零落的农村景象。这说明当时南京城市化的进程是缓慢的。诗人目力所及，处处是篱笆爬满萝藤的“墙”，一眼就可以望穿透空“墙”里的竹林，一块块呈长方形排列整齐的“竹畦”，好似人工精心栽种的。那次，诗人是在清凉寺过夜的。夜里下起了雨，万籁俱静，只听到雨点打在西面的窗子上，发出沙沙的响声。夜深了，寺庙里的香灯还点着，隐约能听到僧侣们做晚课诵念贝叶经文的声音。诗人将自己的审美情趣融于自然物象的雨声、诵经声中，整合在诗的意境中。尤其是尾句“香灯贝叶雨窗西”，群山环抱，林深树密，禅院深深，凄风苦雨，诗人寄宿寺院的孤独被放大。伴着阵阵诵经声，诗人感悟人生、命运。整首诗读来感情真挚深厚，诗人所经之事历历在目，令人难忘。黄宗羲曾赞曰：“长蘅(李流芳字长蘅)无他大文，其题画册，潇洒数言，便使读者如身出其间，真是文中有画也。”

大胜关前津吏迎，南风猎猎动高旌

大胜关地处长江险厄，元代置大城港镇。元至正二十年(1360年)，陈友谅攻应天，朱元璋命部将屯大城港，大败之，遂改大城港为大胜港，并置大胜关于此。明代诗人胡奎有一首七律《舟至大胜关》，是这样描写大胜关的：

大胜关前津吏迎，南风猎猎动高旌。
鱼龙水底寒无梦，鸡犬山中夜不惊。
在德岂论天堑险，开邦正喜地图平。
一钩月挂西南树，卧听篙师欸乃声。

大胜关在南京城西南板桥附近，大胜关长江大桥的东岸起点在此。这首诗的首联写景叙事，诗人乘舟来到大胜关，渡口的官吏出来迎接，南风吹动，大胜关的旗帜被风吹得猎猎作响。颔联继续交代环境背景，入夜了，四周(江中鱼类和山上动物)都静悄悄的，一点动静都没有。颈联是“转”句，诗人谈起了体会，认为只有靠德治，天堑才能无险，国家才能太平。这个“转”不光是诗意的转，也包括节奏的转，从颔联尾三字“一二”音步，转为颈联尾三字“二一”音步，节奏富于变化。尾联描写一钩弯月挂在树梢，躺在铺上能隐约听到撑船人“欸乃”的摇橹声。全诗展现了一幅和平宁静的生活画面，反映了明初洪武时期京城祥和安宁的社会环境。

诗人胡奎是元末明初人，经历了战乱动荡的年代，眼见百姓流离失所，深深地体会到生活在社会的最底层(元朝人被分为四等，汉人、南人毫无社会地位可言)的百姓对和平尤为珍惜。面对这样的现实，他的感受也更为深刻，诗的字里行间处处洋溢着喜悦和满足。诗人借景抒情，热情歌颂了南京普通百姓获得的新生以及自由惬意、安居乐业的生活状态。这也是他内心世界的真实写照。

第三节　名胜古刹

南京是中国受佛教文化影响最大的三座城市之一，另外两座城市分别是洛阳和西安。这三座城市亦被称为“中国三大佛都”，以南京为首。东吴赤乌十年(247 年)，西天竺沙门康僧会来到金陵，孙权为其建造“建初寺”，这是南京佛教活动的开始。屈指算来，南京已有约 1 780 年的佛教文化发展史。建初寺即后来明初的大报恩寺，其大报恩寺塔被誉为“中世纪世界七大奇迹之一”。南朝梁是南京建寺庙最多的一个朝代。这里有梁武帝四次出家的同泰寺，即今天的鸡鸣寺；有殿阁宏丽、冠绝东南的栖霞寺，是当时中国的四大名刹之一；有被朱元璋封为“天下第一禅林”的钟山蒋山寺，即明初的灵谷寺；有幽深静谧、林峦殊胜的幕府山同游寺，即明代的幕府寺；有高僧辈出、佛缘广播的方山定林寺；有“千年垂乳”“佛缘圣果”的江北惠济寺；等等。

古语云：“天下名山僧占多。”千百年来，古代文人雅士大都喜欢游览名胜古迹，其中就包括许多寺庙，写下了大量关于寺庙的诗词。这些古诗词大都借景抒情，抚今追昔，虚实结合，从生活实境和现实感受出发，描写山川秀丽、地灵人杰抒发诗人的情思。

古人常用“精骛八极，心游万仞”(陆机《文赋》)和“思接千载”“视通万里”(刘勰《文心雕龙·神思》)来形容作家、诗人的艺术构思。他们凭借自身高度活跃的艺术想象力，创作出一篇又一篇不落俗套的经典文章，写出了许许多多传诵千古的诗句。

本节就吟咏南京的名胜古刹的古诗词，按照“鸡笼塔影”“石城远磬”“江声寒风”三个部分来进行赏析。

一、鸡笼塔影

云间塔影都如画，雨后湖光欲浸城

鸡鸣寺位于玄武区鸡笼山东麓山阜上，始建于西晋永康元年(300年)，至今已有一千七百多年的历史，是南京最古老的梵刹和皇家寺庙之一，自古有“南朝第一寺”“南朝四百八十寺之首”的美誉。南朝时期，鸡鸣寺与栖霞寺、定山寺齐名，让南京成为当时中国的佛教中心。我们来欣赏一首明代诗人陈钢咏鸡鸣寺的七律《鸡鸣寺》：

石磴般空到顶平，琳宫结构自天成。
云间塔影都如画，雨后湖光欲浸城。
梁苑花残惊鸟散，晋陵草合碍人行。
耐看只有青山色，坐听蒲牢曳远声。

这首诗的最大特点是情随境生，明着写景，却暗含抒情。诗的一开头就写了诗人拾级而上，到山顶即有一座气势不凡的建筑映入眼帘，使人们不得不为鸡鸣寺庙宇殿堂的雄峻庄严赞叹不已。随后，通过云间的塔影、雨后的湖光等，描绘出了周围宛如图画的环境，传达出了古刹丛林的清幽寂静，让人顿生脱离红尘之念。出人意料的是，到颈联，诗人却笔锋一转，表达出了另一种情愫。鸡鸣寺所处离台城不远，六朝时，这里是金陵城最为繁华之地，而眼前却是“梁苑花残惊鸟散，晋陵草合碍人行”。读到这里，我们分明感受到的是诗人因历史变迁油然而生的惆怅与悲凉。在古代中国神话传说中，蒲牢为龙九子之一，排行第四，性好鸣，因此洪钟上多以其形为钮。鸡鸣寺当然也少不了大钟。在诗的尾联，诗人以蒲牢为借代，将看不尽的山色与听不够的钟声融为一体，既表现了空间上的高远，又表现了时间上的深邃，收到了很好的一咏三叹的艺术效果。

不见明居士，空山但寂寞

南朝齐时，高士明僧绍曾在栖霞山隐居，唐代许多文人雅士都喜欢来此瞻仰凭吊明僧绍，其中包括刘长卿、皮日休等著名诗人。下面我们一起来欣赏晚唐诗人皮日休的一首五律《游栖霞寺》：

不见明居士，空山但寂寥。
白莲吟次缺，青霭坐来销。
泉冷无三伏，松枯有六朝。
何时石上月，相对论逍遥。

皮日休的这首五言律诗，以来到栖霞山却未见明僧绍的遗迹而感到寂寥起头。颔联和颈联分别描述了眼前的所见所闻——白莲、青霭、冷泉、枯松等，并将之拟人化，以景语作情语，将美景、良辰、雅兴、柔情融为一体，既组合成赏心悦目、动静相宜的水墨丹青，又展现出诗人的胸襟气质。这里运用的是简洁明快的大写意手法，也是咏物、赋事、抒怀、见意等艺术特色的绝佳范例。鲁迅先生曾赞誉皮日休为唐末“一塌糊涂的泥塘里的光彩和锋芒”。今天读了这首诗，我们真的相信了！

二、石城远磬

南望水连桃叶渡，北来山枕石头城

石头城是六朝时期的著名遗迹之一。其遗址位于今清凉山一带，有“东吴第一军事要塞”之称，筑于楚威王七年(前333年)。东汉建安十六年(211年)，吴国孙权迁至秣陵(今南京)，在石头山金陵邑原址筑城，取名石头城。它扼守秦淮河与长江的交汇口，“因山以为城，因江以为池，地形险固，尤有奇势”。石头城成为保障都城建康西部安全的军事重镇，也是兵家必争之地，素有“石城虎踞”之称。唐代诗人唐彦谦有一首七律《游清凉寺》记述了此地胜景。我们一起来欣赏：

白云红树路纡萦，古殿长廊次第行。
南望水连桃叶渡，北来山枕石头城。
一尘不到心源净，万有俱空眼界清。
竹院逢僧旧曾识，旋披禅衲为相迎。

古清凉寺始建于唐僖宗中和四年(884 年)，原名兴教寺，是佛教法眼宗祖庭。明初才称清凉寺，唐彦谦这首七律的题目显然是后人所加。

这首诗的首联道出了寺庙的规模宏大，写出了山寺地势的高峻以及山间景物的清奇。山下是滚滚长江，也是秦淮河的入江处。因此，就有了“南望水连桃叶渡，北来山枕石头城”的颔联。桃叶渡是位于夫子庙旁秦淮河上的渡口，因王献之曾在此迎接过爱妾桃叶而得名。清凉寺位于清凉山，因孙权在此筑石头城，故清凉山又称石头城，是金陵“虎踞”之所在，也是“钟山龙蟠，石城虎踞”的典出之处。颈联写诗人对佛教要义的领悟以及到此来求“清静”的目的。尾联显然说明作者是信佛的居士，常来此地敬香，而且与寺僧相识，所以才有“旋披禅衲为相迎”句。景是实景，情是真情，字句也是信手拈来，不假修饰，正是王国维所说的“有我之境”。

香阁梵音传远磬，石幢寒影护悬灯

祖堂山位于牛首山南、秣陵街道西部，高约 255. 9 米，系牛首山分支。南唐开国皇帝烈主李昪与中主李璟的陵墓位于祖堂山西南麓之下。祖堂山古名幽栖山，因山上建有幽栖寺而得名。唐贞观初，法融禅师在此开创牛头禅宗，成为佛教南宗的第一祖师，山也更名为祖堂山。明代诗人、“金陵四家”之一的朱应登有一首七律《宿献花岩作》：

长廊卷幔得闲凭，南国秋容望不胜。
香阁梵音传远磬，石幢寒影护悬灯。
山深疑有长生药，寺古应多入定僧。
人语忽然飘下界，始知身在白云层。

朱应登确实很有才气，当时也比较得志，官至云南布政司右参政。他常以文学饰吏事，颇为自得。但后来因恃才傲物，他遭到同僚的非议，被罢归。

这首诗应是朱应登“春风得意”时所写，当时他在南京任户部主事。首联描写诗人得闲去祖堂山游玩，被这里秋天的景色所吸引：群山连绵，白云环绕，银杏黄、枫树赤、松柏青，山色五彩斑斓，真是“望不胜”。颔联“香阁梵音传远磬，石幢寒影护悬灯”中，香阁、石幢、磬、灯是实物，梵音、寒影是虚像，虚实结合；通过动词“传”“护”形象地写出了寺院的宏大，对仗工整。颈联“山深疑有长生药，寺古应多入定僧”，通过大胆想象，表达出诗人对牛头禅宗祖庭的期望。尾联讲述诗人已经陶醉在这美不胜收的景色中，以至于怀疑起自己似乎成了神仙了，直到听到有人声传来，方才醒悟自己仍在人间，写出了诗人洒脱愉快的心境。特定的艺术手法，产生了强烈而深刻的美感效果。

三、江声寒风

夜宿犹依白鹭洲，朝游忽到古城头

静海寺位于鼓楼区仪凤门外，北倚狮子山，东接天妃宫，西临护城河，是明成祖朱棣为褒奖郑和航海的功德下令敕建的皇家寺院，是明朝十大律寺之一，也是中国海上丝绸之路以及郑和下西洋的重要历史遗存。寺名取“四海平静，天下太平”之意，明清时期，其规模宏大，殿宇林立，气势恢宏，号称“金陵律寺之冠”“金陵八大寺之最”。明代诗人蔡羽的七律《静海寺佛阁》是咏静海寺的佳作。下面我们一起来欣赏：

夜宿犹依白鹭洲，朝游忽到古城头。
江声不为行人伫，山色常含往代愁。
叶下碧栏萧走晚，马嘶红苑北门秋。
风流总是周南客，看海衔杯一倚楼。

首联交代诗人是从白鹭洲来游静海寺的。这个“白鹭洲”并非现在的白鹭洲公园，而是李白诗中“二水中分白鹭洲”的江中沙洲。“夜宿犹依白鹭洲”，说明诗人夜里是宿在船上的，船是泊在白鹭洲的。诗人早上解开缆绳，顺水就来到了古城头。狮子山周围的城墙在六朝时期就存在了，朱元璋在此基础上修建了明城墙，故有“古城头”之称。此刻，诗人已经来到静海寺。

颔联述说登阁所望。诗人从景物入手，以景寓情，以江山的沧桑变化，流露出人生的孤苦飘零。他从大处落笔，用“江声不为行人伫，山色却含往代愁”（此处“行人”即“我”）作对比，既写出了历史的变动不居，又暗含世态的炎凉无常，感慨颇深。

颈联则通过碧栏前叶的落下和红苑中马的嘶鸣，烘托出晚景与秋色的凄凉和孤寂。相传，汉武帝首封泰山时，太史公司马谈滞留周南（自陕以东，皆为周南），未能参与此事，深为遗憾。后人常将“周南滞留”用作伤感羁旅他乡的典故。

尾联，诗人以“周南客”自比，用“独自倚楼，向海把酒”反衬人们常说的“独自莫凭栏”，使身世之叹更显深沉。

当时幕府山，寂寥鸣梵响

幕府寺位于鼓楼区幕府山，为明代小刹，现已无存。幕府寺因梁武帝与宝志来游始建为寺，名同行寺，又名圣游寺，后改秀岩院，明代称幕府寺。明代诗人黄汝亨有一首五言古体诗《幕府寺》，我们一起来欣赏：

长林薄余光，遐览还策杖。
当时幕府山，寂寥鸣梵响。
王公安在哉，宝公亦云往。
虚无一参照，仿佛存英爽。
大江寒北风，古墓堙榛莽。
代谢理固然，啸歌心所赏。
扫石且倾杯，直视烟岚上。

这是一首五言怀古诗。前四句描写作者登上幕府山，山高林密，在林中策杖而行，阳光从树叶的缝隙中透射过来，非常安静，幕府寺的钟声打破了寂寥。中间六句，诗人想到了在此设幕府的王导就葬在此山，还有和梁武帝同游幕府的宝志大师，今寺院还在，其人早已西归。查考六朝史，琅琊王氏自王导而下，子孙有传者七十余人，功名家世之盛，亘古未有。王氏家族墓葬都在这里，千年以后，江风萧萧，寻其墓于荒榛野草间，皆无知者。“虚无一参照，仿佛存英爽。”作者一边怀古，一边叹息。最后四句是说，“芳林新叶催陈叶，流水前波让后波”是历史必然，英雄业绩，慷慨当歌，还是值得欣赏的。后人完全可以把地上的石头扫干净，再倒上一杯酒，直视烟岚之上，为这些英灵干杯！诗在结构上浑然贯通，由写景转入怀古、抒情，十分自然连贯。

画阁临江飞鸟外，丹崖耸地暮云傍

观音阁位于幕府山东面，沿江有石灰岩山岭，明洪武年间在山旁建有观音阁。至明英宗时，因阁建寺，名弘济寺，后改名永济寺，为南京一大古刹。入寺门便可见，殿在山腹下，深丈许，中空无底，架木为龛，前楹有石碑，摹吴道子所画观音像。永济寺因年久失修，但观音阁仍临江耸立，势若俯坠。凭窗而眺，平畴旷野，江面无垠，山中有“岩山十二台洞”奇观。清代诗人王士贞的七律《登观音阁眺望》，便是吟诵此地景观。我们一起来欣赏：

幕府山头晚吹凉，登高望远极苍茫。
蒙蒙夕照开棠邑，叶叶风帆下建康。
画阁临江飞鸟外，丹崖拔地暮云旁。
娑罗花发香林净，坐听微钟出上方。

诗人来到幕府山，登上观音阁，远看江景。明代幕府山的这一段叫“观音山”，传说朱元璋乘船在此江面曾遇到风浪，是观音显灵平息了风浪，故朱元璋在此建观音阁。幕府山本有“江山共景”的特色，黄昏时分更增添了一份暮色苍茫的沧桑感。

诗的首联交代了时间和情景：“幕府山头晚吹凉，登高望远极苍茫。”颔联继续写景：夕阳还没有落山，所照之处正是棠邑(六合古称)，一个“开”字，使六合一片光明。此刻的江中，片片风帆下建康(南京古称)，一个“下”字，将船家的忙碌表现得淋漓尽致。颈联由远及近，“画阁临江”“丹崖耸地”道出了观音阁的地理位置的险要，优美的环境吸引了飞鸟盘旋，山势高耸才会有暮云在旁。我们读了诗句，便能体会到观音阁依壁而建的险峻以及幕府山江山共景的特色。尾联描绘了诗人沉浸在暮色中的寺院景色之中，娑罗花的花香使这座禅林净土愈发让人心静。诗人坐在那里休憩，隐隐传来的寺庙钟声不是在远处，而是出自上方。此刻鸟语花香伴着微钟，诗人能不陶醉其中吗？

飞阁嵌虚无，宛挂垂萝阴

我们再来欣赏一首明代“金陵三俊”之一的大诗人顾璘的五言古体诗《弘济寺江阁》：

北山高无极，江水下泓深。
飞阁嵌虚无，宛挂垂萝阴。
危柱臬相拄，棂轩控千寻。
游目信绝奇，蹑足惧弗任。

旁临得平坂，云水际萧森。
参差罗高木，倾仄悬灵岑。
洪波动其前，浩渺空人心。
劳歌不自慰，浊酒时一斟。
天长去鸟没，日落清猿吟。
欲止神悚惕，踟蹰下空林。

这首诗颇得六朝山水诗的真谛，在拟态的过程中，作者加入自身的主观色彩，使山水景物呈现出源自现实的真实而又不同于现实真实的独特面貌。诗的前四句介绍弘济寺江阁的地理位置，北山是指幕府山，在南京正北，非常高大雄伟，长江在其下，又宽又深。江阁就建在悬崖上，周围挂满了藤萝植物。

中间八句形容江阁的险峻。“游目信绝奇，蹑足惧弗任”，看上去就挺吓人的，几乎没有人敢站在上面。这么险要的建筑，要不是旁边有平坦的山坡可以走上去，云水阴森森的，树木参差不齐，哪个敢径直攀上这座倾斜着悬在小而高的山崖上的江阁呢?

后八句写诗人登上江阁观看大江的感觉。“洪波动其前，浩渺空人心。”他辛苦地攀登，哼着小调强作镇定，时不时地呷口浊酒壮胆，别有一番情趣。这时已是黄昏时分，“天长去鸟没，日落清猿吟”，作者还要克服恐惧的心理，犹豫、徘徊着走下江阁。纵观全诗，诗人写出了去弘济寺登江阁观江景的冒险经历，为读者呈现出如同实景而又超越实景的“自然”山水诗。

第二章　情感之美

古诗词记录了作者的人生阅历和感悟，因此，古诗词创作必然有其特定的历史背景。古诗词最能摇荡性灵的，就是作品中的思想情感。而从情感角度来看，古人和今人是没有多大区别的，比如家国情怀、怀古伤今等。古代社会充满了不平和不幸，有抱负者不得志，有才能者受压抑，正直者遭冷遇，抗争者受迫害。生活在那个时代的诗人，常常处于社会生活的各种矛盾中，感慨于怀，就会产生各种愁思之情、穷苦之言、悲愤之音、叹惋之声，合而形成对社会的批判，从而引起广大读者的共鸣。即便在统治集团中，也有一小部分不得志者，他们或由于改朝换代及内部倾轧丧失了统治地位，或在人生道路上遭遇了生离死别的某种不幸，在特定的时间和环境里，也可能写出发自内心的愁思之作。由于他们的社会地位发生了变化，他们的情感也是真实的、深刻的，因而这些作品就是当时社会的一个折射，也能为读者所喜爱，也有其欣赏的价值。本章第一节便是介绍吟咏南京的古诗词中有关家国情怀的篇章。

古诗词首先是文学，而文学即人学，是用来理解人生、解释人生的。古诗词中，有抒写诗人怀才不遇、生不逢时之感慨的，有表现诗人胸怀大志而不为世用的凄凉心境的。南京是六朝古都，吴大帝墓、晋东陵……六代繁华尽为过眼云烟。历史的兴亡荣枯、世事的沧桑变化等，都是不以人的意志为转移的。诗人们在此凭吊、感伤，其愁绪只能融于烟霭苍茫的天地之中。我们学习古诗词，虽然不能带来功名利禄，更不能使人声名显赫，但可以让自己那颗风尘仆仆的心悠然飞翔，到达那片远离尘世喧嚣的世外桃源。本章第二节便是介绍吟咏南京的古诗词中有关怀古伤今的篇章。

古诗词实际上就是古代文人的精神、情感、心态的积淀与折射。这些作品有写个人的离愁别绪、感时忆旧的，但大都情真意切，思想深邃。这些情感如同浪花，往往会在人们的心灵深处激起层层涟漪。人的情感世界是复杂的，在人们的生活中总会出现各种各样的悲慨、伤感、愁恨、苦闷、解脱与追求，而这些都出自诗人对生活的深切感悟。诗人把他们真实的感受诉诸笔端，不论是如奔腾的江河般激昂，还是如哽咽的细流般低回，都是特定时期社会矛盾的反映，都能够在读者中找到知音。本章第三节便是介绍吟咏南京的古诗词中有关百态人生的篇章。

第一节 家国情怀

中华民族的历史，是一部全体人民为争取民族自由、解放和繁荣而斗争的历史，也是各族人民面对侵略与奴役不屈不挠进行斗争的历史，更是无数爱国志士为祖国独立与富强而英勇献身的历史。这一历史特色决定了爱国主义精神必定成为中国古诗词的传统主题之一。

诗言志，词言情。我们在学习诗人的爱国诗篇时，总是能够体会出这些诗行里沸腾着的诗人关怀祖国命运的炽热的爱国情怀。尽管诗人们来自不同的社会阶层，但他们都洋溢着对中华民族的热爱，对国家命运的关怀，对爱国志士的赞颂，对建立统一富强的祖国的渴望……这一切都表现了我们这个伟大民族优秀的精神品质，它们代代相传，并且在各个时代以不同的形式表现出来。

在爱国主义题材的古诗词中，遗民诗也占据着重要的位置，这主要是指南宋和明末的遗民在国家沦亡之后怀念故国的诗词。这些诗词沉郁悲凉，蕴含着誓死复国的决心。如李清照的“欲将血泪寄山河，去洒东山一抔土”（《上枢密韩公、工部尚书胡公》）就深刻地表达了收复失地的理想。本节为吟咏家国情怀的古诗词，从“伤时忧国”“恨凭谁雪”“燕矶吟怀”三个方面进行赏析。

一、伤时忧国

商女不知亡国恨，隔江犹唱后庭花

诗人杜牧前期颇有雄心壮志，关心政治，忧心当时已是千疮百孔的唐王朝。他看到统治集团的腐朽昏庸，看到藩镇的拥兵自重，看到边患的频繁迭出，深感社会危机四伏，唐王朝前景堪忧。这种忧时伤世的思想，促使他写下了很多具有现实意义的诗篇。其中，七绝《泊秦淮》就是其中的典型：

烟笼寒水月笼沙，夜泊秦淮近酒家。
商女不知亡国恨，隔江犹唱后庭花。

这首七言绝句是诗人夜泊秦淮时的触景感怀之作，在对六代兴亡之地的感叹中，寓含忧念现世之情怀。本诗情景交融，朦胧的景色与诗人心中淡淡的哀愁完美交融。

诗人在语言运用方面颇见功夫。首句写景，“烟”“水”“月”“沙”由两个“笼”字联系起来，融合成一幅朦胧冷清的水色夜景，渲染了一种迷离幽凉的气氛。次句点题，并以“近酒家”的丰富内涵启动思古之幽情。这七个字承上启下，由“近酒家”引出“商女”“亡国恨”和“后庭花”。后两句由一曲《后庭花》引发无限感慨，“不知”一词抒发了诗人对“商女”的愤慨，也间接讽刺了那些不以国事为重、纸醉金迷的达官贵人，即醉生梦死的统治者。“犹唱”二字将历史与现实巧妙地联结在一起，诗人的伤时之痛跃然纸上。

全诗寓情于景，意境悲凉，感情深沉含蓄，语言锤炼精当，是当之无愧的“绝唱”（诗评家沈德潜语）之作。

相视不曾言及此，欲教天意此时回

幕府山北麓临江处有一古渡口，叫五马渡。永嘉之乱时，因西晋五王南渡登岸之处而得名。当时有民谣：“五马浮渡江，一马化为龙。”五位王爷皆姓司马，百姓简称“马”。宋代诗人马之纯据此历史背景，写了一首七律《幕府山》，意蕴深邃。

当初一马过江来，幕府权宜向此开。
万里封疆吾旧物，一时宾客尔多才。
建台此事虽堪羡，掩泣其人更可哀。
相视不曾言及此，欲教天意此时回。

马之纯生活的年代，经历了靖康之乱，士大夫们为躲避战乱，纷纷迁移南方并落地生根。这种情况恰恰跟西晋末年的衣冠南渡——中原文明大规模迁徙的事件非常相像，故诗人的感受尤为深切。这首诗以幕府山为题，抒发了诗人内心的慨叹。首联开门见山，“当初一马过江来，幕府权宜向此开”。说琅琊王司马睿当初过江在南京设幕府也是出于无奈，是“权宜之计”。颔联接着讲，司马睿纵使当上了晋王，也没有什么值得高兴的。“万里封疆吾旧物，一时宾客尔多才”，表面上看是在图谋恢复晋朝大业，实际上隐含的一个疑问就是：“那又能怎么样呢?”颈联道出悲哀：“建台此事虽堪羡，掩泣其人更可哀。”后来虽然成就大业，定都建康(今南京)，登上皇位，当上了晋元帝，但毕竟只是半壁江山，仍有一半江山沦为外族之手，国家何其不幸矣！尾联以“相视不曾言及此，欲教天意此时回”作结，借古讽今，诗人的拳拳爱国之心、铮铮报国之志溢于言表！

登眺伤心处，台城与石城

据说清兵就是从石头城和台城攻陷南京的，所以“台城与石头城”就成了“伤心地”。明末清初时期的许多爱国诗人常常特地去这两处凭吊，抒发感慨。

下面介绍的著名画家、诗人龚贤的一首五律《登眺伤心处》，就极具代表性。

登眺伤心处，台城与石城。
雄关迷虎踞，破寺入鸡鸣。
一夕金笳引，无边秋草生。
橐驼尔何物，驱入汉家营。

诗人龚贤生于明末，颇有明朝情结。诗人早年曾参加复社活动，明末战乱时漂泊流离，入清隐居不出，晚年贫病交加，不久便含恨长逝。诗人死后因贫不能具棺葬，丧事全凭好友孔尚任料理，并由其抚养遗子。

这首《登眺伤心处》，是诗人从扬州返回南京，看到战乱洗劫后的家乡呈现出的惨景而作。首联“登眺伤心处，台城与石城”，流畅似水，通俗如话，直叙伤心处的地点。颔联“雄关迷虎踞，破寺入鸡鸣”，用沉郁顿挫的格调映衬出诗人苍凉悲慨的心境。颈联“一夕金笳引，无边秋草生”，写出了清兵入侵、国难当头的景象——无边秋草疯长，无处能幸免。尾联“橐驼尔何物，驱入汉家营”，从此汉人就成了亡国奴。整首诗反映出诗人悲愤填膺、涕泪难禁、令人心痛的形象。

他的好友诗人方文在《喜龚半千还金陵》中，曾赞龚贤“更妙是诗篇，浑朴复雄放”。郭沫若曾评赞龚诗说：“半千（龚贤的字）的诗虽然不多，大率精炼，颇有晚唐人风味。”无佶屈聱牙之句，无冷僻难解之词，诗人极具质朴的创作精神，从不故作哗众取宠惊人之笔，这大概与他对绘画艺术的不懈追求有异曲同工之妙。

二、恨凭谁雪

生当作人杰，死亦为鬼雄

宋代女词人李清照与其丈夫赵明诚，在大众的认知里是一对门当户对、意趣相投、时常诗词唱和、共同研究金石书画的模范夫妻。现实却不尽然。

1127 年，金兵入侵中原，掳走徽、钦二帝，赵宋王朝仓皇南逃。不久之后，李清照的丈夫赵明诚被任命为建康(今南京)知府。一天深夜，城里突发叛乱，身为知府的赵明诚没有恪尽职守指挥戡乱，而是悄悄地用绳子缒城逃跑了。叛乱被平定后，赵明诚也被朝廷革职。李清照为丈夫的临阵脱逃深感羞愧，虽无争吵，但从此便冷淡疏远了赵明诚。1128 年，他俩向江西方向逃亡。行至乌江，站在楚霸王项羽兵败自刎的地方，李清照不禁浮想联翩，心潮激荡。面对浩瀚的江水，她随口吟就了那首著名的《夏日绝句》：

生当作人杰，死亦为鬼雄。
至今思项羽，不肯过江东。

诗中借用西楚霸王项羽失败后不肯苟且偷生、乌江自刎的历史故事来讽刺南宋朝廷的投降逃跑主义，表达了一位女子希望抗战、恢复故土的强烈思想感情。尤其是“生当作人杰，死亦为鬼雄”两句，慷慨雄健，掷地有声。爱国激情和英雄豪气漫染纸面，力透纸背。“当作”“亦为”，不是简单的词语润色，而是一种精髓的凝练，是一种气魄的承载，是一种所向无惧的人生姿态。那种凛然风骨、浩然正气，充斥天地之间，直令鬼神失色。

据说站在李清照身后的赵明诚，闻之愧悔难当，从此郁郁寡欢，一蹶不振，不久便因病离世了。

人生自古谁无死，留取丹心照汗青

一读到“人生自古谁无死，留取丹心照汗青”，就会立刻想到南宋英雄文天祥；一提到文天祥，就会马上吟诵出“人生自古谁无死，留取丹心照汗青”。我们在这里与各位一起欣赏的却是文天祥的同学、好友邓剡的一首词《酹江月 · 驿中言别》：

水天空阔，恨东风不惜世间英物。蜀鸟吴花残照里，忍见荒城颓壁！铜雀春情，金人秋泪，此恨凭谁雪？堂堂剑气，斗牛空认奇杰。

那信江海余生，南行万里，属扁舟齐发。正为鸥盟留醉眼，细看涛生云灭。睨柱吞嬴，回旗走懿，千古冲冠发。伴人无寐，秦淮应是孤月。

这首词见于文天祥《指南录》中，题为《驿中言别友人作》，后人误认为是文天祥的作品，后定题为《驿中言别》，“友人作”指作者为文天祥的友人邓剡。邓剡和文天祥是同乡好友。1278 年，文天祥抗元兵败被俘。次年，他与邓剡一同拘押，又被押解北上元都。到金陵时，邓剡因病留下，而文天祥继续北上。临别之际，二人感慨良多。邓剡遂作此词赠予文天祥，为好友壮行。

此词的上片情景交融，咏亡国之痛，蜀鸟、吴花、残垣断壁，构成一种惨象，表现了词人复杂的情感。接下来，词人用了两个典故：“金人秋泪”是指魏明帝迁铜人、承露盘等汉时旧物，铜人潸然泪下之事；“堂堂剑气”是指灵剑奇气上冲斗牛，得水化龙之事。“斗牛”是指二十八宿之斗、牛二宿。

词的下片主要言情，表达对文天祥的倾慕、期望和惜别之情。下片也用了两个典故：“睨柱吞嬴”指的是战国蔺相如出使秦国完璧归赵的故事；“回旗走懿”指的是诸葛亮遗计吓退司马懿的故事。这首词的艺术特色除了情景交融之外，还有用典颇多。身为囚徒，词人有许多话不便直说，所以借历史典故，抒发胸臆。他借用各种历史人物的故事，较好地完成了对文天祥形象的塑造。在殷殷朋友之情中，深蕴着家国之悲，既赞颂了文天祥铮铮报国之壮举，也表达了词人的拳拳爱国之心。

书生莫吊龙蟠里，争得金瓯带血归

于右任是中国近现代的政治家、教育家、书法家，更是民主革命的先驱和国民党元老。周恩来总理曾评价说：“于右任先生是位公正的人，有民族气节的人。”下面我们就来欣赏于右任的《鹧鸪天》(十道娜嬛去不回)一词：

十道嫏嬛去不回。吾家文物亦成灰。书生莫吊龙蟠里，争得金瓯带血归。

三尺剑，一戎衣。园陵曾见五云飞。蹉跎兵马收京日，惨淡人民哭庙时。

这首词填写于1937年底。首句“嫏嬛”，是古代传说中天帝藏书的地方，后泛指珍藏书籍之所在。于右任在南京中山北路43、47、49号有占地面积3 000多平方米的自建“于公馆”，内有中式平房3幢、西式平房2幢及西式二层洋楼1幢，家中收藏甚多。第二句指1937年初冬，日军攻陷南京后，大肆烧杀淫掠，于公馆自然未能幸免，被日军洗劫一空，于右任存放于此的拓片荡然无存。这次毁于战火的拓片究竟有多少，于右任自己也说不清楚。龙蟠里9号是江南图书馆，藏书更多，毁损更为严重，所以才有“书生莫吊龙蟠里，争得金瓯带血归”的慷慨壮语，号召热血青年到战场上去参加抗日，还我河山！

词的下片，词人想象到抗日战争的艰难困苦。“五云飞”是词人回忆在中山陵拜谒孙中山先生陵寝时曾看到的天空彩云飞舞，借以遥念京都之情。等到收复京师，中国人民要付出多么巨大的惨痛代价啊！词人借此赞叹中华民族伟大的牺牲精神。“哭庙”是指祭奠社稷江山、缅怀祖先。从末两句中可见词人浓厚的民族情和炽热的爱国心，实在令人钦佩！

三、燕矶吟怀

燕子矶兮一秤砣，长虹作杆又如何

燕子矶有着“万里长江第一矶”的美称，“燕矶夕照”为清初“金陵四十八景”之一。历代文人骚客、英雄名流，甚至皇帝都慕名游览，并纷纷赋诗填词。下面我们就来欣赏流传甚广的明洪武皇帝朱元璋的七律《咏燕子矶》：

燕子矶兮一秤砣，长虹作杆又如何。

天边弯月是挂钩，称我江山有几多！

这是镌刻在南京燕子矶公园石壁上的一首诗，落款为朱元璋。至于是否真的是朱元璋所作，已无从考证。不过此诗在民间流传久远，许多百姓都耳熟能详，足见其影响之大。

朱元璋是明朝的开国皇帝，气魄宏大，眼界非同常人，看问题能站得高、望得远，同时想象力也绝非常人所能比。在诗歌创作方面，他也掌握了比较好的作诗技巧，“赋、比、兴”运用得很娴熟。他将燕子矶整座山比作一个秤砣，将天上的彩虹比作秤杆，将天边的弯月比作秤的挂钩，三个比喻句无不大得惊人！那么，朱元璋要这么大的一杆秤称什么呢？末句给出了答案：“称我江山有几多！”作为开国皇帝，他当然希望江山越大越好，社稷越重越好，这样他所建立的大明帝国才能根基雄厚，国祚绵长。

朱元璋的这首诗应该属于即兴创作，具有语言朴实、平易近人、生动形象的歌谣性质。与文人诗相比，它更接地气，比喻浅显贴切，既容易为人理解，又有极强的感染力，所以深受民众喜爱。

当年闻说绕江澜，撼地洪涛足下看

清朝康熙、乾隆二帝下江南时，均在燕子矶停留。特别是乾隆皇帝六下江南，五登燕子矶，书有“燕子矶”碑文，并且写有一首七绝《燕子矶》：

当年闻说绕江澜，撼地洪涛足下看。

却喜涨沙成绿野，烟村耕凿久相安。

乾隆皇帝亲笔御题的“燕子矶”，被地方官员制成了一块巨型御碑，并造亭一座，名曰“御碑亭”，至今仍屹立在燕子矶山峰之巅。此碑背面镌刻着乾隆御笔书写的这首七绝诗。

诗人登高远眺，不禁赞叹，燕子矶真是百闻不如一见：早就听说燕子矶险峻，江水滔滔绕崖而过，这壮阔的景象此刻就在脚下，颇有惊心动魄的感觉。这个时期的八卦洲正是洲地形成的增长期，上游的“七里洲”刚刚形成不久，乾隆皇帝见证了它的成长，于是用“却喜涨沙成绿野”来形容。八卦洲后来成为长江南京段中最大的洲地，面积达56平方千米，也是南京最大的粮仓和菜园子。皇帝写诗自然不同于一般诗人，乾隆由此想象到八卦洲上的百姓们衣食无忧、安居乐业，他这个做皇帝的心里是无比的欣慰和自豪。末句“烟村耕凿久相安”，正是他一直想要的“长治久安”的理想社会。就这一点来看，这首诗的作者应该不会有任何争议。

第二节　怀古伤今

在我国古代诗词中，怀古题材的诗往往是内容与思想都比较沉重的一类作品。这类诗词都是怀古伤今、有感而发的。诗(词)人常常是处于某种背景之下，前往瞻仰或凭吊某处历史古迹，回顾古人的业绩或遭遇，与自己的内心产生共鸣，不禁发出对古人业绩的慨叹，或抒发对物换星移、物是人非的悲哀之情。诗(词)人并不是单纯地发思古之幽情，而多是把深刻的现实内容通过吟咏古人古事来巧妙地表现出来。他们或指点江山，抒兴亡之感；或借古喻今，讽世讥时；或凭吊古迹，抒写胸中块垒；或评价人物，表达自己的历史观点。因此，这类诗词的感情基调一般都是比较苍劲悲凉的。

南京是六朝古都。自229年至589年，先后有吴、东晋、宋、齐、梁、陈六朝建都于此。但这六个朝代更替如走马灯一般频繁，平均寿命不足60年，都是短命王朝。因此，金陵也就成了六朝繁华、兴亡、荣辱以及时移世异、物是人非的代名词。王朝短命，悲恨相续，引得古代许多多愁善感的文人墨客无限伤感与深深追思。怀古诗就成了他们寄兴感怀的一个重要媒介，也为古诗词增添了一抹伤感的幽幽情怀，多了一份难舍的金陵情结。理解这类诗词，首先要根据诗中的物象确定史实，了解典故内容和它所包含的意义。更重要的是，要能激发我们积极进取、奋发有为、不断前行的正能量。

本节将从“六朝如梦”“京华烟云”“金陵斜阳”三个方面就吟咏南京的怀古诗词进行赏析。

一、六朝如梦

凤凰台上凤凰游，凤去台空江自流

在登临吊古之作中，唐代大诗人李白的七律《登金陵凤凰台》，历来好评如潮。下面，我们就来欣赏一下：

凤凰台上凤凰游，凤去台空江自流。
吴宫花草埋幽径，晋代衣冠成古丘。
三山半落青天外，二水中分白鹭洲。
总为浮云能蔽日，长安不见使人愁。

诗人李白在这首诗中，写出了自己独特的感受。他以登临凤凰台时的所见所感而起兴唱叹，把历史变迁与传说故事结合起来，把眼前景物和个人感受交织在一起，用以表达深沉的历史感喟与清醒的现实思索。

南朝宋永嘉年间，相传有凤凰集于此山，乃筑台，得名凤凰台。诗的首联写凤凰台的传说。在古代，凤凰被视为祥瑞之兆。当年凤凰来游，象征着王朝的兴盛；而如今“凤去台空”，就连六朝的繁华也一去不复返了，只有长江的水仍然不停地流淌着，大自然才是永恒的存在。颔联就“凤去台空”这一层意思进一步发挥。三国时的吴国和后来的东晋都建都金陵。诗人感叹吴国昔日繁华的宫廷已经荒芜，东晋的一代风流人物也早已进入坟墓。随后的颈联一转，诗人又把目光投向大自然，投向那不尽的江水：“三山半落青天外，二水中分白鹭洲。”这是一副佳联。三山在南京有两处：一处是距市区约50千米的滨江“三山矶”，另一处是城内的三山。因朱元璋建明都，城内的三山阻断了南门的通行，于是动用20万军民“移三山，填燕雀”以建皇宫，因此，只留下了一条叫“三山”的街道。两处三山，一处太远，一处太近。根据诗意，似乎是指远处的“三山矶”，尽管看不到，但可以意想到其半落在青天外了。白鹭洲并非今武定门内的白鹭洲公园，而是唐朝时秦淮河入江口处江中的白鹭洲，离凤凰台不远，江水被白鹭洲一分为二。山河的美将诗人的伤感淡化了，然而冷酷的现实终究无法使诗人摆脱伤感。“总为浮云能蔽日，长安不见使人愁。”诗人想到皇帝被佞臣包围，自己报国无门，反而更加伤感了。

像这样基调伤感的诗，在李白的诗中是不多见的。然而，这首诗所表达的感情却更真切、更深沉、更细腻。诗人被排挤出长安，虽受到极大挫折，但报国之情仍未泯灭，而又觉报国无门。诗中表达的这种矛盾、痛苦的心情，读之使人泫然。范德机有云：“登临诗首尾好，结更悲壮，七言律之可法者也。”(高棅《唐诗品汇》)诗人李白的举重若轻，从容自在，以浩然雄大之气充塞了整个诗的意境，充分展现了其博大、积极、美好的诗歌气象。

无情最是台城柳，依旧烟笼十里堤

台城，中唐时期就已是“万户千门成野草”（刘禹锡《台城》）了，到了唐末便更荒芜不堪了。我们来欣赏唐代诗人韦庄的一首凭吊六朝古迹台城的七绝《台城》：

江雨霏霏江草齐，六朝如梦鸟空啼。
无情最是台城柳，依旧烟笼十里堤。

韦庄身处唐末，此时的唐王朝已全面走向衰落，昔日的繁华已荡然无存，取而代之的是兵荒马乱、民不聊生。唐僖宗中和三年(883年)，韦庄客游江南，在目睹六朝故都金陵繁华销尽之后，触景生情，借景寄怀，抒发世变时移的感慨。尽管诗的总体感觉写得虚了一点，但在字里行间的留白处，其内蕴仍然是十分深沉且丰富的。

起句“江雨霏霏江草齐”，不正面描绘台城，而是着意渲染氛围。由于金陵滨江，故说“江雨”“江草”。在霏霏雨丝中，烟笼雾罩，如梦似幻；暮春三月，草长碧绿如茵，又显出自然界的生机。次句“六朝如梦鸟空啼”，表面看跳跃很大，其实首句草长莺飞的背后就隐藏着一座已经荒凉破败的台城。这里春色依旧，而曾经在台城追欢逐乐的六朝统治者，却早已成为历史上来去匆匆的过客，豪华壮丽的台城也成了供人凭吊的历史遗迹。真是往事如梦啊！“鸟空啼”的“空”字，与杜甫《蜀相》中“隔叶黄鹂空好音”的“空”字意思相同，它从人们对鸟啼的特殊感受中进一步烘托出“梦”字，寓意极深。“无情最是台城柳，依旧烟笼十里堤。”当年十里长堤，杨柳如烟，曾经是台城繁华景象的写照；而如今，虽然柳色依旧，烟笼长堤，可是台城已是一片荒凉破败了。面对此情此景，怀着亡国忧思的诗人只能发出慨叹：台城杨柳，尔好无情！怎能如此无动于衷，不解人间世事呢？说柳“无情”，正反衬了诗人的“有情”；写杨柳“依旧”，物是人非，正衬托今昔之沧桑巨变。而“最是”更突出了这种感受的深沉，其伤感与惆怅之情溢于笔端，形成一种强烈的感染力，引人惆怅，催人泪下。

这首诗文字不多，却能以虚胜实，虚实相生，以“无情”胜“有情”，在艺术上有独到之处。胡次焱曰：“始责烟柳无情，不顾兴亡；终羡烟柳自若，付兴亡于无可奈何，意味深长。”（明代周珽《唐诗选脉会通评林》）此论可谓恰切！

苔石疑文字，荆坟失是非

我们再来欣赏南朝梁诗人何逊凭吊蒋陵的一首五言诗《行经孙氏陵》（节选）：

苔石疑文字，荆坟失是非。
山莺空曙响，陇月自秋晖。

银海终无浪，金凫会不飞。

阒寂今如此，望望沾人衣。

东吴大帝孙权葬于蒋陵，亦称孙陵，在今南京市东北方向的钟山(亦称蒋山)南麓。何逊擅长抒写离情别绪及描绘景物。这首诗最大的特点，就是通过对客观事物的描写，衬托出诗人的主观感受。诗人寓目即书，不善用典，所以比较通俗易懂。

何逊的诗深受“永明体”的影响，这里只节选了后八句，但已非常接近成熟的近体诗五律了。诗人通过路经孙陵岗时的所见，借景抒情，感叹历史的兴亡。孙陵岗在钟山独龙阜(今梅花山)，明代修建明孝陵时，险些被平掉，幸得朱元璋说了一句：“孙权亦是一条好汉，留他替朕看门吧。”这才有幸保住，可见世事变幻无定。诗人行经孙陵岗，距吴国灭亡已200多年，年深日久，风蚀雨淋，而今一代帝王的陵墓，也不过就是一个大土丘。“荆坟”即坟上长满低矮的灌木和荒草；“失是非”，是说东吴大帝陵的位置也难以确指。暑往寒来，日复一日，只有飞莺在山间悲鸣，淡月在空中残照，陵墓中的陪葬品大概已不复存在了。墓中纵有银海也翻不起波浪，纵有金野鸭也飞不起来了，一切皆是枉然。念昔日之叱咤江左，睹今日之寂寞荒凉，不能不使人伤感。结尾突出了主题：如今，寂静得连一丝声响都没有了，这是何等的悲催啊！兴亡之感，启人深思。

吴汝纶说：“此殆伤齐亡之作，黍离麦秀之思也。”(《古诗钞》卷五)其实，凭今吊古伤心泪，不必定指哪一家。前事之失，后事之鉴，总结历史经验教训，以免重蹈覆辙。苟能如此，亦已足矣！

二、京华烟云

碑字已漫青草死，酸风吹熬石麒麟

五陵指五座皇帝陵，即“晋东陵”，在龙广山(今富贵山)南麓。宋代诗人苏泂有一首七绝《金陵杂兴》，我们来欣赏一下：

五陵歌舞换埃尘，地下黄金出尚新。
碑字已漫青草死，酸风吹煞石麒麟。

晋代皇家祖训是身后陵寝“平葬不起坟堡”，这就导致改朝换代之后，陵寝的确切位置很难分辨出来了。不过，苏洞的这首七绝诗说原来东晋帝陵上是有明确标志可资识别的。

这首怀古诗用白描手法描述了诗人来到龙广山，想瞻仰一下东晋帝王陵，不承想已经残败不堪了。前两句“五陵歌舞换埃尘，地下黄金出尚新”，诗人联想到这五位皇帝生前的生活，他们吃的是珍馐美味，穿的是绫罗绸缎，日日笙歌燕舞，享不尽的荣华富贵，死后却一切成空，现在都已变成了尘土，可深埋地下的黄金出土后却依然金光闪闪，跟新的一样。诗人慨叹帝王们生前是多么的豪奢！紧接着一转，后两句“碑字已漫青草死，酸风吹煞石麒麟”，诗人看见眼前墓碑上面残缺不全的字迹已经淹没在荒败的枯草之中，风雨侵蚀着陵道旁的镇兽石麒麟，业已剥蚀、凋敝、凄凉，一切又是那么的萧条！荣枯兴衰对比强烈，平添万千感慨。

烟水不关兴废感，夕阳闻已唱渔歌

下面我们来欣赏明末清初诗人吴伟业写的七律《玄武湖》：

覆舟西望接陂陀，千顷澄潭长绿莎。
六代楼船供士女，百年版籍重山河。
平川岂习昆明战，禁地须通太液波。
烟水不关兴废感，夕阳闻已唱渔歌。

“后湖”即指玄武湖。吴伟业生活在明末清初这一王朝更替的时代。作为前朝遗民的知识分子，面对一场亡国的灾难，诗人“挣扎与调整、反抗与屈从”的心态是极为痛苦的。诗人通过对六朝时期玄武湖历史变迁的回顾，注重写实记事，突出普通民众在大背景下的个体命运，而自己的感受和见解则隐没其中。清代文人陈廷焯曾评论吴伟业说：“梅村高者，有与老坡神似处。”(《白雨斋词话》)

诗的首联介绍玄武湖南面是覆舟山(今小九华山)。它是钟山龙脉的一部分。钟山为龙首，覆舟山为龙腰，鸡笼山、鼓楼岗则为龙尾，是南京风水的关键所在。玄武湖浩瀚无际，其北直抵长江。颔联指出，玄武湖在六朝时为皇家花园的一部分，供士子贵女们乘船游赏；到了明代，则成为皇家禁地黄册库，周围有明城墙锁钥，成为禁游的国家重地。玄武湖又称“昆明湖”。颈联感叹现在的湖面这么小，当年南朝陈武帝在此操阅水师，有步兵十万，战船五百艘，是何等的规模啊！“禁地须通太液波”，诗人用汉武帝时期京城长安大明宫的太液池来形容玄武湖，说明明朝已成为过去，禁地也该还给人民了。尾联道出了“烟水不关兴废感，夕阳闻已唱渔歌”的现实，说明世事都在变化，不以人的意志为转移。君不见玄武湖已闻渔歌声了吗？我们唯有好好珍惜当下。

卢龙山势接江东，城郭烟生落日中

卢龙山，是狮子山的古称。“狮岭雄观”为清初“金陵四十八景”之一。朱元璋曾在卢龙山大败陈友谅，为建都南京奠定了基础，后改卢龙山为狮子山。清代诗人余宾硕有一首七律《登卢龙山》，记述的就是当年登卢龙山的所见所闻、所想所思：

卢龙山势接江东，城郭烟生落日中。
父老讴歌思帝业，君王神武驭英雄。
莓苔蚀路行人少，鸟雀翻阶古殿空。
想像玉舆巡幸处，萧萧黄叶起西风。

文人墨客常常会以“悲秋”为题材，抒发自己的愁思。余宾硕同样如此，他喜欢寄情于金陵山水，遍访胜迹，留下了一卷60首的《金陵览古诗》，此为其中的一首。

卢龙山地处长江东岸，是南京的江防重地，城市门户。首联交代了卢龙城郭的险固，黄昏时“烟生落日中”，静中有动，顿使画面鲜活起来。颔联“父老讴歌思帝业，君王神武驭英雄”则是怀古，诗人联想到明太祖曾在此创下的丰功伟业。当年，陈友谅率领40万大军攻打应天府(今南京)，朱元璋就坐在这卢龙山上指挥8万兵马，以少胜多，打败了陈友谅。那是何等的神勇，场景又是何等的壮观！颈联转而写今，“莓苔蚀路行人少，鸟雀翻阶古殿空”，道出了眼前凄凉的景象，时过境迁，这里已经荒凉得人迹罕至了。想到这里曾是明太祖乘坐“玉舆巡幸”的地方，当时是何等繁华，何其荣耀，眼前却是“萧萧黄叶起西风”，今昔对比，实在令人慨叹不已！

三、金陵斜阳

伤心千古，秦淮一片明月

我们来欣赏元代词人萨都剌的《念奴娇·登石头城次东坡韵》：

石头城上，望天低吴楚，眼空无物。指点六朝形胜地，唯有青山如壁。蔽日旌旗，连云樯橹，白骨纷如雪。一江南北，消磨多少豪杰。

寂寞避暑离宫，东风辇路，芳草年年发。落日无人松径里，鬼火高低明灭。歌舞尊前，繁华镜里，暗换青青发。伤心千古，秦淮一片明月。

词人借对“六朝形胜”及其历史遗迹的吟咏，抒发了吊古伤怀的情感。抚今追昔，格调苍凉。词人以一组富有悲剧意味的景象，写出了风云易逝、青山常在的感慨。

上片写词人白天登眺时的所见。第一韵为总写。“石头城上”点明登临的地点，入手擒题，落笔不凡。“天低”，写眺望之遥远；“吴楚”，写地域之辽阔，前面着一“望”字，说明石头城虽是六朝故都，但“六代繁华”已空无所有。这三句欲抑先扬，使我们领略到词人登临石头城上的壮阔情怀。第二韵，面对昔日的豪华、奢侈和威严，如今随着时光的流逝一切皆化为乌有，只有“如壁”的“青山”，亘古不变地存在着。这青山，既是历史的遗迹，又是眼前的实景。词人在强调客观事物(青山)不变与时间变化的同时，以内在的对比强化一种无可挽回的历史代序和消亡，突出了吊古的题旨。第三韵，词人又将时间由现在拉回到过去，为读者描绘出一幅视觉性极强的战争画面。“旌旗”“樯橹”前分别以定语“蔽日”“连云”加以修饰，“白骨”后面则以谓语“纷如雪”加以描述，更增强了这幅战争画面的激烈残酷和惊心动魄。歇拍两句总结上文，进一步抒发了词人深沉的感慨：那些曾经炬赫一时的“豪杰”，他们的骁勇和神威，曾使天地变色、鬼神震惊，如今却被无情的历史“消磨”干净，无不令人扼腕叹息。

下片是月夜抒怀。词人改变了上片那种从大处、高处落笔的写法，只是从细处着墨，将审美注意力集中到“避暑离宫”的芳草上——这芳草一年一度，“发”得那样默然，那样漫不经心……草木如此，人寿几何？作为一种时空的存在物，人的个体生命是极其有限的，且不说浩瀚无垠的宇宙时空，即使是在“年年发”的“芳草”面前，词人也情不自禁地生发出宇宙无限、人生如寄的感叹。“歌舞尊前，繁华镜里，暗换青青发”三句，便深刻表现出这种强烈的自我意识。歇拍两句，以景语作结，将丰富的感情信息聚集在“明月”这一意象中，使之客观化和具象化。这种把主观情绪化为无限空间的结穴之法，自有一种低回悠远、“曲终江上”的韵致，可诱发欣赏者在一种浩瀚空阔的景象中沉浮，同时也最大限度地突出了吊古的本意。

满目山围故国，三阁余香，六朝陈迹

青溪发源于建康(今南京)钟山西南，向南汇入秦淮河，今已湮没。然而，元代的大剧作家白朴的一首怀古词《夺锦标》却给我们留下了永恒的地方记忆。它是以词人个人对史事的认识与感受为主线展开描写的：

霜水明秋，霞天送晚，画出江南江北。满目山围故国，三阁余香，六朝陈迹。有《庭花》遗谱，惨哀音、令人嗟惜。想当时、天子无愁，自古佳人难得。

惆怅龙沉宫井，石上啼痕，犹点胭脂红湿。去去天荒地老，流水无情，落花狼籍。恨青溪留在，渺重城，烟波空碧。对西风，谁与招魂，梦里行云消息？

上片写词人初到青溪时的所见、所闻和所感。第一韵交代时间、地点，词人站在青溪边，看到秋天的晚霞布满大江南北的上空，一个“画”字写得非常传神。第二韵“山围故国”说的是南京形胜，“三阁余香”，述说南朝陈后主陈叔宝所建“临春、结绮、望仙”三阁，以“有”写“无”，以尚有余香暗示已无三阁。第三韵引出歇拍的故事。“《庭花》遗谱”是“哀音”，指出了这场国破家亡历史悲剧的两位主人公：陈后主与张丽华。这里用了两个典故：“天子无愁”原指北齐后主高纬，这里借喻陈后主；“自古佳人难得”原指汉武帝宠妃李夫人，这里借喻张丽华。

下片承上片“想当时”三字，笔墨集中在天子与佳人上演最后悲剧的两处现场：景阳宫井与青溪。第一韵写隋军到来，后主携张、孔二妃躲入景阳井避难，隋军将后主等人从井中拉出时，张、孔二妃的胭脂擦到了井栏石上，从此井栏石上便留下了胭脂的红色。“惆怅”二字写出词人在凭吊景阳宫井时的感伤。第二韵是过渡性的笔墨，唯见无情流水、狼藉落花的画面——无愁之天子往矣，难得之佳人往矣。从“恨青溪留在”句至结尾，均是词人的直接抒情。青溪本是宫城的护城河，词人非要拉开距离，用“渺重城、烟波空碧”，这是一种心理上的感受，诉说的是青溪已被冷落、遗忘，无人欣赏。“西风”遥应开篇处的“秋”字。“招魂”，按旧时习俗，是对灵魂的一种安抚。这里指的是招张丽华之魂，而不是招陈后主之魂。“谁与招魂”，是说无人为她招魂。即使有人招魂，也是难以得到这位多情女子的消息的。全词包含批判人主荒淫误国以及叹息世事无常、人生若梦之类的内容，但词人主要还是抒写对一位随着王朝的覆亡而惨遭杀身之祸的美女的哀怜与同情，表现了词人人性的善良和胸怀的宽广。

第三节　百态人生

所谓人生，就是听不完的谎言，看不透的人心，放不下的牵挂，经历不完的酸甜苦辣。在我国古代，关于这一类的诗词非常多，尤其是有关乡情、爱情、亲情、友情方面的诗词更是不胜枚举。这些诗词表面看是作者个人的感情天地，实际上仍扎根于社会和历史的土壤之中，在一定的条件下，也反映了当时的社会生活和人民的相似命运。人的感情世界是复杂的，在人们的生活中总会出现各种各样的悲慨、伤感、愁恨、苦闷、解脱和追求。只要将出自生活中深切的感受真诚地倾诉于笔端，不论是似奔腾的大海，还是如涓涓的细流，都能够在读者中觅到知音，激发共鸣。

离别诗是古代情感诗中的重要内容。由于古代道路崎岖难行，交通工具落后，水路靠船，陆路靠驴马，十分不便，通信也就更加困难了。为了追求事业、理想，诗人辞别亲友，离开故土。一旦分离，就不知何日才能再相逢了，因而古人更重离别。离别诗的内容多表现为诗人对家乡的眷念。

古人交友提倡相知交心、解衣推食、生死与共的真友谊，批判虚情假意、朝秦暮楚、世态炎凉的假朋友。这类诗多反映出诗人对友人的情深义重。另外，一些文人因不满官场的勾心斗角及世俗社会的浑浊不堪，或因抑郁不得志而归隐田园，与乡人为伍，与明月作伴。他们以自身生活为题材创作的诗词，可以归为隐逸诗或田园诗。

本节就吟咏南京的情感诗词，从“赠离别情”“真情友谊”“思乡归隐”三个方面进行赏析。

一、赠离别情

南朝宋诗人谢灵运被公认为山水诗的鼻祖，世称“大谢”。我们这里将要欣赏的却是一首赠别抒情之作——谢灵运的《邻里相送至方山》：

祗役出皇邑，相期憩瓯越。
解缆及流潮，怀旧不能发。
析析就衰林，皎皎明秋月。
含情易为盈，遇物难可歇。
积疴谢生虑，寡欲罕所阙。
资此永幽栖，岂伊年岁别。
各勉日新志，音尘慰寂蔑。

谢灵运出身名门，作这首诗时37岁，正是干事业的黄金年龄。他原任散骑常侍，转任太子左卫率，还是个京官。可他从小就喜爱奢侈豪华，而且性格偏激，常有触犯礼法律令的行为。朝廷只把他当作一个有些才华的文人，而不是有学识才干的政治家，故未能委以重任。他自认为是个有水平、有能力参与国家大政的济世之才，由于长期得不到赏识和重用，心中不免愤愤不平。此时，他又被贬外放，任永嘉郡(今温州)太守，虽不乐意，但君令难违，不得不走，于是写下这首五言古体诗以寄托情思。

全诗共十四句，前四句讲述了诗人将出任永嘉太守。“解缆及流潮，怀旧不能发。”方山这里有秦淮河，是建康城东南郊的水运枢纽。邻里送至方山码头，他即要告别往浙江而去。他与邻里确实感情深厚，不忍分别。中间四句借景抒情。“析析就衰林，皎皎明秋月。含情易为盈，遇物难可歇。”表面上语多旷达，实际上却是眷恋朝廷、眷恋家族的富贵奢华。后六句诗人用细腻的笔触来描摹自己内心微妙而又复杂的情感。“资此永幽栖，岂伊年岁别”，既生动地描绘了离别时的自然场景与离情别意，又表达出了自己官场失意的郁闷心情。

有情知望乡，谁能鬒不变

南朝齐诗人谢朓曾与沈约等人共创“永明体”，世称“小谢”。他长于五言诗，多描写自然景物，间亦直抒胸臆，诗风清新秀丽，圆美流转，善于发端，时有佳句。谢朓的五言诗《晚登三山还望京邑》便完美地体现了他的这一风格：

灞涘望长安，河阳视京县。
白日丽飞甍，参差皆可见。
余霞散成绮，澄江静如练。
喧鸟覆春洲，杂英满芳甸。
去矣方滞淫，怀哉罢欢宴。
佳期怅何许，泪下如流霰。
有情知望乡，谁能缜不变？

这首五言诗是南朝齐明帝建武二年(495 年)，谢朓出任宣城太守时，途经三山时所作。三山在南京市西南，与燕子矶、采石矶合称“长江三大名矶”，也是清初“金陵四十八景”之一。

三山离建康(今南京)不远，相当于从灞桥到长安的距离，故诗的开头就拿此打比方，以“河阳”代三山，以“长安”代金陵。此诗写诗人登山临江所见到的春晚之景，以及遥望京师而引起的故乡之思。全诗共十四句，前两句交代离京的原因和路程，引起望乡之意。中六句写景，色调绚烂纷繁、满目彩绘，描绘登山所望见的景色。其中“余霞散成绮，澄江静如练”是千古传诵的名句，运用比喻的修辞手法，不仅使水天相映的景象有了鲜明悦目的色彩，而且融进了诗人对景物的情感，表达更显空灵。后六句写情，景色优美太令人留恋了，故舍不得离开，尽管是赴任，却是满心的不情愿。“有情知望乡，谁能缜不变?”情绪低落，单纯柔和，清新温婉，抒发人生感慨。从欣赏的角度来看，此诗的结尾情绪是柔弱而消沉的，似乎与前面所写的壮丽开阔的景象形成强烈的反差，显得极不和谐。但我感觉这可能就是诗人的故意为之，就是要让朝中一些人知道，离开南京咱不开心、不甘心！

二、真情友谊

三山怀谢朓，水澹望长安

大诗人李白有横绝千古的艺术才华，有潇洒旷达的绝代风流，有啸傲天地的撼人气魄，是真正具有盛唐气象的诗人，可以说鲜有诗人大家能入他的法眼。然而，他却对谢朓崇拜有加，以至每逢胜景，常“恨不能携谢朓惊人诗句来”（《云仙杂记》）。下面，我们从李白的五律《三山望金陵寄殷淑》来分析他对谢朓的仰慕之情。

三山怀谢朓，水澹望长安。
芜没河阳县，秋江正北看。
卢龙霜气冷，鳷鹊月光寒。
耿耿忆琼树，天涯寄一欢。

诗人通过怀古思今，表达了思念友人殷淑之情。殷淑是道士李含光的门人，道号中林子。李白信奉道教，便与殷淑成了至交好友。

诗的开头借用谢朓的诗句，以“河阳”代“三山”，以“长安”代“金陵”。颔联“秋江正北看”突出了一个“秋”字，交代了时间、地点。按照五律诗的要求，此联必须对仗，而此诗并没有采用，说明在李白那个时代，近体诗还没有完全成型，但这并不影响诗意的发挥。颈联的“卢龙霜气冷，鳷鹊月光寒”，均借助人的感受来写景，与上联的“秋”字相呼应，透出遥望金陵所见的一片寒凉冷寂之气，引出孤独凄凉的思友意境。“卢龙”是今天的狮子山，在南京城西北；“鸡鹊”是南朝宫中的楼观名。尾联将思友之情由暗转明。“琼树”本是树的美称，此处用以比喻殷淑美好的人品。诗人的“耿耿”之情，友人的“琼树”之美，相隔“天涯”之远，寄上“一欢”之慰，把友情推向了至深、至浓、至切的境地。李白写诗喜欢将想象、夸张、比喻、拟人等修辞手法综合运用，从而形成一种神奇浪漫、瑰丽动人的意境。

犹恰韦处士，尽日共悠悠

我们现如今都生活在纷繁嘈杂的世界中，白天东奔西走，忙忙碌碌，晚上也许仍沉浸在网络世界中酣战，人与人之间缺少了沟通交流，渐渐地疏远了。有人调侃说，世界上最遥远的距离，就是我在你面前，你却在玩手机。而这一切，我确信真的会弱化我们对这个美好世界的感知能力。真正能让我们感动的事已经很少了，如果再缺少了友情，那么人类就只能生活在精神的沙漠里了。正因为如此，古人的那些留存于诗词中的友情就更值得我们去品味了。我们来欣赏一首唐代诗人白居易的五律《池上赠韦山人》：

新竹夹平流，新荷拂小舟。
众皆嫌好拙，谁肯伴闲游？
客为忙多去，僧因饭暂留。
犹怜韦处士，尽日共悠悠。

白居易做过翰林学士、左赞善大夫，官至刑部尚书。中年时在官场中受到了挫折，产生了“退避政治、知足保和”的思想。在外放期间，他做了许多有益于民生的大事，如开筑杭州西湖的“白堤”“六口井”等工程。晚年，他寄情于山水，效仿陶渊明退隐志趣，这首诗就是他在晚年时创作的作品。

晚年的白居易来到金陵钟山，就想领略一下“钟阜龙蟠”的壮丽风光。这首诗写的就是他来到钟山蒋山寺后的感受。首联“新竹夹平流，新荷拂小舟”，写他去湖中荡舟。颔联和颈联“众皆嫌好拙，谁肯伴闲游。客为忙多去，僧因饭暂留”，写出了诗人本想继续闲游，可惜大家都很忙，没有人愿意陪伴他。正在失望之际，他碰到了韦处士。韦处士非官场人物，久慕白居易大名，也喜欢寄情于山水，两人意气相投，遂成了好朋友。白居易在钟山居留了数日，韦处士放下自己的事情，整天陪他游览观光，“尽日共悠悠”。尾联是说诗人既饱览了南京钟山的美丽风光，又收获了韦处士的真挚友谊，所以赠诗表达谢意。

三、思乡归隐

春归秣陵树，人老建康城

李清照南渡以后，词风从清新俊逸转变为苍凉沉郁，从少女时代的清纯、中年的忧郁，一化而为晚年的沉隐悲怆。这一情感转变在她晚年的《临江仙》(庭院深深深几许)中有很好的体现。我们来欣赏她的这首词：

庭院深深深几许？云窗雾阁常扃。柳梢梅萼渐分明。春归秣陵树，人老建康城。

感月吟风多少事？如今老去无成。谁怜憔悴更凋零。试灯无意思，踏雪没心情。

李清照对欧阳修《蝶恋花》(庭院深深深几许)中的“庭院深深深几许”这一句特别喜欢，不仅袭用一字未改，而且融化不涩，别具新意。这首词不仅是词人个人的悲叹，而且道出了成千上万想恢复中原的人的心声。全词格调苍凉沉郁，几乎全以口语入词，明白晓畅，又极准确、深刻地表达了词人彼时的心理状态。

词的上片写春归大地，词人闭门幽居，思念亲人，自怜身世。“庭院”句言其深，“云窗”句状其高。一纵一横，交相映衬，将一座贵家池馆的富丽与清幽的气象勾画了出来。连用三个“深”字，乃比兴之作。貌写闺情，实蕴国恨。云簇疏棂，雾迷高阁，这是何其缥缈清幽、高出尘寰的所在啊！“柳梢梅萼渐分明。”柳梢吐绿，梅萼泛青，一片早春大地复苏的风光。写景如画，不设色，淡墨勾线，着一“渐”字，为点睛之笔。“春归秣陵树”意谓南宋偏安建康，又一度春光来临了；“人老建康城”哀痛北人将老死南陲，营造出一种悲恸欲绝的境界。

词的下片承上片，触景伤怀。“感月吟风多少事？如今老去无成”，今昔对比，无限感喟。“多少事”，以强调语气，表示往事很多，记也记不清了。可如今年老飘零，心情不好，什么事也做不成。至此，词人情绪极为激动，不禁大声疾呼：“谁怜憔悴更凋零！”破碎山河无人收拾，词人憔悴瘦损，流落江南。“谁怜”二字，表明词人身处异乡，孤身一人，无人可诉。而一个“更”字，道出了词人的心境日渐悲凄。“试灯无意思，踏雪没心情。”这两句并非写实。“试灯”，是宋人元宵节前的盛事，当年她每每都要拉着丈夫去赏灯；“踏雪”，每逢天降大雪，她便顶笠披蓑、循城远览以寻诗，得句必邀其夫赓和。如今这一切都“无意思”“没心情”了，进一步表露了词人对“一切”都感到心灰意冷了。

塞鹰横空迷北固，淮流带雨入清溪

明朝时期，中外交往呈现空前繁荣的局面。明太祖朱元璋立国之后，以恢复华夏正统为己任，认为和平稳定的内外环境是明王朝得以存在和发展的重要保证，因而制定了睦邻友好的外交政策和“厚往薄来”的外贸政策，一时间中外人员往来非常密切。这一切在一个生活在南京的外国人的思念家乡的七律《登卢龙山》中得到了侧面体现：

百尺重岩草木齐，古藤垂引蹑云梯。
山间晚雾浮窗近，江上阴云压树低。
塞鹰横空迷北固，淮流带雨入清溪。
吾徒飞动悲迟暮，散发空林听鸟啼。

本诗的作者是明代诗人金大车，他的祖先是阿拉伯麦加人，东迁后居河北永平。明太祖赐姓金，徙其高祖洵于江宁（今南京），遂为江宁人。诗人生活在明嘉靖年间，那时南京明城墙已历经150余年沧桑，狮子山（即庐龙山）外围城墙自然长满古藤，城外是护城河，山上有卢龙观，古木参天、绿树浓荫，形成水包城、城包山、山成林的山、水、城、林为一体的独特景象。

这首七律主要描写了傍晚时分狮子山的景色。首联写狮子山的外貌，"百尺重岩草木齐，古藤垂引蹑云梯"，形象生动地道出了山势的"险峻"，城墙上的古藤如同云梯难以攀登。颔联绘景，交代了时间与环境，"浮窗近""压树低"，显然是诗人在山上的卢龙观附近所见。颈联触景生情，诗人看到了故乡的动物塞鹰，自然就勾起了对遥远故乡的回忆。尾联借狮子山晚间的"空林""鸟啼"，进一步抒发了诗人的悲愁凄苦的情怀。梁园虽好，终不是久恋之家啊！

陶潜不为钟声去，月夜相邀溪水东

明朝初年，由于朱元璋出身僧侣，再加上有鉴于元代崇奉喇嘛教的流弊，转而支持汉地传统的佛教各宗派，因此喇嘛教渐衰，而禅、净、律、天台、贤首等汉传佛教诸宗逐渐恢复并发展。了解了这一背景后，我们来欣赏一首明代诗人盛时泰的七律《祖堂山》：

落日深林逢远公，铜瓶锡杖得相从。
层栏远接诸天外，丈室平临万壑中。
钟阜断云连古戎，秣陵残叶下西风。
陶潜不为钟声去，月夜相邀溪水东。

盛时泰博学多才，是吴派著名画家。他诗、书、画、文皆精，可惜无缘官场，终生不得志。祖堂山为南京南郊游览胜地。这首七律便是诗人游览祖堂山后的观后感。

这首诗借景抒情。首联“落日深林逢远公，铜瓶锡杖得相从”。远公是慧远的尊称，他是继著名高僧道安之后的佛教首领。因其大力弘扬净土法门，被后人尊为净土宗初祖。铜瓶锡杖是佛教的法器。颔联“层栏远接诸天外，丈室平临万壑中”，吟咏了牛头宗祖堂的宏大及祖堂山的秀美景色。颈联“钟阜断云连古戎，秣陵残叶下西风”，秋风萧瑟，夕阳西下，诗人触景生情，想到“钟阜断云”“秣陵残叶”，联想到金陵的历史，白云苍狗，世间沧桑，令人感叹。尾联“陶潜不为钟声去，月夜相邀溪水东”。此时诗人的心态有两种可能：一是自嘲，反映出他在志向上的无奈和遗憾，不能取得功名，得个一官半职。二是自慰，诗人在生活上是富裕的，能够通过发挥专长，过着衣食无忧的小康生活。诗人通过羡慕陶渊明“采菊东篱下”的退隐生活，抒发了自己虽不能去“桃花源”，却能“月夜相邀溪水东”的惬意和逍遥。

第三章　文化之美

古诗词的内容和情感是社会生活的真实写照和反映，与那个时代的生活实际是紧密联系的。南京文化最显性的特征便是南北交汇、兼容并蓄、开放包容，可谓独树一帜。我们这里谈的“文化”，就词的释义来说，“文”就是“记录、表达和评述”，“化”就是“分析、理解和包容”。古诗词是文化传承的重要载体。文人墨客来自社会各个阶层，他们的作品“兴、观、群、怨”，反映出了他们的真实情志。他们的生活没有想象中的那样璀璨夺目，有的是“俗到掉渣”又令人心驰神往的脉脉温情；也没有达官贵人的奢华精致，有的是普通百姓日复一日的坚守和乐观。他们中的很多人过着充满变幻又杂乱无章的平民生活，由此产生的诗词作品常常表现出一种无序化的自然文化，通俗浅近，我们姑且称之为市井文化。本章第一节介绍吟咏南京的古诗词中有关“市井生活”的篇章。

南京自古就是浪漫之都，青梅竹马王献之与桃叶、英雄与美女等故事家喻户晓。文人抒写爱情的诗词不像民间歌谣那样直率大胆、炽烈奔放，而是深沉含蓄、缠绵悱恻。爱情生活是不同阶层的人们所共有的，社会政治和经济地位的不同，固然会使人们爱情生活的表现形式有所差异，但人们的心性和情愫，常常有共通之处。本章第二节介绍吟咏南京的古诗词中有关“爱情亲情”的篇章。

每逢节令的更替以及传统节日的到来，那些身处旅途的诗人往往会有感而发。诗人们触目自然，放眼社会，自心灵深处生发，写下了大量吟咏时序节令的诗词。节日赋诗是一个传统，王安石咏春节的《元日》、辛弃疾咏元宵节的《青玉案·元夕》、杜牧咏清明节的《清明》等都是流传千年、脍炙人口的佳作。本章第三节介绍吟咏南京的古诗词中有关“民风民俗”的篇章。

第一节 市井生活

“市井文化”是一种展现南京街巷中底层百姓具有生活气息的、经久不衰的、富有地方特色的文化现象，是一种不登大雅之堂的、通俗乃至粗俗的文化现象。但在城市化进程加快的过程中，“市井文化”也成了一种人们追寻过去那种质朴、原始、纯真的生活方式从而获得认同的文化现象，不能把这一词语狭义地归为贬义。比如，沿街叫卖的小贩的各种腔调和富有韵律的呼唤声，某地街头的特色小食品，摆地摊、练把式，街头斗蟋蟀，路灯下众人围观的棋局，夏日里晚间街头竹躺椅上摇扇聊天喝茶的市民，吹糖人的手艺人，简易廉价的理发挑子……这些都属于“市井文化”的范畴，现在很多项目还被列入了非物质文化遗产名录，具有独特的美感与文化价值。在历史的长河中，歌咏这些市井文化现象的古诗词也大量存在，从最初的歌谣，到古诗、近体诗、词，各种体裁兼备。

歌咏市井的诗词是生活化、自然化、无序化的，它是诗人从休闲、娱乐、轻松的角度对街区小巷中通俗浅近、充满变幻又杂乱无章的市民生活的写照，它反映出的是市民真实的生活状态和心态，表现出的是浅近而表面化的喜怒哀乐。它自由闲散，缺乏庄严，缺少深刻性和心灵冲击力，无关现实与历史的深层次的忧患，更没有血与火的悲剧意识。它从另一个角度让人们认识到那个时代的普通民众的生活图景和喜怒哀乐。

本节吟咏南京的古诗词，我们从“市井生活”“休闲娱乐”“走访游学”三个方面进行赏析。

一、市井生活

小姑所居，独处无郎

南京自古就是文风昌盛之地，诗词歌赋、才子佳人数不胜数，其中耳熟能详的成语更是不胜枚举。比如，得意忘形、凤毛麟角、渐入佳境、危言耸听、咄咄逼人、东山再起、龙蟠虎踞、画龙点睛等。

乐府《神弦歌》中有一首无名氏创作的《青溪小姑曲》："开门白水，侧近桥梁。小姑所居，独处无郎。"只有短短四句十六字，却构成了一首清丽的民间歌谣。青溪小姑是指汉秣陵尉蒋子文的第三个妹妹。蒋子文因追寇受伤而死，孙权为了表彰他，就在紫金山北麓立庙，即蒋王庙，钟山因此称蒋山，小姑被祀为水神。青溪发源于钟山，青溪庙建在青溪河畔，打开庙门，即可见河中清澈的流水。庙旁有一座桥梁横跨青溪。青溪小姑独居在青溪庙，没有同她成双配对的青年儿郎，她还是一个少女神。"小姑独处"的成语即出于此，故事发生的地点在今秦淮区四象桥附近。

这首歌谣，明白如话。前两句描写环境，有清澈的河水，河上有一座桥，说明青溪庙及其附近的环境很幽雅、清静。后两句写人，白描"小姑所居"的状况，并交代其"独处无郎"的少女神的身份和境况。尤其是最后一句"独处无郎"，可以说是"画龙点睛"之笔，令全诗皆活，把读者的想象空间都调动起来了。这首歌谣妙就妙在以有限的短句，传不绝的余韵。小姑所居，独处无郎，你若不来，我自盛开。

几叶回舟动瞑烟，一声欸乃动江天

南京市溧水区的石臼湖被称为"天空之镜"，也是南京著名的景点。明代诗人干凤就有一首咏《石臼湖》的七绝诗描写了此地的景观：

几叶回舟散暝烟，一声欸乃动江天。
菰蒲浅处从栖泊，吹笛船头人未眠。

这首诗是诗人乘船到石臼湖区域走访，晚泊石臼湖时所作，反映的是渔民的真实生活。

傍晚时分，西风残照，远处有几条小渔船从湖面烟霭中归来，有人高声唱起《欸乃曲》，摇动桨橹，满载而归。《欸乃曲》是当地民间的一种类似劳动号子式的歌谣，渔民们时常在打鱼摇橹时歌唱。此时唱起，便勾勒出一幅“渔舟唱晚”的画面。他们来到近岸的“菰蒲浅处”系泊，直至夜深人静时，远远地还能听到有人在船头吹笛。作者采用白描的手法，没有添加任何个人的感受和评说，只是留下了一连串的问题：为什么“吹笛船头人未眠”？他是兴奋喜悦，还是惆怅悲哀，抑或离别思念？这必然会激发起读者无限的遐思。我觉得这才是真正的“意犹未尽”，实在是高明！

五日熏蒸三日浴，鬓霜一点不曾消

南京汤山素有“千年圣汤，养生天堂”之美誉，至今已有 1 500 多年的历史。传说，后羿射下的九个太阳，其中有一个就落到了汤山的泉眼里，从此，这里流出的水就都是温泉了。清代诗人袁枚有一组咏汤山温泉的七绝，诗名叫《浴汤山五绝句》，写得甚为生动传神。我们来欣赏其中的第二首：

方池有水是谁烧，暖气腾腾类涌潮。
五日熏蒸三日浴，鬓霜一点不曾消。

袁枚做过江宁县令，对汤山非常熟悉。他 34 岁时辞官，全身心地投入小仓山随园的构筑中。老年时，他常到汤山来泡温泉，而且一住就是好几天。

诗人一开始就故意提出疑问：“方池有水是谁烧，暖气腾腾类涌潮。”汤山明明是天然温泉，不用人烧。诗人把汤山得天独厚的宝贵地质资源推介出来，无疑是为汤山做了免费的广告。“五日熏蒸三日浴”，说明人们爱到这里来泡澡。温泉可以用于治疗慢性疾病，也具有一定的保健功效。据记载，南朝时期，梁朝皇太后(梁武帝之母)患有皮肤病，多次来到汤山泡温泉，最终得以痊愈。梁武帝因此封汤山温泉为“圣汤”，并在汤山脚下建“圣汤寺”。尽管汤山温泉有如此功效，但诗人还是“鬓霜一点不曾消”。此句调侃味十足，告诉世人温泉没有治疗白发的功效，不要对此抱有希望。这首诗用的是大白话，通俗易懂，自然清新，生动活泼，风趣横生，反映出诗人晚年真实的日常生活和健康快乐的心态。

二、休闲娱乐

六朝风物秦淮水，三月春情谷雨茶

南京古已产茶，比较出名的就是雨花茶，谷雨正是新茶上市的时节。南京人爱品茶也是出了名的，大街小巷茶楼、茶坊众多。清代女诗人吴山有一首七律《秦淮舟集同刘李诸夫人分韵》，诗中便有相关的描写，我们一起来欣赏：

一棹轻随岸柳斜，晚霞落日集名家。
六朝风物秦淮水，三月春情谷雨茶。
隔树岚光青照眼，护桥烟色白侵沙。
万重楼阁阑干绕，处处篱边著好花。

吴山出身书香门第，工诗、擅书法，后嫁给江宁县丞卞琳。卞琳是明末清初人，跟秦淮八艳同时代。当时，江宁县衙就在三山街一带，离秦淮河夫子庙很近，官员们经常带着眷属在秦淮画舫舟集，附庸风雅，联络感情。从这首诗的标题可知这是在一场诗会中的即兴之作。诗人分得“下平六麻”韵，据此韵现场作七律一首，可见其才思敏捷，非同一般。

这首诗的创作时间是明朝末年，城南秦淮依然一派歌舞升平的景象。首联写阳春三月，晚霞如绮，官员和夫人们雅聚在秦淮河的画舫上。接着，颔联道出了这些达官贵人在干什么：吟诗品茗，享受秦淮河的旖旎风光。颈联继续描绘隔树岚光、护桥烟色的春天风景。尾联写万重楼阁、篱边好花，诗人想留住这份美好。整首诗明白晓畅，一读就懂。诗人把秦淮两岸的风光览尽，陶醉在眼前的暖风春色之中，全然不知这时候国家已经饿殍遍野、狼烟四起，明王朝大厦摇摇欲坠、即刻将倾。这首诗充分展现出那段历史时期统治阶层偏安一方、纸醉金迷的生活片段，预示着明王朝覆灭的不可避免。

于今不浅登临兴，作赋风流愧昔贤

南京冶山位于六合区，紧临金牛湖风景区、桂子山石柱林风景区，早在西周时期即为采铜炼铁之地，距今已有 3 000 多年历史，是“新金陵四十八景”之一(“冶矿探幽”)，有“华夏冶铸第一山”之称。清代诗人、六合县第一任县令刘庆运的七律《游冶山》便吟咏了此地的风景：

突兀群峰紫气连，振衣遥上最高巅。
崎岖马首疑无路，隐见龙湫尚有泉。
下界藤萝凭槛外，诸天钟磬把杯前。
于今不浅登临兴，作赋风流愧昔贤。

这首诗没有用典，而是开创性地将游记诗化。诗人言简意赅，完全采用白描手法，记述了自己闲暇时游览冶山的经过和自我反思的过程。

首联写冶山群峰突兀耸峙，与天空紫色云气相连，诗人经过很长时间的山路跋涉，汗流浃背，手抖动着衣服，终于登上了山巅。颔联讲述了山路崎岖，诗人骑着马，由于树木遮挡，常常以为前方无路了；远处隐约可见悬挂的瀑布，下面有一个深潭，能听见泉水的声音。颈联描写诗人站在山顶，靠着栏杆举目远眺，看到山岩上藤萝满布；一行人把酒临风，隐隐听到远处寺院中传来的钟磬之声。尾联描述诗人的无限心绪。尽管同行的人兴致很高，但比起能够吟诗作赋的古代前贤们，自觉还是才疏学浅，羞愧难当。其实冶山上有很多人文古迹，如吴王铸币处、万山寺、祗亘寺、龙泉寺等，但是真正吸引诗人的还是自然天成的美丽风光，突兀的山峰、隐现的龙泉、满目的藤萝……这一切都引发了诗人无限的情思，写下了思古慕贤的诗句。诗人善于反思，这是他的大智慧。只有像他这样，才能把脚下的崎岖山路走得更坚实、更稳健、更成功。

筑城断淮流，怅然思李昪

青溪发源于钟山，南流时与山南的溪水汇合，形成了前湖，再向南流入秦淮河。这条河留下了许多著名的文人诗作，也留下许多精彩的历史故事和传说。唐代的白下县从幕府山移至青溪上春桥畔，上春桥因此更名“白下桥”。王安石接苏东坡来金陵游钟山时，曾在白下桥为苏东坡饯行，并赋诗：“穷源莫过青溪口，送客每经白下桥。”到了明末，南京被清军占领后，隆武政权的武英殿大学士黄道周，在江西婺源与清军作战被俘，被押解到南京白下桥畔处决。为纪念黄道周，南京人将白下桥改名为大忠桥。后为掩人耳目，遂称大中桥。清代大文学家吴敬梓有一首吟咏青溪的五律《青溪》，记述了此地的景观。下面让我们一起来欣赏：

路过白下桥，绿波静如练。
林中宿鸟安，桥影行鱼见。
旧内水淤滞，断垣藤萝罥。
筑城断淮流，怅然思李昪。

吴敬梓是我国古典长篇章回讽刺小说《儒林外史》的作者，他 33 岁时移居南京，住在秦淮区桃叶渡附近。诗人久居秦淮，咏秦淮的诗作很多。这是诗人闲来无事路过白下桥时写下的。

这首诗的首联和颔联描绘了诗人所见白下桥一带“绿波如练”“林中鸟安”“桥影鱼见”，可见这一带环境是很优美的。接下来的颈联话锋一转，说到历史，五代杨吴筑城时，引青溪水为城濠，水流被切断。城外之水尽入城濠，城内河道则大多湮塞，“内水淤滞”“断垣藤萝罥”，成了污染严重的“龙须沟”。尾联作结，追究责任，“筑城断淮流，怅然思李昪”，干这个事的是李昪。李昪是南唐烈主，杨吴时期任过昇州刺史，筑杨吴城便是他所为。这首诗是诗人的随感，反映的也是现实生活中老百姓的平凡小事，但可贵的是让我们在平凡之中见到了不平凡，看到了诗人关注民生的现实主义精神及批判的锋芒。

忘却月已转，翻疑树易长

魏源是清代启蒙思想家、政治家、文学家，是近代中国“睁眼看世界”的首批知识分子的代表，这位大家晚年就住在乌龙潭边的龙蟠里东侧。他在这里购地建了三进草堂，初始他为爱屋起名“湖子草堂”，后改名“小卷阿”，并在潭边浅水处建“宛在亭”。魏源的五律《乌龙潭夜坐》，记述的就是这里的景观。我们不妨来欣赏他当年的生活样态：

林阴横满地，夜影忽过墙。
忘却月移转，翻疑树易长。
积雨有余气，老荷终自香。
空帘如积水，清夜意难忘。

魏源的《乌龙潭夜坐》组诗共有六首，这是第一首。他的名著《海国图志》就是在此处撰写完成的。鸦片战争爆发后，他积极要求清政府进行改革，提出了“师夷长技以制夷”的理念，并全身心地投入《海国图志》的编撰中。此间，他经常到乌龙潭夜坐长思。“忘却月移转，翻疑树易长”，可见他已忘记了时间。有时，他也会换一下思维，欣赏周围的夜景，“积雨有余气，老荷终自香”。他常常“清夜意难忘”，可见其“先天下之忧而忧”。他相信中国有能力掌握西方的新式生产技术，可以逐步做到“不必仰赖于外夷”。只要经过努力，若干年后，中国必然“风气日开，智慧日出，方见东海之民，犹西海之民”。这位思想家开启了了解世界、向西方学习的新潮流，是中国思想界从传统转向近代之源头！

三、走访游学

青山君偶借，沧海兴应偏

乌龙潭地处清凉山东麓，北门面向广州路，西门面向虎踞路。晋代传说潭中有四处泉眼，终年喷涌不息，每年6月19日有四条乌龙环绕泉眼戏水，因而得名乌龙潭。乌龙潭风景优美，潭岸亭台楼阁错落，花木扶疏，一派诗情画意，被誉为“西城之冠”。谢少连是晚明时期的文化名人，因病寓居在清凉寺。明代诗人顾大猷听说后，便前去拜访。此刻，雪后初晴，一路走来，沿途雪后景象自然新异。他路过乌龙潭，触景生情，便写下了这首五律《春初雨雪新霁过乌龙潭访谢少连》，记录当时的情景和心情：

林竹谁开径，春江暂系船。
青山君偶借，沧海兴应偏。
城阙留晴雪，衣裳净夕烟。
泠然心赏得，佳处若为传。

首联先设一问，“林竹谁开径”，说明雪后竹林中已经有人走出了一条路径，诗人踏着前人的脚步走即可，不用担心走错道。“春江暂系船”，诗人是从江边乘船来的，有可能步行从汉中门进城，路经乌龙潭去清凉山。颔联“青山君偶借，沧海兴应偏”是名句。“君”这里既指朋友谢少连，也可解释为“公平”“公正”。青山是大自然一景，谁都可以借得，想怎样欣赏就怎样欣赏，这一点对谁都是公平的，关键要有会欣赏的人。“偏”通“翩”，有轻快飞舞的意思。此句是说谢少连这样的名人能寓居在此，大海听说后也会感到很高兴。颈联描绘诗人看到的城墙就像是雪白棉被中裸露出了一点灰色强健的躯体，身上的衣裳被夕阳笼罩，一个粉妆玉砌的世界，让诗人的心情清爽舒服极了。尾联作结，这么美的景，这么特别的时刻，这么好的心情，去拜访一位自己仰慕已久的人，实在是应当写诗传扬的事啊！

多愁多墨龚柴丈，三百年来独见君

龚贤是明末清初的著名画家，“金陵八大家”之一，字半亩、半千，号柴丈人。龚贤幼年随家人迁居南京清凉山，10 岁前母亲去世，13 岁开始习画，21 岁左右在秦淮河畔结社赋诗，讲学论艺，以图挽救衰落的明王朝。他在自家屋前半亩空地上，筑园栽植，命名为“半亩园”。他正直不阿，在诗、书、画上颇有成就，因而在南京士大夫中的知名度颇高。多年后，清代诗人吴灏久慕龚贤的盛名，到南京之后，特地去了清凉山访问龚贤的旧居，并写下了这首七绝《游白下访清凉山半千旧居》：

半亩山居笔耕勤，江南风日早斜曛。
多愁多墨龚柴丈，三百年来独见君。

首句“半亩山居笔耕勤”，是赞龚贤“笔耕勤”，留下的传世画作颇丰，著作几可等身。“江南风日早斜曛”，夕阳的余晖未尽，洒落在清凉山上。通过写景表达诗人此时内心的温暖与陶醉。后两句直抒胸臆，称赞龚贤正直不阿的人品，无论是贫病交加时的所作所为，还是平时笔耕不辍的刻苦钻研精神，都是 300 年来世所罕见之真君子。诗句晓畅平易，写出了诗人对龚贤的由衷景仰之情。

我向青溪宫畔过，杨花明月忆龙标

王昌龄宴饮处位于内秦淮河白鹭洲公园旁边。据说，这一“文化遗址”就是由清代诗人陈文述的两首七绝《青溪访王龙标故居》演绎而来的。这两首诗是这样写的：

其一

盛唐诗格压南朝，少伯风流久寂寥。
我向青溪宫畔过，杨花明月忆龙标。

其二

紫裘换酒兴翩翩，花月春江醉欲眠。
一样才人工乐府，当时只有李青莲。

这两首七绝，用了两个韵。王龙标即王昌龄，著名边塞诗人，被后人誉为“七绝圣手”。他曾任江宁丞，当时人称王江宁；后被谤谪为龙标尉，又称王龙标。有专家说，王昌龄的代表作《芙蓉楼送辛渐》就是写于南京，芙蓉楼是当时长江边的一座酒楼。

前一首，诗人陈文述通过参访王昌龄故居，引发对王昌龄的敬佩和赞美。诗中说唐代的近体诗格远胜南朝的古体诗，而王昌龄又是顶峰上的高手，一定倍感寂寥，这是一种别样的赞誉。第二首，是写诗人陈文述的想象。诗人对王昌龄推崇备至，说王昌龄堪比李白。我们重游王昌龄宴饮处时，可以想象当年王昌龄在此宴请李白、高适、岑参等大诗人时的情景，一边酒令飞扬，一边欣赏秦淮美色，最终酣醉而归。真是羡煞人也！

第二节 爱情亲情

爱情是文学“永恒的主题”。“窈窕淑女，君子好逑”（《周南·关雎》），作为我国第一部诗集《诗经》的首篇，确立了爱情诗歌在文学史上的重要地位。《国风》中的大量爱情诗歌，以真挚、热烈、淳朴、健康的歌唱，反映了当时人们爱情生活中不同的情感典型，描述了青年男女对幸福爱情的渴望，以及相爱过程中热烈的追求、相爱的喜悦、幽会的欢愉、相思的痛苦、失恋的哀伤、热恋中的波澜、个人意志与家庭的冲突，等等。南京古诗词传承并发展了这个传统，题材更加丰富，艺术水平更加高超，诞生了大量爱情名篇。恋爱生活中的忧喜悲欢、离合变化，皆有所表现。

在爱情诗歌中，有一部分是民歌，或与民歌有着密切的关系。汉乐府及六朝诗歌均由民歌进化而成，尤其是六朝及以后的文人，常常学习乐府形式或采用代言体，以女性的口吻，用平易自然的语言，表达大胆、朴实、热烈的情感。文人抒写爱情的诗词不像民歌那样直率大胆、炽热奔放，但深沉含蕴、缠绵悱恻。爱情的结果是家庭，然后便有了子女，再发展成大家庭。爱情多了一层血缘关系，便有了更多的亲情。

爱情和亲情的情感体验是不同阶层的人们所共有的。社会政治和经济地位的不同，固然使人们情爱生活的表现形式有所差异，但人的心性和情愫往往是共通的，所以情爱诗篇能够为广大的读者所欣赏并引发共鸣。

本节吟咏南京的情爱题材的古诗词，按照“至爱情深”“闺中相思”“魂牵亲情”三个方面来进行赏析。

一、至爱情深

郎骑竹马来，绕床弄青梅

“青梅竹马”、“两小无猜”，之所以成为描摹少年男女天真无邪情谊的佳语，完全是缘于唐代大诗人李白的五言乐府诗《长干行》。

妾发初覆额，折花门前剧。
郎骑竹马来，绕床弄青梅。
同居长干里，两小无嫌猜。
十四为君妇，羞颜未尝开。
低头向暗壁，千唤不一回。
十五始展眉，愿同尘与灰。
常存抱柱信，岂上望夫台。
十六君远行，瞿塘滟滪堆。
五月不可触，猿声天上哀。
门前迟行迹，一一生绿苔。
苔深不能扫，落叶秋风早。
八月蝴蝶黄，双飞西园草。
感此伤妾心，坐愁红颜老。
早晚下三巴，预将书报家。
相迎不道远，直至长风沙。

这是一首代言体诗，是以商妇的口吻进行自白，写的是商妇的爱情和离别。这一首可以说是李白最缠绵婉转的诗了，与我们印象中大诗人笔下的盛唐气象大相径庭。

诗的开头六句回忆自己与丈夫在孩提时代“青梅竹马，两小无猜”的情景，塑造了一对少男少女天真无邪、活泼可爱的形象。“十四为君妇”四句，以极细腻的笔触写出了初婚时的情景。尽管对方是童年的伙伴，但出嫁时仍然羞涩不堪。“十五始展眉”四句，写婚后的热恋和恩爱，山盟海誓，如胶似漆。“十六君远行”四句，写遥思丈夫远行经商，并为之担惊受怕，缠绵悱恻，深沉无限。“门前迟行迹”八句，写触景生情，忧思不断，颜容憔悴。最后四句，寄语亲人，望其早归，将思念之情再往前推进一步。全诗形象完整亮丽，活泼动人；感情细腻，缠绵婉转；语言坦白，音节和谐；格调清新隽永，是诗歌艺术的上品。《唐诗快》评价说：“虽是儿女子喁喁，却原带英雄之气，自与他人闺怨不同。”真乃切中肯綮之言。

莫道无归处，点点香魂清梦里

在明末清初那个战火纷飞、社会矛盾异常深重的年代，在南京秦淮河畔，有着八个艺伎。她们或是身负国仇，或是心负家恨，或是期许常人的情感、向往与追求，却备受摧残，命运坎坷。柳如是就是其中之一。下面我们来欣赏被称为“秦淮八艳之首”的柳如是的一首词《戊寅草·南乡子·落花》：

拂断垂垂雨，伤心荡尽春风语。况是樱桃薇院也，堪悲。又有个人儿似你。

莫道无归处，点点香魂清梦里。做杀多情留不得，飞去。愿他少识相思路。

全词读来缠绵委婉，曲折有致，借杨柳落花抒写身世际遇。柳如是曾与复社领袖陈子龙情投意合，但为陈家人所不容。加之陈子龙在抗清起义中不幸战败而死，词人内心因此极度伤感。

上片开头，暮春时节，纷纷扬扬的落花飘扬在垂垂雨丝中已经显得凄凉与伤感，何况又拂断垂垂雨丝。词人一开始毫不掩饰地展示了一幅无比悲怆的景象，渲染了一片悲伤的气氛。“况是樱桃薇院也，堪悲。”陈子龙曾以樱桃花比喻柳如是，“樱桃薇院”代表着曾经的浓情蜜意。如今“樱桃薇院”历历在目，相知相爱却无法长相厮守，“物是人非事事休”，实在“堪悲”！“又有个人儿似你”，其实是词人自喻，以眼前杨花飘飞比喻自身命运的漂泊无依。柳如是与陈子龙彼此情真意切的爱情却不能为家人和现实社会所承认，曾经的拥有无法成为天长地久，过程纵使再美好也只能永远留在记忆中。

下片“莫道无归处，点点香魂清梦里”，写词人要与心上人陈子龙心灵相通，梦魂相依，纵然现实当中不能相见相守，也要化作点点香魂陪伴在他的清梦里。“做杀多情留不得，飞去。”落花飞去，是真情不为现实所容的无奈之举，而词人以“飞去”自奋，也显示出其不同于小女人情态的坚强与刚毅。“愿他少识相思路。”词的最后，面对爱情的失意，柳如是未作弃妇之哀歌，反而以词来进行自我安慰，从情网中得以挣脱，显示出词人不同寻常的自强毅力和对爱情的深刻体会，使词人的精神境界得以升华。

二、闺中相思

忽见陌头杨柳色，悔教夫婿觅封侯

唐代诗人王昌龄的闺怨诗常以悲天悯人的精神，书写那些久闭深宫的妃嫔宫人的悲情哀怨；以细腻的笔触，多方面地展现她们的生活和情感世界，揭示她们在残酷的宫嫔制度下所遭遇的悲惨命运。他的闺怨诗洗尽了六朝宫廷诗浮艳色情的污秽，扭转了齐梁歌咏的不良文风，有力批判了封建社会对妇女的摧残。他的七绝《闺怨》记述的就是这样的情景。下面我们来欣赏一下：

闺中少妇不知愁，春日凝妆上翠楼。
忽见陌头杨柳色，悔教夫婿觅封侯。

首句，写闺妇年少不知“愁”之滋味。第二句，讲述在一个春天的早晨，闺妇经过一番精心打扮、着意妆饰，登上了自家的高楼，观赏春色以自娱。第三句，陌头柳色是最常见的春色，登楼览眺自然会看到它，“忽见”二字乍读起来似乎有些突兀。关键就在于这“陌头杨柳色”所引起的联想与感触，与闺妇登楼前的心态大不相同。“忽见”是不经意间地看见，“陌头杨柳色”就是我们常指的“春色”。可是“杨柳色”在不同人的眼里会产生不同的联想，可以是春天的气息，桃红柳绿，朝气蓬勃；也可以是亲情、友谊，折柳相赠，惜别怀远；还可以是蒲柳先衰，青春易逝……平时熟悉的“杨柳色”勾起了她许多从未明确意识到的感触与联想。这时的闺妇想到的可能是相隔千里的夫婿当年折柳赠别的场景，促使她从内心深处冒出了一个非常强烈的念头——“悔教夫婿觅封侯”（第四句）。

全诗紧扣诗题“闺怨”。《唐诗摘钞》评价道：“先反唤‘愁’字，末句正应。感时恨别，诗人之作多矣，此却以‘不知愁’三字翻出后二句，语境一新，情思婉折。闺情之作，当推此首为第一。”这首诗的高妙之处在于，生动揭示了闺妇心理的迅速变化，却不说出变化的具体原因与过程，只留下充分的想象空间，让读者仔细寻味。

一梢红杏出低墙，莺窗人起未梳妆

冯延巳是南唐著名词人、宰相。他的词多写闲情逸致，文人的气息很浓，对北宋初期的词人有较大的影响。宋初《钓矶立谈》评价其曰：“学问渊博，文章颖发，辩说纵横。”下面我们一起来欣赏他的一首小令《浣溪沙》（春到青门柳色黄）：

春到青门柳色黄，一梢红杏出低墙。莺窗人起未梳妆。
绣帐已阑离别梦，玉炉空袅寂寥香。闺中红日奈何长。

词的上片前两句描绘出姹紫嫣红的满园春色：鹅黄的新柳，娇红的桃杏，映着青青的芳草，织就一幅美不胜收的图画。“春到青门”四字极有诗意，词人把春天来到人间的景况形象地比拟为春姑娘翩翩地来到大自然的芳草青青的门槛。这一想象是多么新奇、美丽而又得体贴切。“柳色黄”三字也用得妙，在“草色遥看近却无”的早春季节，柳梢最初缀着的是米粒大的新芽，而新芽初绽之际，柳条上满是鹅黄的嫩叶。前两句对于“莺窗人起未梳妆”来说是一种反衬，即以大自然的生机勃勃与万紫千红来反衬人物的慵懒无绪与黯然寂寞。这与温庭筠的《菩萨蛮》(小山重叠金明灭)中的“懒起画蛾眉，弄妆梳洗迟”有着异曲同工之妙。“莺窗”这一意象也捕捉得十分美妙，使我们仿佛听到了窗外婉转的莺啼，也使我们联想到“草长莺飞”的美丽意境。黄莺儿真的惊破了丽人的好梦了吗？她悻悻地、懒懒地起了床，却恹恹地、迟迟地不去梳妆打扮。

词的下片开头是一个对仗句，紧承上片第三句，描写少妇起床后呆呆地出神、默默地痴想的神态：“绣帐已阑离别梦”，方才在绣帐中萦回的别梦已成为依稀的碎影。“玉炉空袅寂寥香”一句，把女主人公寂寥的心境形象化。她那落寞心绪正如袅袅香烟，悠悠地舒卷，轻轻地飘散。词人在这里找到了一个最能外化主人公心境的意象。尾句“闺中红日奈何长”乃点题之笔。良辰苦短，愁日倍长，这是人的心理时间在起作用。对于一个无所事事只盼良人归来的闺中少妇来说，她肯定感到时间是无可奈何的漫长。

三、魂牵亲情

寒衣针线密，家信墨痕新

亲情是有血缘关系的人之间的感情，是父母、兄弟、姐妹渴求为亲人付出一些乃至全部的思想，是人间最美的一种感情。无论贫穷或富有，无论健康或疾病，甚至无论善恶，也会爱对方。它有两个特点：一是互相的，不是单向的；二是立体的，不是单方面的。清代诗人蒋士铨的五律《岁暮到家》记述的就是这样血浓于水的亲情。下面我们来一起欣赏：

爱子心无尽，归家喜及辰。

寒衣针线密，家信墨痕新。

见面怜清瘦，呼儿问苦辛。

低徊愧人子，不敢叹风尘。

这首诗描述了久别回家的游子与母亲相见时的情景，颂扬了母爱的深厚和伟大。

首联上句写母亲对儿子的爱心没有止境，下句写久别的儿子岁暮之际回家团聚时母亲的喜悦心情。一个“喜”字，包含了母亲对儿子无尽的关怀、怜爱、思念和期望。

颔联极力突出母亲对儿子的关怀和思念，细细缝好御寒的冬衣，时时捎去嘘寒问暖的家信。那一针一线、一字一句中蕴含了多少慈母的爱！一个“密”字，道出了母亲对儿子的怜爱；一个“新”字，道出了母亲心中的思念和关怀。

颈联叙写母亲与儿子相见时的情景，进一步表现了母亲对儿子的怜爱。看到儿子面容清瘦，母亲心中十分怜惜，连忙把儿子叫到自己跟前，仔细询问一路上的风尘劳顿，反复询问，不厌其烦。一“怜”一“问”，慈爱之情，跃然纸上。

尾联写儿子心中惭愧自己没有尽到孝敬母亲的责任，不敢向母亲诉说一路的风尘。这里通过表现诗人的惭愧心情，反映出母子之间的深情。在慈爱的母亲面前，诗人心中百感交集：一方面充满了对母亲的感激和敬爱；另一方面也感到十分内疚，由于自己出门在外未能在母亲膝下承欢尽孝，深感未尽到人子的责任，从而辜负了母亲的拳拳之心。因此，他不敢诉说自己旅途的艰辛。除了惭愧之外，此处也含有担心。若直言远行的劳顿，会使母亲更加心疼，因此“不敢叹风尘”，其中自然蕴含了“谁言寸草心，报得三春晖”的意味。

草草杯盘供笑语，昏昏灯火话平生

命中注定的兄妹情缘，难以割舍的心心相连；剪不断的手足情深，割不裂的血脉相连；忘不掉的童年趣事，放不下的思念牵挂。这深深的兄妹情都蕴藏在了宋代诗人王安石的七律《示长安君》里：

少年离别意非轻，老去相逢亦怆情。
草草杯盘供笑语，昏昏灯火话平生。
自怜湖海三年隔，又作尘沙万里行。
欲问后期何日是，寄书应见雁南征。

长安君是指王安石的妹夫张奎。王安石的大妹王淑文嫁给了工部侍郎张奎，封长安县君。这首诗言浅而情深，表达了真挚而又深沉的相逢之欢与离别之悲。

首联写诗人与妹妹少年离别。兄妹俩多年不见，而今能够见面却引起了心中多年不见的伤悲。颔联写会面时的亲情。兄妹俩随意准备了些酒菜，只是为了把酒谈话。话很多，一直到夜间，两人还在昏暗的灯光下滔滔不绝地说着。“草草”二字，说出了兄妹俩的感情至深，用不着世俗的客套，能够相聚已是最大的满足，描绘了和睦温暖的家庭气氛。“昏昏”二字，写两人说了又说，灯油已快干，灯火已昏暗，仍不愿结束。此联平白直叙，也成了传诵千年的名句。骤然的相聚给诗人带来了莫大的快慰，但诗人又慨叹这聚会的机会无多。颈联写诗人在叹息已经三年没有见面，知心话说不完，自己马上又要奉命到万里外的边关，兄妹只能再次分离。尾联写诗人尚未启程，即言归期。诗人自己并不能预料会面的日子，只有到了边境和辽使接洽之后，才能确定归期，只怕要等到明年秋雁南飞时才可以托信告知归期了。此联充分流露出对亲人深沉的眷念之情。

平安只两字，莫惜过江题

王世贞是明代文学家、史学家，“后七子”领袖之一。他的诗虽语浅意薄，一览无遗，但很有“嚼头”，虽“小语”却“极巧”，而且浑然天成。王世贞的五绝《送妻弟魏生还里》就充分体现了这一特点。下面我们一起来欣赏：

阿姊扶床泣，诸甥绕膝啼。

平安只两字，莫惜过江题。

诗题为“送妻弟”，诗人却只突出“阿姊扶床泣，诸甥绕膝啼”两个场面，未作浓墨渲染，只是运用了白描勾勒。诗中一“扶”一“绕”的动态描绘，让人仿佛只要听到姊“泣”甥“啼”的揪心哭声，就会五内俱焚，怆然泪下。这两句，是诗人动触天真之所在，当然也是彰显风骨之所在。既然此刻已话别，本有千言万语要诉说，然而入于诗，又只是五言绝句，除“平安”二字外，其他可能都是赘述。“平安”二字，本在事理中，却又在意料之外。这恰恰是诗人大巧若拙之处，情之所至，诗胆之所在。诗人早已从“惜别”的境界中，跳至人生的大舞台，并由此进一步升华了情感，发出了心灵深处的呼唤。诗人生活的时代，本就是政治风气日渐败坏、社会矛盾逐渐激化的年代，诗人的父亲也死于非命，由此更可见“平安”二字中蕴藏的深沉内涵。整首诗从头至尾，未设议论，但微言大义，旨远意深，情真意切，耐人玩味。

第三节　民风民俗

大自然春夏秋冬四时的变化，常常触动诗人内心最柔软的地方。节令的更替和节日的习俗，最易刺激处在人生旅途中的诗人的情怀。诗人们触目自然，放眼社会，发自内心地写下了大量吟咏时令节日的诗词。从诗史看，最初他们只是在诗歌辞赋中杂糅关于时序节令的章句，魏晋时的诗人们才将民风民俗作为吟咏的对象，唐代时涌现大量创作，到了宋代则更为繁盛。

诗词是心声。不同的时代，不同的诗人，尽管是吟咏同一个对象，发出的声调却千差万别，表现出的心境也是千姿百态；尽管春夏秋冬循环依旧，节日节令也周而复始，但吟咏的诗词未有雷同。这些诗词，它们或面对自然景色，沉浸于美的享受；或触景生情，从心灵深处发出悲欢忧喜的颤动；或是借四时变化、节日之景，抒发人生的感慨；或是目睹花谢叶落、斗转星移，探索自然的规律，寻找宇宙的哲理。总体来说，它们的内容或是重写景，或是重抒情，或是二者兼而有之。

中国的传统节日，内容丰富，形式多样，在南京还有一些独具特色的节日，这些都是中华民族悠久历史文化的重要组成部分。传统节日的形成，是一个民族或国家的历史文化长期积淀凝聚的结果。中华民族传统节日的形成与原始信仰、祭祀文化以及天象、历法等人文与自然文化内容有关，涵盖了哲学、人文、历史、天文等方面的内容，蕴含着深邃丰厚的文化内涵。从远古先民时期发展而来的传统节日，清晰地记录着中华民族丰富而多彩的社会生活中的文化内容，也积淀着博大精深的历史文化内涵。

本节选取吟咏与南京有关的节日题材的古诗词，从“春意盎然”“夏阳酷暑”“秋高气爽”“冬寒数九”四个方面来进行赏析。

一、春意盎然

千门万户曈曈日，总把新桃换旧符

南京人过年要洒扫庭院，张灯结彩，穿新衣，戴新帽，贴春联，放鞭炮。有的文人雅士还会在大门上贴一幅关于鸡的画，取“鸡日相长”之意。下面我们来欣赏宋代诗人王安石的七绝《元日》，看看诗人笔下宋代的南京人过春节的习俗：

爆竹声中一岁除，春风送暖入屠苏。

千门万户曈曈日，总把新桃换旧符。

元日指正月初一，即春节。这是一首描写古代迎接新年的即景之作。“爆竹声中一岁除，春风送暖入屠苏”，逢年过节燃放爆竹，这一习俗延续至今。在古代，正月初一，全家老小要喝屠苏酒，然后用红布把酒渣包起来，挂在门框上，用来“驱邪”和躲避瘟疫。“千门万户曈曈日”句承接前面的诗意，是说家家户户都沐浴在初春朝阳的光照之中。结尾一句，描写千家万户“总把新桃换旧符”的情景，这一习俗演变至今，便是贴春联。“总把新桃换旧符”是个压缩省略的句式，“新桃”省略了“符”字，“旧符”省略了“桃”字，交替运用，修辞学称之为“互文”。这是因为七绝每句有字数的限制，只能作如此的处理。

诗人敏锐地撷取了当地老百姓过春节时的习俗，抓住有代表性的生活细节——点燃爆竹、饮屠苏酒、更换桃符，充分表现出过年的欢乐气氛，富有浓厚的生活气息，同时也抒发了作者革新政治的思想感情，充满积极向上的奋发精神。

东风夜放花千树。更吹落，星如雨

正月十五是农历一年中第一个月圆之夜，故称为元夜，“夜”与“宵”同义，便称元宵。食品也由食豆粥，改为品尝元宵(汤圆)，南京有“上灯元宵，落灯面”之习俗。后来人们又称正月十五为“上元节”。明清两代，南京元宵灯会有玩龙灯和挂纱灯之习俗。宋代词人辛弃疾的《青玉案·元夕》词就记述了宋代南京人过元宵节的盛况。下面我们一起来欣赏：

东风夜放花千树。更吹落，星如雨。宝马雕车香满路。凤箫声动，玉壶光转，一夜鱼龙舞。

蛾儿雪柳黄金缕，笑语盈盈暗香去。众里寻他千百度。蓦然回首，那人却在，灯火阑珊处。

上片写景，词人形象生动地用“花树”来写固定的灯彩，用“星雨”来表现流动的烟火。“花千树”描绘了五光十色的彩灯缀满街巷，好像一夜之间被春风吹开的千树繁花一样。这里化用了唐朝岑参的诗句“忽如一夜春风来，千树万树梨花开”。然后写车马、鼓乐、灯月交辉的人间仙境，写民间艺人们载歌载舞、鱼龙漫衍的“社火”百戏，极为繁华热闹，令人目不暇接。其间的“宝马雕车”金雕玉琢，一路芳香醉人。上片用词秾丽，为的是渲染元宵的气氛，给下片的女主人公出场作铺垫。

下片写人，词人先从头上写起：这些盛装的仕女们，一个个雾鬓云鬟，戴满了元宵特有的“蛾儿”“雪柳”，她们在行走的过程中不停地说笑，衣香在暗中飘散。这些丽人，都非词人关切之人。在百千人中，他只寻找那一个。忽然，词人眼睛一亮，在那一角残灯的旁边，是她！她来了，似乎也在那里等待着谁！词人构思巧妙：上片的灯、月、烟火、笙笛、车马，交织出了元夕的欢腾；下片惹人眼花缭乱的一队队的丽人，都只是为了那一个意中之人而设。倘无此人，那一切就没有任何意义了。这卓尔不群、孤高淡泊的丽人，正是词人高尚的灵魂。

上巳娱春禊，芳辰喜月离

上巳节，俗称三月三。上巳节是古代“祓除畔浴”活动中最重要的节日。古代三月三时，人们结伴去水边沐浴，称为“祓禊”，此后又陆续增加了祭祀宴饮、曲水流觞、郊外游春等内容。南朝陈诗人江总的《三日侍宴宣猷堂曲水诗》记述的就是上巳节。下面我们一起来欣赏：

上巳娱春禊，芳辰喜月离。
北宫命箫鼓，南馆列旌麾。
绣柱擎飞阁，雕轩傍曲池。
醉鱼沉远岫，浮枣漾清漪。
落花悬度影，飞丝不碍枝。

树动丹楼出，山斜翠磴危。
礼周羽爵遍，乐阕光阴移。

东晋时期，君王多在幕府山临江一带的琅琊郡郊外(今南京金陵小区一带)举办各种娱乐活动。这首诗描写的就是上巳节诗人陪君王过节的情景。君臣玩着曲水流觞游戏，酒杯流到谁跟前，谁就得作一首诗，然后喝下这杯酒。这首五言诗就是此时所作。

这是一首叙事诗，词句多用对仗，节奏感强，语言精练，用词准确。前六句描写上巳节的准备阶段，箫鼓阵阵，旌旗猎猎，“绣柱擎飞阁，雕轩傍曲池”，排场讲究，热闹非凡。后七句描写上巳节举行活动的过程，“醉鱼沉远岫，浮枣漾清漪”“礼周羽爵遍”，祭水神仪式、水上浮枣和曲水流觞等活动都举行过了。尾句写人们尽欢之后，时间便已经不早了，说明这一天的活动很充实，也很尽兴。

清明时节雨纷纷，路上行人欲断魂

清明节自古以来由于注入了扫墓祭祖的习俗，受到历代朝廷和民间的重视。此时春光明媚，青年男女常到南京郊外的牛首山、雨花台、梅花山等地踏青。唐代诗人杜牧的七绝《清明》记述的这一习俗，这是家喻户晓的记述清明节的千古名篇。

清明时节雨纷纷，路上行人欲断魂。
借问酒家何处有？牧童遥指杏花村。

杏花村，位于今集庆门以南一带，因广植杏树而得名。此处古为秦淮河水入江处，与古长干里相连，岗峦叠翠，绿水环绕，是登高望远、观览江帆远影的绝佳之处。

诗的首句即点明诗人所处的时间和当时的气候条件。清明时节，江南一带总是细雨纷纷。第二句由描写客观所见转入状摹诗人的主观感情世界。他看见路上的行人似乎都因吊念逝去的亲人而伤心欲绝，与诗人雨中旅程的感伤正相契合。第三句则道出了诗人在伤怀至极的情境下，希望能找个地方借酒消愁一番。结句更是出人意料，借着小牧童的热心指点，把读者带入了一个与前面哀愁悲惨迥异的焕然一新的境界，杏花似锦，春意闹枝，村头酒幌飘飘，真有“柳暗花明又一村”的韵致。诗的前两句创造的是一幅凄迷感伤的画面，后两句则创造了一幅鲜明活泼的画面，前抑后扬，对比成趣。整首诗清晰地表现出诗人在清明节这一特定时间里的感情变化脉络。

二、夏阳酷暑

冲波突出人齐谳，跃浪争先鸟退飞

端午，又称端阳。这一天，南京人最喜吃粽子、绿豆糕，以及食“炒五毒”(用银鱼、虾米、茭菜、韭菜、黑干杂炒)、红苋菜，饮雄黄菖蒲酒，以求免灾；用经过曝晒的水洗眼，谓之“破火眼”，传说可免一年眼疾；还用菖蒲、艾叶蘸水洒地而后插门楣，用以“禳灾”。此外，还有赛龙舟等活动。唐代诗人卢肇有一首七律《竞渡诗》记述的就是赛龙舟的盛况。诗的内容是这样的：

石溪久住思端午，馆驿楼前看发机。
鼙鼓动时雷隐隐，兽头凌处雪微微。
冲波突出人齐谳，跃浪争先鸟退飞。
向道是龙刚不信，果然夺得锦标归。

这首诗有一个副标题是《及第后江宁观竞渡寄袁州刺史成应元》。诗的首联就开门见山地介绍诗人在石溪久住，想到自己高中状元后，住在江宁(今南京)的馆驿楼，正逢端午节赛龙舟，有幸在馆驿楼前观看了这场竞渡活动。颔联，用“鼙鼓动时雷隐隐”形容鼓声如雷，用“兽头凌处雪微微”形容舟首的龙头破水时激起的浪花似雪，渲染龙舟开赛竞渡的热闹场面。颈联，以景衬人，采用“冲波”“鸟退”来衬托龙舟比赛的竞渡速度。那种多船竞发、万人助喊的动人场景，只有站在高处、视野开阔的人才能够看得清，并能领略那最激动人心的时刻。尾联，诗人寄予厚望的那艘龙舟，身旁竟有人不信它会夺冠，结果不出诗人所料“果然夺得锦标归”。诗人猜中了，能不高兴吗？所以这个端午节对诗人来说，印象深刻，终生难忘。

迎寒理衣缝，映月抽纤缕

七夕是中国的传统节日之一，相传在七夕的晚上牛郎织女一年相会一次。据《荆楚岁时记》记载，这天晚上，妇女们纷纷以彩色线穿七孔针，于庭院中陈列瓜果乞巧。民俗流风所及，七夕也成为六朝诗人吟咏的热点。南朝梁诗人柳恽就有一首《七夕穿针》，记述了古人过七夕节时的情景。下面我们一起来欣赏这首诗：

代马秋不归，缁纨无复绪。
迎寒理衣缝，映月抽纤缕。
的皪愁睇光，连娟思眉聚。
清露下罗衣，秋风吹玉柱。
流阴稍已多，余光亦难取。

这是一首五言十句“永明体”诗歌。诗的前六句，开头就是“代马秋不归，缁纨无复绪”，不提七夕穿针，而先说明丈夫从军代地（今河北、山西北部一带），妻子独处闺中，各色衣裳，无心料理。然而瞬间已到七夕，她须为丈夫打点冬装，于是归结“七夕穿针”这一诗题。“迎寒理衣缝，映月抽纤缕”，在月光下迎夜凉、穿针孔、缝衣衫。单纯的穿针娱乐变为实际的裁衣寄远，于是民俗与社会问题浑融浃洽，天衣无缝。接下来便正面描写了女主人公飞针走线时的容貌神情。“的皪愁睇光，连娟思眉聚”，眼波媚丽，奈何凝愁远望；眉山春妍，只是紧蹙不舒。全无佳节兴致，更添独居抑郁。

诗的后四句，从侧面对环境进行渲染。“清露下罗衣，秋风吹玉柱。”罗衣沾露，说明伫立已久，可见时已夜深。秋风拂弦，可见心绪缭乱，置琴不顾。清露点点，微响悠悠，仅两句就勾勒出一片凄清氛围，塑造了恍惚失神的人物形象。结尾转到人物心理：“流阴稍已多，余光亦难取。”一夜光阴大半流逝，残夜余光欲留无计。寥寥十字，辞约义丰，既是慨叹牛郎织女欢会短暂，又是自伤良宵虚度，比之牛郎织女，可谓有过之而无不及。这两句将节日与日常生活合二为一，将人生感慨与神话传说合二为一，将世间凡人与天上星宿合二为一。神韵超远悠渺，耐人寻味。

绛节飘飖宫国来，中元朝拜上清回

中元节，俗称七月半、祭祖节。习俗主要有祭祖、放河灯、祀亡魂、焚纸锭、祭祀土地等。七月乃吉祥月、孝亲月，七月半也是民间初秋庆贺丰收、酬谢大地的节日。此时有若干农作物成熟，民间按例要祀祖，用新稻米等祭供，向祖先报告秋成。该节日是追怀先人的一种传统文化节日，其文化核心是敬祖尽孝。唐代诗人李商隐的七律《中元作》就记述了这一传统节日：

绛节飘飖宫国来，中元朝拜上清回。
羊权须得金条脱，温峤终虚玉镜台。
曾省惊眠闻雨过，不知迷路为花开。
有娀未抵瀛洲远，青雀如何鸩鸟媒。

李商隐的诗擅用典。首联描绘仪仗队的符节、旗幡飘飖从道宫而来，这是中元节朝拜上清的仪式结束了。“绛节”是传说中上帝和仙君出行的一种仪仗，这种想象或设定后来被宗教从虚向实化了。颔联出句用典：中国古代传说道教有位女仙名萼绿华，年二十，身穿青衣，晋穆帝时，夜降羊权家，自此每月来六次，赠羊权诗及火浣布、金玉条脱等。对句典出：东晋大将军温峤北征刘聪时，获玉镜台一枚。后世常把玉镜台当作婚娶聘礼的代称。颈联的“省”是记得的意思；“雨”取“高唐云雨”之意，指交欢；“迷路”典用刘晨、阮肇入天台迷路遇仙女事；“花”喻指所恋之女性。尾联的“有娀”是古国名，故址在今山西永济市；“瀛洲”是传说中的仙山。因此，“有娀未抵瀛洲远”。“青雀”亦称青鸟，是神话传说中西王母所使之信使神鸟。“鸩鸟”指恶鸟，《离骚》有云：“吾令鸩鸟为媒兮，鸩告余以不好。”

这首诗表现了一段纯洁而凄婉的爱情故事。浪漫的七夕刚过，李商隐辗转得见少年时的梦中情人，其人虽在，却已经犹如人仙殊途，物是人非，过去的许多情话都已成了“鬼话”，因此，借中元节创作此诗。

三、秋高气爽

一轮秋影转金波。飞镜又重磨

中秋节起源于上古时代，普及于汉代，定型于唐初，盛行于宋代以后。中秋节是秋季时令习俗的综合，其所包含的节俗因素，大都有古老的渊源。中秋节以月之圆满兆人之团圆，寄托思念故乡、思念亲人之情，祈盼丰收、幸福。宋代词人辛弃疾有一首咏中秋的《太常引·建康中秋夜，为吕叔潜赋》，记述了词人借中秋节所抒发的家国情怀。下面我们一起来欣赏：

> 一轮秋影转金波。飞镜又重磨。把酒问姮娥：被白发欺人奈何？
>
> 乘风好去，长空万里，直下看山河。斫去桂婆娑，人道是清光更多。

这首词通过古代的神话传说，强烈地表达了词人反对妥协投降、立志收复中原失地的政治理想。全词想象丰富，把超现实的奇思妙想与现实中的社会矛盾结合起来，体现了浓厚的浪漫主义色彩。

词的上片，词人巧妙地运用神话传说构成一种超现实的艺术境界，以寄托自己的理想与情怀。“一轮秋影转金波。飞镜又重磨。把酒问姮娥：被白发欺人奈何?”词人在中秋之夜，对月抒怀，很自然地想到与月有关的神话传说：吃了不死之药飞入月宫的嫦娥，以及月中高五百丈的桂树。词人借用这两则与月亮有关的神话传说，表达了自己远大的政治理想和阴暗的政治现实的矛盾。辛弃疾一生以恢复中原为己任，但残酷的现实使他的理想不能实现。想到功业无成、白发已多时，词人怎能不对着皎洁的月光，迸发出撕心裂肺的一问：“被白发欺人奈何?”这一句有力地展示了英雄怀才不遇的内心矛盾。

下片抒写词人的豪情壮志，他要趁着美好的月夜，乘风直上万里长空，俯瞰祖国的山河。毫无疑义，这是他爱国思想的写照。“直下”，这里指目光一直往下。最后又从天上写到人间，传说中月亮里那棵高大的桂树挡住了许多月光。为了使月光更清楚地照亮祖国大地，词人在最后两句写道：听说砍去那些摇晃(婆娑)的桂树枝叶，月亮便会洒下更多光辉。词人含蓄地表达了自己强烈的愿望：必须铲除投降派的阻碍，取得抗金和收复中原事业的胜利。

雍雍新雁咽寒声，愁恨年年长相似

重阳节习俗中的登高、佩茱萸、赏菊花、饮菊酒、吃重阳糕等都始于六朝。南唐后主李煜的《谢新恩》(冉冉秋光留不住)记述就是重阳节的习俗。下面我们一起来欣赏：

> 冉冉秋光留不住，满阶红叶暮。又是过重阳，台榭登临处。茱萸香坠。
> 紫菊气，飘庭户，晚烟笼细雨。雍雍新雁咽寒声，愁恨年年长相似。

重阳节的习俗由来已久，这一天百姓通常都要携家带口出游，登高赏景、吃糕、饮酒等，可李后主却是在愁啊愁的!

这首词起句即言秋光留不住，为全词定下了悲秋的基调。暮秋时分，红叶也飘落满地。重阳节，人们登高望远，佩茱萸、赏紫菊。菊花香气随风遍布庭院。看寒烟笼细雨，细雨蒙如烟，听秋雁悲鸣，一派暮秋气象，不由得愁从心中来。

词人善于借景抒情，擅长写离愁。这首词通篇采用白描的手法表现景色，用贴切的比喻将抽象的感情形象化。红叶、茱萸、紫菊均表示了重阳暮秋的气候；晚烟、细雨、寒雁悲鸣，则更增添了暮秋哀婉悲凉的气氛。末句“愁恨年年长相似”的感叹，也就水到渠成地自然迸发了，表现了李煜对南唐国运日渐衰微的痛苦和无奈之情。

四、冬寒数九

景移风度改，日至晷回换

冬至是中国的传统的祭祖节日，常有“冬至大如年”的说法。冬至习俗因地域不同而又存在着习俗内容或细节上的差异。在南京，有冬至祭祖、宴饮等习俗。南朝宋诗人鲍照，冬至乘船出行，船上所见所闻引起诗人的感慨，于是写下这首五言古体《冬至诗》，记载了这一情景。下面我们一起来欣赏：

舟迁庄甚笑，水流孔急叹。
景移风度改，日至晷回换。
眇眇负霜鹤，皎皎带云雁。
长河结瓓玕，层冰如玉岸。
哀哀古老容，惨颜愁岁晏。
催促时节过，逼迫聚离散。
美人还未央，鸣筝谁与弹。

诗的开头四句，将舟、水、景、日拟人化，通过形象生动的比拟，说出一段颇有哲理的话：“小船从村庄中离开，很轻快高兴，水从洞孔中流出来就像着急地叹气。景色随着移动发生改变，影子由长至短，到了正午就开始转为由短至长了。”这几句刻意追求诗的华美，采用了对偶的修辞手法。

中间四句，描写河中的景物：远处有很小的白鹤在嬉水、捉鱼，水中倒映的云彩光亮处有云雁飞起、落下；河水纵横，两侧结的厚冰像玉岸一样。后六句：慨叹人会苍老，一年也有将尽的时候；时光荏苒，光阴催促着冬至快过，逼迫着人间的聚合离散；如今美人尚未衰老，鸣筝就没有人弹了。

鲍照的诗作多豪爽驱迈，讲究炼字炼句，巧妙地操纵语言的音节，多有创造，具有清新而又严谨的特点。北宋陈师道评价“鲍照之诗，华而不弱”(《后山诗话》)，可谓是说到了关键处。

萧疏白发不盈颠，守岁围炉竟废眠

春节的起源蕴含着深邃的文化内涵，在传承发展中承载了丰厚的历史文化底蕴。清代诗人、戏剧家孔尚任有一首七律《甲午元旦》，是一首很有特色的描写除夕守岁迎接元旦(春节)的诗，耐人玩味。下面我们一起来欣赏：

萧疏白发不盈颠，守岁围炉竟废眠。
剪烛催干消夜酒，倾囊分遍买春钱。
听烧爆竹童心在，看换桃符老兴偏。
鼓角梅花添一部，五更欢笑拜新年。

首联描写了诗人头上稀疏的白发，大年三十的晚上，诗人和家人围坐在火炉边守岁，家人点起蜡烛，通宵守夜，想把一切邪瘟病疫赶跑驱走，期待新的一年吉祥如意。颔联中的“剪烛”，指蜡烛点的时间长了之后，烛心会变长还会分岔，烛光就会暗淡下来，必须用剪刀剪去已氧化了的灯芯。“买春钱”，即压岁钱。此联描写蜡烛一点一点地燃烧，暗指时间一点一点地过去，诗人慢慢地喝着酒，仿佛有人在催他快点喝干这“消夜酒”，好将身上的钱分给家里的小辈作压岁钱。颈联描写诗人听到爆竹声声，好像自己的童心仍在；看到更换桃符(贴春联)，还颇感兴趣。尾联作结，“鼓角”古时指战鼓和号角，这里指五更时就听见敲锣打鼓声不断，梅花也争相开放，天一亮人们就欢笑着出门相互拜年。诗语平淡自然，描写细腻，叙事抒情，颇有意趣。

现代有暖气空调，不用“围炉”了；有了电灯，也不需要“剪烛”了；春节联欢晚会也比“鼓角梅花”精彩动人多了。但我们依然可以看到传统习俗在延续，家家户户贴春联，粘“福”字，发压岁钱，等等。我们只有常温旧才能更喜新。

第四章　艺术之美

艺术具有审美特性，属于上层建筑中的意识形态，具有意识形态性质。艺术是人对世界的一种精神把握的方式，人们通过艺术达到对世界的认识，其中也包含着人对自身的认识。艺术的意识形态性质则是隐藏在审美特性之中的，它使艺术的审美世界具有了更为广阔和深邃的内涵。

语言艺术主要指文学。文学以语言文字为媒介，不像其他艺术那样直接诉诸人的视听感官，文学无论是表达还是接受都要通过主体去想象、去感受、去体验并建构审美意象。诗词艺术属于语言艺术的范畴，是文学体裁的一种。它以富有节奏感、韵律性的语言，直接触及人的情感，创造出一个超越现实而又存在于人的心灵之中的情感世界。

诗词艺术之美大体包括四个方面：音韵、语言、意象和意境。音韵是指抑扬顿挫和谐的声调、韵律，诗词的音节起伏转折。语言是由词汇按一定的语法所构成的语音表义系统。诗词的语言是以文字作为基础的。意象是客观物象经过创作主体独特的情感活动而创造出来的一种艺术形象，是人类大脑意识活动的产物。意境是指诗词作品中描绘的生活图景与所表现的思想情感融为一体而形成的艺术境界，是指一种能令人感受领悟、意味无穷却又难以明确言传、具体把握的境界。它是形神情理的统一、虚实有无的协调，既生于意外，又蕴于象内。本章就南京古诗词中的艺术之美，从“音韵之美”“语言之美”“意象之美”“意境之美”四个方面进行探讨。

第一节　音韵之美

古诗词是从声音中走出来的。它发音响亮，语调铿锵，富于变化。它有平仄，分平上去入，还有轻声和变调。诗词歌赋，平仄交替，上下相对，音韵和谐，富有音乐之美，读起来朗朗上口，听起来和谐悦耳。古诗词所注重的，不是轻重音，而是节奏和声调。它是跟我们的语言文字特质结合在一起的。而音韵是研究汉语语音系统的一门科学，它包括古音学、今音学、北音学等学科，是广义语言学的一个重要分支。音韵学也称声韵学，它是研究元朝以前古代汉语各个历史时期声、韵、调系统及其发展规律的一门传统学问，是古代汉语的一个重要组成部分。其中的古音学是指先秦到隋音韵研究。今音学主要研究以切韵系统为代表的唐宋音系。

传统古诗词有古体诗和近体诗、词之分。古体诗是一种半自由的诗体。近体诗，即唐宋格律诗，是唐代形成的律诗和绝句诗的通称。唐代人为了与“古体”区别开来，而称“近体”，一直沿用至今。近体诗由声调、节奏和韵律三大要素组成。词则是由近体诗发展、演化而来，因此也具有近体诗的三大要素。

与近体诗相比，古体诗的特点是没有平仄、对仗、句式等方面的严格约束。唯一的格律要求就是押韵，而且押韵也比近体诗宽得多。古体诗句数不定，用韵灵活、宽松，语言朴实无华，不事雕琢，既便于抒情诗的写作，也便于叙事诗的写作。近体诗有两种形式：绝句和律诗。绝句为四句，律诗为八句；绝句和律诗都只有五言和七言两种；绝句二、四句的末一字，律诗二、四、六、八句的末一字，统称“韵脚”，都必须用同一韵部里的字（不管绝句、律诗，第一句的末一字都可押可不押，但不押的必须是仄声字），而且限押平声韵（押仄韵的为变格，逢单句的末一字须为平声字），且一韵到底，中途不能换韵；绝句两联、律诗四联，规定律诗的中间两联(颔联和颈联)必须对仗，绝句则可对可不对。在近体诗发展的基础上逐步产生了词。本节将从“节奏与韵律”“选韵与读音”“吟咏与语序”三个部分来叙述。

一、节奏与韵律

1. 节奏

节奏在诗词中非常重要，它是由声调、音步所组成的。音步是表现诗歌节奏的音组，也称顿。中国的汉字都是单音结构。诗句中的音节，以两个字或一个字为一顿，这在语言学上称为音步。五言诗有两个双音步和一个单音步，七言诗则有三个双音步和一个单音步。每个双音步的第二个字和单音步都是节奏点，一般称为节拍。其中由一个单音步和一个双音步组成的三字词组在诗句中应用非常广泛，成为必不可少的一种方式。因此，一句五言的诗句常常可以分作“二一二”(千山鸟飞绝)或“二二一”(床前明月光)的词组，统称“二三”组合；一句七言的诗句常常可以分作“二二一二”(两个黄鹂鸣翠柳)或“二二二一”(昔人已乘黄鹤去)的词组，统称“四三”组合。由于这种特性，每个词组之间念起来自然形成短的停顿，形成中国诗词独特的节奏感。节奏是一切艺术的灵魂。外物的客观节奏和身心的内在节奏交相影响，在心中所生的印象才是主观的节奏。诗与乐的节奏就是这种主观的节奏，它是心物交感的结果，不单是一种物理的事实。

2. 四声

声调是汉语的重要特点，现代汉语普通话的四声就是阴平、阳平、上声、去声。而古代汉语同样也有四个声调，但是和普通话的声调种类不完全一样。古代的四声包括：一是平声。这个声调到后代分化为阴平和阳平。二是上声。这个声调到后代有一部分变为去声。三是去声。这个声调到后代仍是去声。四是入声。这个声调是一个短促的调子，到后代便分到其他声调里去了，不存在了。

包含南京在内的南方多地方言中现如今仍保留着入声。北方也有一些地方(如山西、内蒙古)方言中也保留着入声。就普通话而言，入声字变为去声的最多，其次是阳平，变为上声的最少。《康熙字典》中载有一首歌诀，名为《分四声法》："平声平道莫低昂，上声高呼猛烈强，去声分明哀远道，入声短促急收藏。"这种叙述不是很科学，但是它可以让我们知道古代四声的大概情况。每个字都有固定的声调，但我们需要注意到一字两读的情况，以及一个字有两种意义(往往词性也不同)同时也有两种读音的情况。例如"为"字，用作动词的时候解作"做"，就读平声(阳平)；用作介词的时候解作"因为""为了"，就读去声。

3. 平仄

汉语本身就有平仄声调的分别，不同的汉字读起来有轻重、高低、快慢之分，因此汉语的声调是构成节奏感的一个重要因素。文人墨客在古诗词创作实践和探索中，发现诗词的声调并不需要严分四声，分成平、仄两类声调就可以了。上平声和下平声为平(即普通话里的阴平、阳平)，上声、去声、入声统为仄。平仄在格律诗中的作用是构成节奏，使之在诗句中有规律地交错互换，形成鲜明的节奏感和浓烈的抑扬美。

下面我们一起来欣赏明代诗人巩珍的五绝《卢龙山夜眺》中的平仄交错规律。

北斗挂城头(仄仄仄平平)，长江日夜流(平平仄仄平)。
狮王蹲不动(平平平仄仄)，鲸吼海天秋(平仄仄平平)。

内行看门道，我们主要看逢双位置上的字，这是节奏点。逢单字一般不问，即"一三五不问，二四六分明"。"斗""城"仄平，"江""夜"平仄，正好相反，这叫本句平仄交错，上下句平仄相对。"王""不"平仄，"吼""天"仄平。三句和二句的平仄关系是一样的，这叫平仄相粘，简称"粘"。三、四句则又是平仄相对的关系，简称"对"。也就是说，一、四句平仄关系是一样的，二、三句平仄关系是一样的。

我们再来欣赏清代诗人孙星衍的七绝《狮岭》中的平仄交错规律。

卢龙山险狮峰接（平平平仄平平仄），
老鹳河惊鹤唳频（仄仄平平仄仄平）。
三宿崖前公弼住（平仄平平平仄仄），
南朝此际竟无人（平平仄仄仄平平）。

我们主要还是看逢双节奏点上的字："龙""险""峰"平仄平，"鹳""惊""唳"仄平仄，本句平仄交错，上下句平仄相对。"宿""前""弼"仄平仄，"朝""际""无"平仄平。二、三句一样，一、四句一样。

律诗的平仄格式与绝句是一样的，只不过它是八句，由两个绝句相叠加，四、五句平仄相粘即可。它的平仄规律是一、八句平仄关系相同，二、三句平仄关系相同，四、五句平仄关系相同，六、七句平仄关系相同。除了平仄规律，律诗还要求三、四句，五、六句必须由两副对联组成。

我们来欣赏明代诗人黄省曾的五律《游清凉寺》中节奏点上的字的平仄规律。

古刹石城里（仄仄仄平平），逶迤丹磴攀（仄平平仄平）。
殿悬秋霭树（仄平平仄仄），江吐夕阳山（平仄仄平平）。
法食供游馔（仄仄仄平仄），林杯悦旅颜（平平仄仄平）。
无劳支遁马（平平平仄仄），碧草步人还（仄仄仄平平）。

此诗中，"刹""城"仄平，"迤""蹬"平仄；本句平仄交错，上下句平仄相对。"悬""霭"平仄，"吐""阳"仄平；二、三句平仄相粘，三、四句平仄相对并且是一副对联。"食""游"仄平，"杯""旅"平仄；四、五句平仄相粘，五、六句平仄相对并且也是一副对联。"劳""遁"平仄，"草"

“人”仄平；六、七句平仄相粘，七、八句平仄相对。读起来音韵和谐，朗朗上口。

我们再来欣赏清康熙皇帝的七律《冬日重登清凉山》，依旧看它的节奏点。

紫府名山忆旧踪(仄仄平平仄仄平)，
招提驻跸认云松(平平仄仄仄平平)。
阴崖尚有春时雪(平平仄仄平平仄)，
落日仍听下界钟(仄仄平平仄仄平)。
塞远浑河寒更白(仄仄平平平仄仄)，
林疏恒岳翠逾重(平平平仄仄平平)。
祝釐交叶人天庆(仄平平仄平平仄)，
银榜新题遍五峰(平仄平平仄仄平)。

此诗中，“府”“山”“旧”仄平仄，“提”“跸”“云”平仄平；本句平仄交错，上下句平仄相对。“崖”“有”“时”平仄平，“日”“听”“界”仄平仄；二、三句平仄相粘，三、四句平仄相对并且是一副对联。“远”“河”“更”仄平仄，“疏”“岳”“逾”平仄平；四、五句平仄相粘，五、六句平仄相对并且也是一副对联。“釐”“叶”“天”平仄平，“榜”“题”“五”仄平仄；六、七句平仄相粘，七、八句平仄相对。我们可以看出平仄规律是一致的，不变的。这首诗的音韵是完全符合规范的。

我们再来简单说一下词的格律。词，又称长短句，它的一段叫一阕或一片，第一段叫前阕、上阕、上片，第二段叫后阕、下阕、下片。每一种词牌都有规定的词谱，只要按谱填词即可。从词谱的格律来看，它的声字的运用和句调的组织，平仄交错，长短相间，异中有同，寓整于散。这种表现形式与美学原理是相符的。填词和写格律诗一样，需要运用四声，掌握平仄节奏，还要学会使用词韵。

下面我们来欣赏一首《忆秦娥》词牌的格律：

平[平]【仄】，[平]平[仄]仄平平【仄】，平平【仄】。[平]平[仄]仄，仄平平【仄】。

[仄]平[平]仄平平，[平]平[仄]仄平平【仄】，平平【仄】。[平]平平仄，[仄]平平【仄】。

《忆秦娥》词牌格律中的“[ ]”表示可平可仄；“【】”为韵脚，提示要注意用韵。按照这一词调要求，许多诗人、词人都先后填过这首词，比较有影响的是李白的《忆秦娥》(箫声咽)。我们一起来欣赏：

箫声咽，秦娥梦断秦楼月。秦楼月，年年柳色，灞陵伤别。

乐游原上清秋节，咸阳古道音尘绝。音尘绝，西风残照，汉家陵阙。

我们再来欣赏宋代周邦彦的《忆秦娥》(香馥馥)。我们一起来欣赏：

香馥馥，樽前有个人如玉。人如玉，翠翘金凤，内家妆束。

娇羞爱把眉儿蹙，逢人只唱相思曲。相思曲，一声声是，怨红愁绿。

他们都是按照同一词调填写的《忆秦娥》，都押的入声韵，句内的平仄也没有重要的差别，但情调上并不相同。李白的词悲壮，有英雄气；周邦彦的词香艳，完全是儿女气。可见词的形式和内容并没有必然的联系。

4. 韵律

从夏商歌谣算起，古诗词已有三千多年的历史，那时的民歌已经形成韵律。我们的祖先早已懂得了押韵可以使诗歌产生回环相押、和谐动听的音乐美，还可以使诗歌易记、易唱。一首诗词如果很容易吟唱，那么一定会很快流传，且流传得越广，就越有生命力。我国古代的一些诗词名句得以流传至今，大都可归功于押韵。

诗词的关键在于“韵”，古人说“无韵不成诗”，讲的就是写诗必须用韵。

没有韵也就不能成为诗，连打油诗都算不上，充其量只是排列整齐的一组句子，没有诗的味道。那么，什么是“韵”呢？在汉语里，每一个字都是由声母和韵母两个部分合成的。例如“江”字，拼音为“jiāng”，“j”是声母，“iāng”是韵母。诗歌里的韵，只与韵母有关，与声母无关。由此可见，“韵”和“韵母”是两个不同的概念。“张”“香”“光”的韵母“ang”“iang”“uang”并不完全相同，但它们却是同一个“韵”，因为它们都有共同的“ang”。这是现代汉语的解释。古代汉语由于没有注音，就用切音的方法，用两字拼切给另一字注音。切上字和被切字的声母相同，切下字和被切字的韵母和声调相同。例如：空，①枯翁切，音崆，东韵；空虚。②库甕切，音控，送韵；空闲。③苦桶切，音孔，董韵；井空(矿井下通道、坑洞)。一个“空”字有三种读音：用两个平声字相切，一个取声母，一个取韵母，切后读平声崆音；用两个去声字相切，一个取声母，一个取韵母，切后读去声控音；用两个上声字相切，一个取声母，一个取韵母，切后读上声孔音。可见“韵母”和“韵”是不同的两个概念。运用切音最简便的方法是：前音轻，后音重，两音相连猛一碰。

现代汉语有23个声母，而古时候用作声母的有36个字，分为五类：唇，舌，齿，牙，喉。这是按发音部位分的。为什么是五类？大概是跟中国传统文化中的尚“五”习俗有关。如“五音”，商、宫、角、徵、羽；“五行”，金、木、水、火、土；“五方”，东、西、南、北、中；“五脏”，肝、脾、心、肺、肾；“五味”，酸、甜、苦、辣、咸；等等。其实36个字按五类分是比较牵强的，不好分，多余的只能算“另类”。那么是哪36个字呢？具体包括：唇音，帮滂并明(重唇音)、非敷奉微(轻唇音)。舌音，端透定泥(舌尖音)、知彻澄娘(舌上音)。齿音，精清从心邪(齿头音)、照穿床审禅(正齿音)。牙音，见溪群疑(舌根音塞)。喉音，晓匣(舌根音擦)、影(半元音)、喻(声门擦音)。牙音有别于齿音，这里的“牙”指的是舌根处的大牙，即臼齿。古人审音不细，将舌根音的发音部位误认为是臼齿，于是就有了牙音。还有一个“日”(半齿音)字，一个“来”(半舌音)字，不好归类，所以放在五类外。

5. 雅言

所谓“雅言”，即古代的普通话或官方语言。南京是中国音韵学的发源地和发祥地。南朝齐永明年间(483—493 年)国子博士周颙发现并创立了以平、上、去、入制韵的四声说，著有《四声切韵》。根据汉字的特征，不同的字读起来有轻重、高低、疾徐之分，因此汉语的声调是构成节奏感的一个重要因素。这一发现，开创了汉语音韵学的先河，为诗歌的形式美打下了基础。黄门侍郎沈约根据《四声切韵》撰写了《四声谱》，并根据四声和双声叠韵来研究诗的声、韵、调的配合，提出了八病(平头、上尾、蜂腰、鹤膝、大韵、小韵、正纽、旁纽)必须避免之说。南朝梁武帝萧衍问周舍何谓四声，周舍答曰:“天子圣哲。”这四个字正好是平、上、去、入的发声。后来隋朝的陆法言著《切韵》，将四声标为“平上去入”。自唐至元、明以来，《切韵》一直被人认为是吴音(江左之音)。

南京在历史上是一个包容性很强的开放城市。东吴时期，南京的方言基本上是以吴方言为主，东吴士族掌握着话语权。到西晋末年，北方大量士族“衣冠南渡”，来到南京，建立了东晋政权，同时也将黄河流域的中原文化带到了长江流域，因而得以在江南保存了华夏文化之正朔，成就了以建康为代表的“南朝文化”。南京话成了“国语”，吴方言融合了北方话语体系。周颙正是在这个语音基础上创立了“四声说”。到了明朝，朱元璋为革元朝之弊，采取一系列举措，其中就有令乐韶凤、宋濂等修订韵书。当时元朝推行的《中原音韵》是以北方语系为基础的，此时，入声已经消失，浊音声母也已经清化。洪武八年(1375 年)，朱元璋说:“旧韵出江左，多失正。”遂命与廷臣“参考《中原雅音》正之”。书于当年编成，名曰《洪武正韵》。朱元璋编纂韵书并不是为了作诗填词，而是为了国家语言文字有一个使用和学习的标准。这本有关“韵”的工具书就是为了正本清源，为了回归以南京话为语音(江左之音)基础而编纂的。《洪武正韵》除了归并或分解了一些韵部为 76 韵外，还保留了入声，分为 10 韵。不料，朱元璋对新编成的韵书却不甚满意。他“翻阅观览，经其中尚有未谐者”，于是下令重新整理，并任命了一批新的学者，“敕中书右丞相汪广洋总裁其事”。洪武十二年(1379年)，再编而成的80韵本的《洪武正韵》正式完成，仍分十六卷。而朱元璋对该韵书仍然不满意。洪武二十三年(1390年)，《洪武正韵》颁行已久，朱元璋“以字义音切尚多未当，命词臣再校正之”。大概是学者们皆尽力了，再校正似乎也无结果，于是就不了了之了。朱元璋也觉无奈，最后把孙吾与所纂的《韵会定正》更名为《洪武通韵》，“命刊行焉”。

自此南京话成了“国语”官话，从《洪武正韵》问世至18世纪中叶，官话一直以南京音为准则。后来因明朝移都北京，官话逐渐受北音影响，分离出两个语音标准。一个仍以南京音为基准，而另一个以北京音为基准。南京音为正统，北京音则通行于朝廷。康熙年间，纳兰性德编《词韵正略》时，就是将《洪武正韵》改并联属而成的。1941年，当时的教育部国语推行委员会编撰了《中华新韵》，将韵压缩为18韵，还以“国语”为基础。国语的声调仍然沿用传统的《切韵》语系，分平、上、去、入四声。为了兼顾南北方，其中的平、上、去三声采用北平(北京)音，入声则采用南京音。由于近体诗是属于《切韵》体系的，我们在读古诗词时，只需用南京话来读，就不会出现用今天的普通话来读近体诗而误认为古代许多大诗人连平仄都用“错”，继而在作诗时出现失替又失对的现象了。

二、选韵与读音

1. 选韵

押韵是诗词的第一特征，也是诗词区别于其他文体的基本特征。为什么要押韵？第一，用韵能将许多涣散之音，联络贯串，成为完整的声调，使诗词的节奏更鲜明、更和谐，吟诵起来，令人觉得铿锵悦耳。第二，为便于记忆。诗若有韵，人读起来就朗朗上口，即使篇幅较长，也易于熟读成诵。把同类的声音放在逢双诗句的末尾位置上，使之有规律地回环反复，就构成了声音回环的音乐美，使诗句声音和谐有味、韵律鲜明流畅。这样诵读和吟唱起来就比较顺口，听起来声音悦耳好听，也便于记忆。诗歌的本质是抒情，特点是具有鲜明的节奏、和谐的音韵，富于音乐美。

诗有古体和近体之分。古体指的是不要求平仄格律和对仗的诗体。近体诗是要求平仄格律和对仗的诗体。诗有绝句、律诗，包括排律。词有长短调。古体诗的押韵比较自由，可平可仄；可以一韵到底，也可以中间换韵；可以两句一换，三句一换，四句一换。邻韵可以通押。格律诗押韵的要求通常有四条：一是押平声韵；二是一韵到底，不能换韵；三是两句一押韵，韵脚通常在双句，单句的句脚是仄声字；四是首句可押韵，也可以不押韵。一般说来，五言首句多不用韵，而七言首句则多押韵。

词的用韵没有一定的规律，有的密，有的疏，有的押平声，有的押仄声，有的平仄互押，大致可分成五类。一是平韵格：一般是一韵到底，中间不换韵，如《行香子》《八声甘州》等。二是仄韵格：一般是一韵到底，如《如梦令》《念奴娇》等。仄声韵中，上声韵和去声韵可以通押，但不可与入声韵通押。三是平仄韵转换格：必须在同一韵部，如《西江月》。四是平仄韵通叶格：有些词平仄韵脚可互相转换，或平转仄，或仄转平；或转换一次，或几次。如《菩萨蛮》。五是平仄韵错叶格：有的词可以中途换韵或平仄韵交叉错押。往往一韵意思未写完，就插入另一韵；另一韵意思没写完又接用前韵，或转用第三韵。如《定风波》。前后两韵相同中间插入另一韵叫“抱韵”，如《相见欢》。换韵并不完全是平仄交替转换，如《钗头凤》。前面说的四声和这里谈到的韵的关系是很密切的。不同声调的字是不能算同韵的。

词的韵还有一些特点：小令韵密，句句韵或隔句韵，如《常相思》。长调韵稀，常两三句、三四句用一次韵，如《念奴娇》《永遇乐》。转韵的多为小令，如《菩萨蛮》《虞美人》；长调则很少转韵，如长达240字的《莺啼序》就是一韵到底。除词谱规定的叠韵外，一首词内一般韵字不能重复，最好还要避免音同字不同的现象。

写诗不注意声音的协调，诵读起来就不好听。例如“溪西鸡齐啼”，同声同韵，读起来像绕口令。所以选韵是创作诗歌比较重要的事情，韵选得好，写起来就顺达，念起来也好听。这是个很具体、很重要又颇具个性的问题。每写一首诗都要在一个韵部中选一些字作韵脚。对于选韵，总的来看，要灵活，要以生活为参照。选韵有以下几个原则：

其一，根据自己对韵部的熟悉程度及个人用韵习惯选择韵部。每个人都有一些自己喜欢、耳熟能详的作品，觉得这些诗词的韵律很优美，作诗时就可以借用这些诗词的韵字来押韵。如果是步韵作诗就不存在选韵了，但是存在选择词组的问题，这就需要注意避免和别人用的词语相同。

其二，从韵部的宽窄考虑选韵。字多的称为宽韵，字少的称为窄韵。选韵要选宽韵，因为可供选择的字多，写诗时挑选韵字就比较容易些；窄韵字少，选字搭配词组就比较困难，窄韵的律诗也就比宽韵的律诗少见。字数多少涉及词组多少，韵字能组成词组的越多越好使用。《平水韵》中，宽韵的韵部有上平声四支七虞、下平声七阳八庚等。有的韵部虽然字数不多，但组词搭配能力强，如上平声五微、下平声十一尤，亦被广泛使用。

其三，根据灵感句选韵。有时突然来了一句诗意，从这一句出发，大致就可以确定将要用到哪些字押韵，于是就确定了韵部。

其四，从所要表达的感情出发选韵。有的字发音响亮高亢，如“麻”“豪”“寒”“唐”，比较适合写感情激昂奔放的诗词；有的字发音轻微低沉，如“波”“皆”“儿”“微”“姑”“鱼”，比较适合写感情上孤寂凄苦悲凉的诗词；而发声适中的韵部，则广泛适用于写不同感情的诗词。

明代散曲理论家王骥德是这样论述《中原音韵》中十九部韵的不同性质的：“各韵为声，亦各不同。如‘东钟’之洪，‘江阳’‘皆来’‘萧豪’之响，‘歌戈’‘家麻’之和，韵之最美听者。‘寒山’‘桓欢’‘先天’之雅，‘庚青’之清，‘尤侯’之幽，次之。‘齐微’之弱，‘鱼模’之混，‘真文’之缓，‘车遮’之用杂入声，又次之。‘支思’之萎而不振，听之令人不爽。至‘侵寻’‘监咸’‘廉纤’，开之则非其字，闭之则不宜口吻，勿多用可也。”(《方诸馆曲律》卷三《杂论》第三十九上)这是王骥德就谈唱曲而言的。

而写近体诗一般采用的都是《平水韵》。由于格律诗必须押平声韵，韵字是有声音亮度的。一首诗的选韵在一定程度上可以表现出这首诗的诗风。有人做出如下总结：一东之韵宽洪，二冬之韵稳重，三江示爽朗，四支显缜密，五微蕴藉，六鱼幽咽，七虞细贴，八齐整洁，九佳舒展，十灰潇洒，十一真严肃，十二文含蓄，十三元清新，十四寒挺拔，十五删隽妙；一先雅秀，二萧飘逸，三肴灵俏，四豪超脱，五歌端庄，六麻豪放，七阳宏亮，八庚清厉，九青深远，十蒸清淡，十一尤回旋，十二侵沉静，十三覃(读作“潭”)萧瑟，十四盐谦恬，十五咸通变。以上说法可供参考。

2. 读音

读音是指发某音的行为或方式，就是文字的读法，或是语言的发音。我国地域广大，不同的地域有着不同的地方话，俗称方言。因此，读音就无法统一，所以国家要推行普通话，以求统一语言、统一文字。普通话是以北方话为基础方言、以北京语音为标准音的通用语言。中国古诗词传承几千年，离不开入声，而普通话没有入声，采用普通话势必造成今古文化的割裂。读音的难点在于，现在有720多个入声字被并入了平声字里，这就使得古诗词如果按照普通话来阅读，就变得格律全无，失去了原先的韵味。入声字保留在除北方方言以外的其他七大方言体系中，其读音也有差别，但总体说来大同小异。再说推行普通话，同是北方，语言也未必完全统一。比如，“人”字，普通话读“rén”，山东、东北等地读“yín”；“我”，普通话读“wǒ”，山西、陕西读“è”；“街”，普通话读“jiē”，很多地方却都读“gāi”。再比如，“上”古读“shǎng”，普通话读“shàng”；“斜”古读“xiá”，普通话读“xié”；“禾”古读“hó”，普通话读“hé”。又比如，“白、伯、北”，普通话分别读“bái、bó、běi”，两平一仄，而南京话统统读作“be、be、be”，这是因为它们都是入声字。这样的例子举不胜举，很多地方方言仍然保留着古读音，保留着入声字。

每一个地方都有自己独特的方言，它传承了千年，有着丰厚的文化底蕴。普及普通话固然重要，但是我们却不能因此而废弃方言。方言是地域文化的重要载体和表现形式，是文化的活化石。因为方言作为地方文化的一部分，是民族文化的有机组成部分。文化的包容性越高，越能显示出其魅力。我们现在诵读古诗词，提倡采用方言来诵读，尽管各地的方言不一样，但是都能够充分发掘出古诗词中的蕴含和韵味。

汉字的读音不同，它所在的韵部就不同，在诗词创作时就会造成用字混乱，缺乏标准。虽然我们提倡说普通话，写诗词时用中华诗词学会所编的《中华新韵》，但还是应该要对古代的入声字有所了解。因为了解了哪些是入声字，就不会在阅读古诗词时，对自己觉得古代大诗人竟然用不合平仄的字感到困惑。另外，现在仍然有不少人依然在使用《平水韵》《词林正韵》等古韵作诗填词。了解入声字，有助于我们判断他们的诗词是否合律。

我们在欣赏古诗词的时候，常常会发现许多格律诗都是破格的。如杜牧的《泊秦淮》：

烟笼寒水月笼沙(平平仄仄仄平平)，
夜泊秦淮近酒家(仄仄平平仄仄平)。
商女不知亡国恨(仄仄平平平仄仄)，
隔江犹唱后庭花(平平仄仄仄平平)。

对照括号里的“诗格”，首句“笼”是多音字，灯笼读平声，笼罩读上声，显然这句诗的含义是上声“笼”。然而，如果读上声就是失替了，诗的二、四、六节奏点就全部是仄声字了，这是不允许的。所以在读这句的时候，仍然读平声“笼”。第二句的“泊”，普通话是平声字，但在古代是入声字，应该念短而促的音“pe”（南京音）；如果按普通话读音，就成了平平仄，失替。第三句的“国”，普通话是平声字，但在古代也是入声字，应该念短而促的音“go”（南京音）；如果按普通话读音，就成了仄平平，又失替了。尾句的“隔”，普通话是平声字，但其实这也是个入声字，应该念短而促的音“ge”（南京音），因为是第一个字，所以这句平仄律没有错。杜牧写诗没有错，错的是我们今天的读音全部用了北方话语系，没有了入声字，彻底推翻了以南京音(国语)为主的《切韵》体系。

古入声字，有的方言至今仍读入声，如南京、江苏、上海、湖南(新派湘语)、江西、福建、广东、太原、山西大部、陕北和内蒙古一部、张家口等，主要体现在江淮官话、吴、湘、粤、闽、客家、赣七大方言中。其中粤、闽、客家三大方言中仍保留了[-t][-k][-p]三个辅音韵尾。

入声字也分三种，即阴入、阳入、中入。这些声调的变化，很好地表达出了古诗词中的意境。比如《满江红》，词牌规定要押入声韵，所以里面全部是以入声结尾。诵读起来，因为普通话没有入声的原因，将该押韵的入声读成平声，反而变得不押韵了。既不能展现出该词作原有的气势，又显得悲有余而壮不足。关键是失去了平仄交替的规律，词格律变得不伦不类。而用南京话或者福建话、广东话读起来则平仄有序、抑扬顿挫、气势磅礴、精彩纷呈，与普通话诵读的效果不可同日而语。很幸运的是，南京人具备学好古诗词得天独厚的条件，值得珍惜。

三、吟咏与语序

1. 吟咏

叶圣陶先生说："吟咏的时候，对于探究所得的不仅理智地理解，而且亲切地体会，不知不觉之间，内容与理法化而为读者自己的东西了，这是最可贵的一种境界。""吟咏"一词有三层意思：一是代指诗词等韵文。二是有节奏、有韵调地诵读韵文。韵文包括诗词歌赋以及古时的蒙学课文，主要指的是古诗词。三是表示创作古诗词。这里重点谈古诗词的诵读，也就是第二点。

说到有节奏、有韵调地诵读韵文，这是旧时私塾里的必修课。现在上过私塾的人几乎都不在了，私塾中常用的吟咏可以说基本失传了。过去上私塾首先要学《声律启蒙》，先生上的第一课就要讲平仄，然后教你吟唱平仄调，平、上、去、入如何拿腔拿调，结合课文言传身教地教你吟咏。尤其是传统古诗词，五、七言的格律诗特别适合吟咏这种表现形式。中国各地的私塾教学采用的基本都是这种模式。但是由于各地的方言不同，吟咏的韵调各式各样，而且各有特色，可谓是异彩纷呈。就江苏而言，南京调、扬州调、无锡调、苏州调、常州调、盐城调、淮安调等各有特色。其中，南京调因是《切韵》发源地，最为正宗；苏锡常腔调差不多，因苏州是吴方言的发源地，故苏州算是代表；苏北方言以扬州为代表；淮海地区则以盐城为代表。平仄调不仅好唱，学习起诗词、韵文来也比较轻松、愉快，完全是寓教于乐的形式，吟唱起来摇头晃脑的那份自得其乐的陶醉感，让人难以忘怀。而且因为好记、好背，稚童一旦背熟，终生难忘，受益无穷。鲁迅先生的《从百草园到三味书屋》里就有这么一段："我疑心这是极好的文章，因为读到这里，他总是微笑起来，而且将头仰起，摇着，向后面拗过去，拗过去。"这里鲁迅先生记叙的就是寿镜吾老先生当时诵读入境时的情景。

佩特的《文艺复兴论》说："一切艺术都是以逼近音乐为旨归。"隋唐只有民间曲子词，后来又融入北方的胡夷外来音乐，两者的结合使中国乐坛大放异彩，开唐、宋两代"倚声填词"之风气。这种综合古今中外而富有创造性的新兴歌曲，随着经济的繁荣和文化生活的需要，受到了人民群众的喜爱和欢迎。那时的诗人们，也都以自己的诗篇能够被乐家们所采用，配上流行的曲调，给姑娘们演唱为荣。最初，诗人们并不肯牺牲个人用惯了的五言、七言的诗体，来迁就"曲拍"，只是任凭乐家的摆布，添上许多"泛声"，勉强凑合着来唱。例如，王之涣的"黄河远上白云间"，音调名《梁州歌》；王维的"秦川一半夕阳开"，音调名《相府莲》（讹为《想夫怜》）"秋风明月独离居"，音调名《伊州歌》；王昌龄的"秦时明月汉时关"，音调名《盖罗缝》；岑参的"西去轮台万里余"，音调名《簇拍六州》；杜甫的"赠花卿诗"，音调名《入破第二叠》；等等。但是后来诗人们终是敌不过时代风气的激荡，只好按谱填词了。从此，"依曲拍为句"的长短句，逐渐盛行起来。由于文人的词深受律诗的影响，词中的律句较多，亦有了对仗的要求。经过唐末、五代的发展，到了两宋，词已基本取代了诗的地位，词的创作达到了空前的繁荣。

由于词和音乐有着极其密切的关系，从而产生了严格的声律和种种形式上的特点。每个词调都是“调有定句，句有定字，字有定声”，有它的固定形式。为了适应乐曲的节拍，词的句子多数长短不齐，韵位也参差不同。为了配合乐曲的音调，加强乐曲的音乐性，词中所用的字除分平仄外，有些词还要细分仄声，如押上声韵、押去声韵和押入声韵。词都是可以吟唱的，每一种词牌都有它特定的曲调，一千多个词牌就有一千多种曲谱。由于改朝换代、社会动荡等因素，词的曲谱失传了，只留下了填词用的平仄声律谱，诗词失去了音乐性。幸而各地的方言及地方小调被私塾先生们用来启蒙教学，用吟咏的方法取而代之，这样诗词的音乐性虽然没有唐宋丰富，但还是保留了下来。南京话的吟咏古诗词是以南京白局为基础的。白局也有多种曲调，唱起来能自我陶醉，是一种享受。

2019 年 4 月，南京市委宣传部和市文联联合摄制了 21 集电视文化系列片《金陵吟》，选取了《入朝曲》《登金陵凤凰台》《乌衣巷》等 21 首南京历代诗词中脍炙人口的名篇佳作，特邀当代中华诗词界名家俞律老先生倾情吟诵。俞老先生声情并茂的演绎，是吟诵者自身修养、艺术表现与创造力的彰显，更有助于听众深入了解经典诗词的丰富内涵，品味和欣赏诗词作品的形式美、音韵美。

吟咏这种形式其实极为个性化。同一个师承，教出来的学生吟咏起来各具特色。这一方面与诵者自身的文学修养有关，另一方面是吟咏形式的自由度给予了诵者发挥的空间，即吟咏时平仄调的长度变化、音调的控制可以随心所欲。因此，吟咏者根据自己对诗词的理解，把握语言的张力恰到好处，从而使自身率先达到陶醉的程度，并以此感染听众。

现代大众化的诗朗诵算是吟咏在诗词作品的表达形式上的替代品，缺少了声调把握的音乐性、读者在吟咏过程中的那种陶醉感以及读者与诗词思想融合的那份难以割舍的情愫。此外，诗朗诵使用普通话，而普通话也只适合于现代诗，并不适合五、七言的近体诗。词是长短句，小令太短不适合朗诵，长调押平声韵、仄声韵的比较适合朗诵，长调押入声韵的就不适合朗诵。曾国藩在《曾氏家训》中说：“非高声朗诵则不能得其雄伟之概，非密咏恬吟则不能探其深远之韵。”学习古诗词能吟诵固然求之不得，这是复活古诗词的最佳途径，但很多事情不是看你怎么做，而是看你能坚持做一件事多久。若我们能长期坚持诵读古诗词，就会从感性上、直觉上、整体上去认识、体验、占有名篇佳作的精髓，主动地消化和吸收。长期坚持诵读，就能养成眼到、口到、耳到、心到的良好诵读习惯。

2. 语序

语序是指语言里语素、语词组合的次序，包括主语、谓语和宾语的排列顺序，修饰语与中心语的排列顺序，修饰语之间的排列顺序等。中国现代汉语的语法与外国语言的语法相比较而言，具有隐蔽性和抽象性。现代汉语的语法通常都是按主语、谓语和宾语的顺序排列的。古汉语的语序则不同于现代汉语，尤其是古诗词的语序，总体感觉就是错综灵动、不循常规、妙趣无穷。古人根本没有语法的概念，他们讲究怎样能够正确地、熟练地、出神入化地运用好“技法”，这是使诗词作品达到完美的重要一环。因此，在自觉和不自觉中，古诗词中的语序与主、谓、宾的排列是相悖的。这称为“倒装句”。倒装句的使用往往与诗词的格律有关，有的是平仄交替的需要，有的则是押韵(韵脚)的需要，是司空见惯的语法手段。倒装句的使用，会造成语序不顺，主要表现为“主语后置”“谓语省略”“宾语前置”“谓语后置”“主宾换位”“定语前置”“定语后置”“状语后置”等。

任何艺术创作都离不开技巧与方法，写诗填词也是如此。例如杜甫的《秋兴八首》(其八)中的“香稻啄余鹦鹉粒，碧梧栖老凤凰枝”，这种错综实际上是一种倒装。杜甫之所以用倒装，一是强调长安香稻、碧梧的美好；二是使之符合格律。用语序的排列方式来说，这叫“主语后置”。这句话按照正常的语序应该是：“鹦鹉啄余香稻粒，凤凰栖老碧梧枝。”这样，主、谓、宾的排列顺序就比较符合语法规范，而且也符合格律。那么为什么杜甫要将它弄得语序颠倒呢?“香稻”“碧梧”放在最前面，是为了紧扣“秋兴”，表示诗人所要咏的正是它们。如果换了位置，咏的对象就变了。再如崔颢的《黄鹤楼》中的“晴川历历汉阳树，芳草萋萋鹦鹉洲”，这也是语序的“主语后置”。诗句其实要讲述的是“晴川汉阳树历历，鹦鹉洲芳草萋萋”。将“汉阳树”和“鹦鹉洲”置于“历历”“萋萋”后面宾语的位置，实际上却是被陈述的对象。

更让语言学家惊叹的是，有的名家诗句中连谓语都是可以省略掉的。如杜甫《春日忆李白》中的“清新庾开府，俊逸鲍参军。渭北春天树，江东日暮云”，这四句都没有谓语，但意思已表达出来了。这四句是说，李白的诗，清新得像庾信的诗一样，俊逸得像鲍照的诗一样。在渭北(长安)的杜甫看到春天的树，不由地就想起了在江东(金陵)暮云下的李白。就诗句而言，如果增加字，反而令人感到多余。有时候，诗句表面看上去好像有主、谓、宾，实则不是。苏轼的《新城道中》有一联：“岭上晴云披絮帽，树头初日挂铜钲。”每句不是一个意思，而是两个意思。“云”并不是“披”的主语，“日”也不是“挂”的主语。岭上积聚了晴云，好像披上了絮帽；树头太阳初升，好像挂上了铜钲。“积聚”“升起”“好像”等谓语，都省去了。再如温庭筠的《商山早行》：“鸡声茅店月，人迹板桥霜。”这还是名句，按理说没毛病。可是细分析起来就会发现这两句也是没有谓语的，都是由两个名词或名词短语组成的，没有谓语动词，也很难补出动词来。这在语序中称为“谓语省略”。

再看辛弃疾的《贺新郎》(把酒长亭说)：“看渊明、风流酷似，卧龙诸葛。”这句是“宾语前置”。按语序排列，应该为“看风流酷似渊明，卧龙诸葛”。又如杜甫的《月夜》：“香雾云鬟湿，清辉玉臂寒。”过去称“动宾倒装”，现在叫“宾语前置”。“湿”和“寒”都是使动用法，“云鬟”“玉臂”本是它们所支配的对象，结果被放在了前面，似乎成了主语，实质应是“香雾湿云鬟，清辉寒玉臂”。还有王维的《春日上方即事》：“柳色青山映，梨花夕鸟藏。”“柳色”“梨花”分别是“映”和“藏”的宾语，因为要使诗联合律，所以放在了主语的前头，按语序应该是“青山映柳色，夕鸟藏梨花”。这样的句子同时也称为“谓语后置”。像这样的例子还可以举出很多，比如王维的《观猎》：“草枯鹰眼疾，雪尽马蹄轻。”平原草枯，积雪消尽。“鹰眼”因

“草枯”而能更准确观察猎物，“马蹄”因“雪尽”没有了阻碍，策马追赶更为迅捷。如此用“草枯”和“雪尽”，不仅给我们描绘出一幅冬尽春初万物更生的图画，而且还写出了狩猎的惊心动魄，由远而近的视角突现了整个画面的壮观、恢宏。如果按照正常的语序来写，只能是“草枯疾鹰眼，雪尽轻马蹄”。较原诗就平淡许多，也逊色许多。

叶梦得的《水调歌头》有“秋色渐将晚，霜信报黄花”句，其中“霜信报黄花”句表面上看起来是“主—谓(动)—宾”的格式，其意显然不是，需要调整语序，“黄花报霜信”才是其真正的意思。这里将主语和宾语互换了位置，称作“主宾换位”。再看卢纶《塞下曲》(其二)中“林暗草惊风，将军夜引弓”的第一句，“林暗草惊风”实际是“林暗风惊草”，这也是属于“主宾换位”。

还有以宾语面貌出现的状语，也是常见的违背语序的现象。如杜甫的《秋兴八首》(其三)有“千家山郭静朝晖，日日江楼坐翠微”句，如果按语法的顺序应该是“朝晖中千家山郭静，日日于江楼翠微中坐”。这里的状语“朝晖”和“翠微”都当作宾语来用了。再如崔护的《题都城南庄》：“人面不知何处去，桃花依旧笑春风。”“笑春风”表面上是动宾词组，其实“春风”是不会受“笑”支配的，而是表示“桃花在春风中笑”的意思。

还有“定语前置”的情况。如王昌龄的《从军行》(其四)：“青海长云暗雪山，孤城遥望玉门关。”下句的“孤城”即指玉门关，因为那里只有玉门关一座城，因此才称作“孤城”。“孤城”为“玉门关”的同位性定语，却被挪到动词“遥望”的前面，很容易让人误解为站在另一座孤城上遥望玉门关。

李白的《梦游天姥吟留别》：“我欲因之梦吴越，一夜飞度镜湖月。”后一句的意思为“一月夜飞度镜湖”，这在语序现象中叫“定语后置”。再如杜甫的《赠翰林张四学士》：“内分金带赤，恩与荔枝青。”这里的“赤”与“青”都是定语，放在句脚是为了满足诗的格律需要，它应该是放在中心词之前的：“内分赤金带，恩与青荔枝。”

还有“状语后置”的情况。如杜甫的《夔州歌十绝句》(其六)：“晴浴狎鸥分处处，雨随神女下朝朝。”诗的原意是“晴浴狎鸥处处分，雨随神女朝朝下”。“处处”“朝朝”本应做“分”和“下”的状语，但为了格律的需要，放在了补语的位置。再如贾岛的《题李凝幽居》：“鸟宿池边树，僧敲月下门。”这是“推敲”掌故的由来。细究“僧敲月下门”句，这是典型的“状语后置”，按照现代语法的语序应是“僧(于)月下敲门”。

此外，古代还有为了诗句的对仗和押韵故意颠倒语序的。如李白的《与史郎中钦听黄鹤楼上吹笛》：“黄鹤楼中吹玉笛，江城五月落梅花。”“落梅花”就是个倒装句。汉代的横吹曲《梅花落》，李白为了调平仄和押韵，将其语序颠倒了。还有王维的《过香积寺》：“泉声咽危石，日色冷青松。”按照正常语序应该是“危石泉声咽，青松日色冷”。诗人将其语序颠倒是为了将所炼的“咽”“冷”二字放在五言的关键处。

古诗词语序是可以错综颠倒的，句子成分也是可以省略的，但古诗词的意脉是连贯的，峰断云连，不仅美妙，而且可以将作者最想强调的凸显了出来。我们欣赏古诗词，首先要读懂古诗词。古诗词的语言是所有文学体裁中最为精炼的，诗人既要追求语言的精悍，又要追求特殊的修辞效果，还要兼顾格律诗词中的平仄、字数、音韵等多方面的要求。因此，无论是古体诗歌还是格律诗词在语法应用上就显得比较自由、灵活，从而形成了传统古诗词所特有的语法现象，这是不能用现代的语序来衡量的。

第二节　语言之美

汉语作为世界特有的象形文字语言，文字高度统一与规范。汉字是当今世界上唯一仍被广泛使用的意音文字，兼具表意和表音功能。汉语包含书面语和口语两部分。古代书面汉语被称为文言文，现代书面汉语被称为白话文。现代汉语有统一和规范的语法，但是地方方言分歧较大。由于书面语言规范，没有地方语言差异造成的书面交流障碍。汉语的超方言性对维系中国的统一发挥了巨大的作用。

古诗词是语言的艺术，它的特点就是含蓄、凝练、深刻、跳跃。它给我们构造了充满张力的语言世界，“状难写之景，如在眼前；含不尽之意，现于言外”。言有尽而意无穷，通过通感、用典、暗示等手法，给人以想象的空间和回味的余地，语言的表现手法更是灵活多变，意蕴丰富。要想充分理解古诗词，就必须回归古诗词的语言情境，并将古诗词的语言具体化、形象化、情境化，从而使读者融入其中，找到古诗词语言与自然、文化、生活的意境交汇点，巧妙地揭开语言这层神秘面纱，充分感受古诗词的语言之美。

古诗词的美还在于它的意境美，而高超、深远的意境营造，需要依赖于时空的构建与驾驭。古代的诗人书读得多，知识面广，尤其是对历史的了解比较深刻。他们在启蒙的时候，就深入、系统地学习历史，这是我们民族传承的必修课。因此，他们创作怀古诗时，能够把握好时空的转换，引用历史典故时能够巧妙地切题，加上自身的审美品位，进而发挥出吊古忧今的情思，以史为鉴，或歌颂英雄，或鞭挞腐朽。

据此，本节分“语言张力”“时空构建”“审美距离”“用典艺术”四个部分来叙述。

一、语言张力

1. 信息密集

诗的语言不能像科学语言那样稳定准确，而要向大容量、多义性方向发展，这是好诗的要素之一。语言的张力有两层含义：一是指语言所表达的信息量的密集度；二是指语言表达方式的弹性度。这种信息量的密集度和表达方式的弹性度，形成了一种美感，在美学上称之为语言的张力美。这在唐代诗人陈子昂的《登幽州台歌》中有很好的体现。我们一起来欣赏：

前不见古人，后不见来者。
念天地之悠悠，独怆然而泣下！

诗中的一个“独”字，囊括了几千年的历史。其间，多少风云变幻、人世沧桑，多少文治武功、盛衰荣辱都融汇到了读者的心中。这样高密集度的信息量传达给读者，就是语言的张力。同样，诗仙李白的《金陵望汉江》中的“六帝沦亡后，三吴不足观”一联，这区区十个字传递出了巨大的信息量。南京历经吴、东晋、宋、齐、梁、陈六个朝代，产生过多少个帝王，又经历了多少的沧桑变化，政治的、经济的、战争的、文化的、民生的……然而，如今这一切都成了过眼云烟，皆“不足观”了。南京地处江东，曾设扬州州治在此，领三吴：吴兴、吴郡、会稽。此联是说自六朝之后，长江以东的吴地就日渐分裂，远不如从前那么兴盛了。一联拥有如此高密集度的信息量，足以说明诗词语言的张力。再如，诗圣杜甫的七律《江南逢李龟年》也具有这样的特点。我们一起来欣赏：

岐王宅里寻常见，崔九堂前几度闻。
正是江南好风景，落花时节又逢君。

诗的前两句的起、承，说的是十五年前两人在长安交往的事；后两句的转、合，说的是眼前的事。这一转就跨越了十五年，而这十五年正是社会大动荡、诗人颠沛流离、人生苦辣酸甜遍尝的十五年！这种大尺度的跨越、高密度的浓缩，就是古诗词语言张力的又一例证。

2. 有弹性度

语言表达方式的弹性度，是指语言表意的具象不确定性，读者在具体意境的选择理解时具有弹性，给读者留下了对意象进行再创造的空间。俗话说“有一百个读者就有一百个哈姆雷特”，就是这种弹性度的体现。晋代诗人陶渊明的五绝《饮酒》(其五)，就具有这样的特点。我们一起来欣赏：

采菊东篱下，悠然见南山。
山气日夕佳，飞鸟相与还。

诗人的心情平静，没有什么激情。他在东篱下采菊，偶然抬头看到南山的气象和飞鸟结伴归来，触景生情而已。这就是比较客观地描写景物，感情较为隐蔽，而在对客观景物的描写中渲染了某种气氛，建构一种意境，不动声色地启发我们产生某种感情的倾向。事实上，我们在阅读这首诗时会自然而然地联想到陶渊明的“不为五斗米折腰”，因对黑暗官场的厌恶而退隐山野田园的身世，愈发体现出诗人远离官场后的隐退生活的闲适。这些阅读后的联想就是诗歌语言张力的弹性度体现。唐朝诗人柳宗元的五绝《江雪》也体现了这种语言的张力。我们一起来欣赏：

千山鸟飞绝，万径人踪灭。
孤舟蓑笠翁，独钓寒江雪。

这首诗犹如一幅优美的“寒江独钓”的山水画，“这幅画”把寒江飞雪、孤舟独钓的画面描绘得十分生动，让我们感受到了在大雪覆地、朔风逼人的严酷环境中，钓翁敢于披蓑独钓，进而产生联想：这是为什么呢？其中蕴含着诗人当时的处境和心绪。诗人因参加政治改革失败而被贬远谪，他用诗的语言描述的这个画面正表明他在恶劣的政治环境中不屈的志节。诗人在表达这种复杂的思想感情时，既从“至难至险”处思考，又能做到通俗平易，深入浅出。苏轼评价此诗时说：“发纤秾于简古，寄至味于淡泊。”人们在初读时也许会觉得这只是一幅平淡的山水画，但是愈仔细体味，愈觉得意味隽永、意境深远。诗词语言张力的弹性度就像弹簧一样，读者发掘得越深广，张力作用就体现得越大。

唐代诗人李商隐的《无题》中有一名句："春蚕到死丝方尽，蜡炬成灰泪始干。"让我们读后就能从诗中感受到那种无怨无悔的追求、如饥似渴的执着。但追求的是什么，执着的又是什么呢？作者没有交代。李商隐在官场受排挤，一生潦倒。我们只能妄猜：是官场的落魄造成的，还是情场失意造成的呢？要么是亲人的离散，抑或朋友蹉跎？什么都对，什么都沾边。每个人在品味欣赏时，都有与自己具体的切身际遇相联系后产生的联想。这种具象的不确定性就是一种弹性美，也是语言的张力美。

3. 通感、遥感

通感指人们的视觉、听觉、嗅觉、味觉、触觉等各种感觉之间的互相沟通与交融，有意识地错位，生成的特殊美感。当代学者钱锺书在《通感》一文中分析说："在日常经验里，视觉、听觉、触觉、嗅觉、味觉往往可以彼此打通或交通，眼、耳、舌、鼻、身各个官能的领域可以不分界限。颜色似乎会有温度，声音似乎会有形象，冷暖似乎会有重量，气味似乎会有体质。诸如此类，在普通语言里经常出现。譬如我们说'光亮'，也说'响亮'，把形容光辉的'亮'字转移到声响上去……就仿佛视觉和听觉在这一点上有'通财之谊'。"通感又称"移觉"，因为它是一种感觉错位的艺术。唐代诗人高适的七绝《塞上听吹笛》对此就运用得十分到位。我们一起来欣赏：

雪净胡天牧马还，月明羌笛戍楼间。
借问梅花何处落，风吹一夜满山关。

诗的第三句"借问梅花何处落"将听觉转移到视觉，《梅花落》是汉代横吹曲，本来是作为乐曲供听觉享用的，这里被诗人借用来当作植物，以视觉来感受了。宋代诗人周密的七绝《野步》也有异曲同工之妙。我们一起来欣赏：

麦陇风来翠浪斜，草根肥水噪新蛙。
羡他无事双蝴蝶，烂醉东风野草花。

这是一首描绘春景的小诗，写诗人漫步在郊外的野趣与生机勃发的田野风光里所见到的情景。尤其是尾句“烂醉”二字生动传神，准确凝练，描绘出翩然于野草花丛中的蝴蝶被美丽的春景所陶醉的情态，渲染出醇浓如酒的春意。由视觉转变成了嗅觉，这也是诗歌语言的张力再现。

所谓“遥感”就是指像猜谜一样，诗人不破题，我们便能体会出诗歌的内涵，这有点类似我们常说的“含蓄”。我们再来看杜甫的一首七律《客至》：

舍南舍北皆春水，但见群鸥日日来。
花径不曾缘客扫，蓬门今始为君开。
盘飧市远无兼味，樽酒家贫只旧醅。
肯与邻翁相对饮，隔篱呼取尽余杯。

诗题为“客至”，却没有一句直接写客人，但句句又都是间接或侧面写客人。因此我们反而觉得客人就近在眼前，如见其人，如闻其声。至此，对客人及主客关系的印象，已经深深烙进脑海中了。这种“遥感”，就是语言张力的体现。元代诗人王冕的一首七绝《白梅》也具有这样的特点。我们一起来欣赏：

冰雪林中著此身，不同桃李混芳尘。
忽然一夜清香发，散作乾坤万里春。

诗的通篇不着一“梅”字，却又处处不脱不粘地传递出梅花迎雪吐艳、凌寒飘香、铁骨冰心的精神。像这样拟人化的“遥感”诗还有很多，如明代于谦的七绝《石灰吟》：

千锤万凿出深山，烈火焚烧若等闲。
粉身碎骨浑不怕，要留清白在人间。

这首诗非常有名，传诵很广。作者身为政治家，从来不被人认作诗人，有人只会背诵诗句，却不知道出自谁手。诗的出名是在于诗人将自然物——石灰人格化，从而赋予其深刻的哲学内涵，且这一内涵又包容在洁白无瑕的石灰这一意象之中。诗中未提“石灰”二字，然而通过读者的遥感、理解，对石灰的印象愈加深刻。

还有清代画家郑板桥的题竹石画诗，也因“遥感”非常出名：

咬定青山不放松，立根原在破岩中。
千磨万击还坚劲，任尔东西南北风。

他通篇不提“竹”字，却将劲竹立根破岩的顽强执着、刚正不阿、达观洒脱、无所畏惧的人格化精神表现得淋漓尽致。这些“遥感”诗都体现出了诗歌语言张力的弹性。

语言的张力还包含时空的张力。如明代诗人柳应芳的七绝《雨中集清凉寺送梅子马赴楚曹能始还闽》就具有这样的特点。我们一起来欣赏：

客路东西莫厌长，七闽原自隔三湘。
离人不道俱千里，一夜相思梦两乡。

中国地域辽阔，空间跨度大。诗的前两句“客路东西莫厌长，七闽原自隔三湘”，是说福建人外出至内地湖南，从东往西路途很遥远。后两句“离人不道俱千里，一夜相思梦两乡”，古时候交通不方便，没有几个月的长途跋涉，是没办法回到故乡的，因此，只好在睡梦中与亲人团聚了，将两地的思念用一夜的梦来圆。这首诗巧妙地用一个“梦”字，表现了相隔千里之遥的时空张力。再如宋代诗人戴表元的七律《过清凉寺王参预墓下》的颈联：“万古云山同白骨，一庭花木自青春。”时空的跨度一下子从万古来到眼前。王参预墓即南宋副相王次翁的墓，墓前有石羊、石虎的墓道，表面风光，好像与青山同在，还不是一堆白骨？倒是清凉寺院内的花木生机勃勃，充满着青春的活力。“万古云山”与“一庭花木”相对，“白骨”与“青春”相对，对比鲜明，表现出语言的张力。

我们千万不要混淆了语言的张力和力度的概念，张力不是力度，二者是有明显区别的。力度是指语言的分量和厚重感，力度的强弱往往直接反映了人内心的情感与情绪。俗话说：“一句话让人笑，同样一句话又让人跳。”就是指情绪与声调的强弱会产生截然不同的效果，它也是语言的表现力之一。而张力是指语言的信息密集度和弹性度，它是语言的效率和质感，语言表现力的另一面。

语言张力的大小直接与诗人的语言功力有关。语言的张力是诗人千锤百炼而成的语言技巧的精华，是诗人“四两拨千斤”的妙手，也是诗人打造艺术精品的熔炉。张力是一种美感，它给我们的艺术享受是深层次的感动，是凝神沉思反复咀嚼的精神营养品。诗词之所以精炼，之所以百读不厌，语言张力的艺术魅力无疑是重要原因之一。

4. 双关多义

修辞手段可以增强语言的张力，特别是双关语。唐代诗人刘禹锡《竹枝词》(其一)中的“东边日出西边雨，道是无晴却有晴”，以“晴”说“情”，极大地增强了语言的张力。又如唐代诗人李商隐的七律《无题》中的“春蚕到死丝方尽，蜡炬成灰泪始干”，“丝”可理解为“思”。再如，南朝民歌吴歌中的《子夜歌》：“高山种芙蓉，复经黄檗坞。果得一莲时，流离婴辛苦。”《读曲歌》：“思欢久，不爱独枝莲，只惜同心藕。”芙蓉即莲花，本是大自然中的一种植物，藕是莲花的根茎。这两个例子利用“芙蓉”的谐音“夫容”、“莲”的谐音“怜”、“藕”的谐音“偶”构成双关，含蓄地表达出对恋人的思念之情。在古代有一个传统习俗，就是在离别的时候，往往要在路边折杨柳相送，借以表达恋恋不舍的心情。“柳”者，“留”也。如王维的七绝《送元二使安西》：“渭城朝雨浥轻尘，客舍青青柳色青。”“柳”既是写景，又暗寓“留”之意，显示诗人对朋友的留恋之情。再如李白的《春夜洛城闻笛》：“此夜曲中闻折柳，何人不起故园情。”笛子吹奏的是一曲《折杨柳》，它属汉乐府古曲，倾诉离别行旅之苦。李白听着远处的笛声，不由自主地陷入了乡思。

两栖语，即多义性的语言。如南朝民歌吴歌《子夜歌》就具有“双关多义”的特点。“自从别郎来，何日不咨嗟。黄檗郁成林，当奈苦心多。”诗中物的“苦心”与人的“苦心”音形相同，而要表达的意思不同。黄檗是一种可入药的苦木。表面上是说黄檗树的苦心很多，其实表达的是人的痛苦之心很深，将女主人公的幽怨、思念、痛苦的心情表露无遗。再如，北朝民歌《敕勒歌》中有“天苍苍，野茫茫，风吹草低见牛羊”句，这里的“见”读“现”。“见”是你主动在寻觅，被你看见；“现”是它主动出现，被你看见。这就体现了语言的张力。唐代诗人李端的《听筝》有“欲得周郎顾，时时误拂弦”句，这个“误”字是指“耽误”了拂弦呢，还是“错误”地拂了弦呢？只能由读者去体悟了。一个“误”字，具足了张力。

张力是一个物理学名词，现代学者把这个新概念用于文学语言学，是一种学科间的引渡和借用。这是中国诗学研究与时俱进的表现。

二、时空建构

古人离家在外，想要回家团圆一次十分麻烦，坐船、骑马、走路，能用的交通工具都用到了，但一不留神就会有客死他乡的危险。古代通信不畅、交通不便，因而古人那种强烈的时空感非现代人所能理解。所以，从时间、空间两个角度来分析古诗词中的“虚实”问题，就显得非常有意义了。

1. 时空的虚实

古诗词作者常常喜欢实写现在，虚写过去或者未来。我们可以抓住这一特点，从时空角度分析古诗词中的虚实，厘清虚实之间的关系，从而找到阅读古诗词的密钥，加深我们对古诗词的理解。我们先来欣赏南唐后主李煜的《望江南》(多少恨)：

多少恨，昨夜梦魂中。还似旧时游上苑，车如流水马如龙，花月正春风。

这是一首记梦词。后面的三句，写词人梦到了他的帝王生活，梦到了往日的繁华生活。他梦的是春风得意，而醒后却回到了现实生活：他是一个亡国之君、阶下囚。因而他怨恨起昨夜的梦来，所以才有开篇“多少恨”的怨愤。这是一种从反面描写的“反衬法”，由实笔“多少恨”切入，以“还似”二字化出梦境、虚境，以梦境反衬今日之恨，由虚带实，由虚托实，进而揭示主旨，含蓄耐读。

宋代词人辛弃疾的《破阵子·为陈同甫赋壮词以寄之》也具有这样的特点。我们一起来欣赏：

醉里挑灯看剑，梦回吹角连营。八百里分麾下炙，五十弦翻塞外声，沙场秋点兵。

马作的卢飞快，弓如霹雳弦惊。了却君王天下事，赢得生前身后名。可怜白发生！

词人胸有报国大志，却无请缨之路，其现实中的悲哀正是通过虚写梦中回到以前点兵的军营、征战的沙场来实现的。

王维的七绝《九月九日忆山东兄弟》在这一点上更是高人一筹：

独在异乡为异客，每逢佳节倍思亲。
遥知兄弟登高处，遍插茱萸少一人。

诗的前两句实写诗人在重阳佳节来临之时思念亲人，后两句虚写遥想兄弟登高处，却少了他一人。这就是从空间的角度看古诗词的虚写，不是写眼前所见之景的都可以理解为虚写。也就是说，不在眼前的就是虚，过去、未来的都是虚。所谓诗词，虚虚实实，实实虚虚，虚实相生，妙趣横生！

我们再来欣赏唐代诗人王昌龄的七绝《送魏二》：

醉别江楼橘柚香，江风引雨入舟凉。
忆君遥在潇湘月，愁听清猿梦里长。

此诗借写秋天的雨，寄托作者的羁旅之愁和思乡怀人之苦，成功地运用了虚实结合的手法。一个“醉”字，内涵丰富。

开头两句写实，诗人在他乡遇故知，这个“醉”字可谓“酒逢知己千杯少”。可惜朋友要走了，又要举目无亲了，因而在这里“借酒浇愁”，终于导致“醉不成欢惨将别”的一幕。“醉别”一词写出了诗人的多少痛苦、多少愁绪啊！“江风引雨入舟凉”，是状写送别时的天气，更是以景来状写诗人的心情。带着醉意，伴友下楼，送客登舟，此时正是冷风习习，寒雨连江，打在身上，飘进舱里。身上凉凉的，舱里凉凉的，此时诗人的心里不也满含着悲凉吗？

后两句虚写，想象别后的情景。友人乘舟走了，若干天后夜泊在潇水湘江合流之处。天上一轮孤月，江上一叶孤舟。魏二栖身烟波江上的一叶扁舟之中，面对江月，也只能伤怀生愁而已，虽旅途辛劳，但也愁苦难眠。“愁听清猿梦里长”一句，诗人想象友人即使能够入睡，也摆脱不了缠人的愁绪，梦中还能听到猿猴凄清的哀鸣。一个“遥”字挽住了两端，一端是诗人自己，一端是在潇湘的友人，真是“同是天涯沦落人”啊！结句中一个“长”字状写猿声，颇为形象真切。这个“长”字也是诗人“此恨绵绵无绝期”心境的写照。由实带虚，实为景，虚为情，触景生情，化虚为实，将真情显露。

再看唐代诗人韦庄的七律《忆昔》，在这一点上更是别具一格：

昔年曾向五陵游，子夜歌清月满楼。
银烛树前长似昼，露桃花里不知秋。

西园公子名无忌，南国佳人号莫愁。

今日乱离俱是梦，夕阳唯见水东流！

这首诗用典较多。五陵指晋东陵，在龙广山（今富贵山）南麓，有五座皇帝陵。《子夜歌》是乐府古曲，歌词多写男女四时行乐之情。诗人以此讽刺豪门贵族一年四季追欢逐乐、笙歌达旦的奢靡生活。诗人分明讽其沉湎声色，却用“月满楼”为衬景，把讽意深藏在溶溶月色中，不露声色。

颔联上句“银烛树前长似昼”，取邢邵“夕宴银为烛”诗意，写王公豪富之家酒食征逐，昼夜不分，意存鞭挞而赋色清丽，辞意似依违于美刺之间。下句“露桃花里不知秋”，语出王昌龄《春宫曲》“昨夜风开露井桃”，诗人借王江宁诗语，笔锋暗指宫廷，斥其沉迷酒色以至春秋不辨，同样辞旨委婉，蕴力不吐。

颈联“西园公子名无忌，南国佳人号莫愁”，于对仗工整之外，尤见使事之巧，尽委婉深曲之能事。“西园公子”指魏文帝曹丕及其弟曹植等，“无忌”则是战国时代魏国公子信陵君的名号。诗人巧妙地把曹魏之“魏”与战国七雄之“魏”牵合在一起，引出“无忌”二字，又语涵双关，取“无所忌惮”之意。莫愁女，梁武帝有《河中之歌》写她。这里的“莫愁”也是语涵双关，慨叹浮华女子不解国事蜩螗，深寓“隔江犹唱后庭花”的沉痛。

尾联写当今之所见，结出无限感慨，点明主旨。用“夕阳”“水东流”象征唐末国运的衰败没落，抒发了诗人对社稷倾危的深沉叹惋。这是遥思之境，虚实结合、层次清晰。

过去是可堪回首的，现实是不堪回首的，那么未来可以展望吗？每个人都有自己的处境，心情也是不同的。比如，同是离别之作，李白的《南陵别儿童入京》是在奉唐玄宗征召入京时所作，他对前途充满了憧憬，心中难掩喜悦之情，于是高呼“仰天大笑出门去，我辈岂是蓬蒿人”。这是何等的豪情！而宋代词人柳永的《雨霖铃》（寒蝉凄切）是在即将离别京都与情人话别之际所作。

词人与情人执手话别，无奈兰舟催发，竟设想“念去去千里烟波，暮霭沉沉楚天阔”，迢迢千里、烟波一片、雾霭沉沉、楚天寥廓。此处，词人不仅是设想行程之艰难，更是以实写虚，虚的是景，实的是情，是离愁之“浓”、之“重”、之“广”。更值得玩味的是“今宵酒醒何处，杨柳岸晓风残月”。试想李白之离别，酒酣浓睡，眼睛一睁：“啊！长安，你是这般的美丽！”而柳永却是饮酒长亭外，辗转不能眠，试想酒醒后的情景：杨柳岸、晓风、残月。词人此时的心情，真是“这次第，怎一个‘冷’字了得”！

2. 时空的缩合

中国幅员辽阔，历史悠久，再加上古代“宦游”制度的建立，诗人们为了实现自己的理想抱负，背井离乡，四处漂泊。这在客观上为古诗词中存在的时空缩合现象提供了可能。

诗的意境都是以时空形式存在的，而诗中的时空未必是自然客观的，甚至也非纯然心理的，而是将现实时空、心理时空以意象化的方式缩合成的审美时空。“观古今于须臾，抚四海于一瞬”（陆机语）、“寂然凝虑，思接千载；悄焉动容，视通万里”（刘勰语），都是形容诗的时空张力的。怀古诗在时空感上给人以强烈的冲击，诗人多将现实和历史糅合在一起，使过去和现在的两重时空并置缩合，从而使人们既能穿越于时间的隧道在眼前呈现出当年的光影，又能感知于当下创造出身临其境的实感。刘禹锡的七绝《石头城》就体现了这一特点：

山围故国周遭在，潮打空城寂寞回。
淮水东边旧时月，夜深还过女墙来。

这首诗的意境是双重时空的，山、城、潮汐既是眼前之景，也是旧时风物。当下的时空是前景，过去的时空隐含于其中，深邃的历史感寓含于诗境。白居易对此诗倍加赞赏：“‘潮打空城寂寞回’，吾知后之诗人不复措词矣。”（《全唐诗》）同样，刘禹锡的七律《西塞山怀古》，也是将当年的战场与今日的故垒绾合在一起的典范，读之，唯觉其力透纸背。清代诗论家薛雪评论道："似议非议，有论无论，笔著纸上，神来天际，气魄法律，无不精到，洵是此老一生杰作，自然压倒元、白。"(《一瓢诗话》)思之，此论是何等的精辟！

许浑是晚唐诗人中写怀古诗的名家。其怀古诗不仅篇幅众多，而且气象宏阔。如《金陵怀古》就很好地体现了这一特点：

玉树歌残王气终，景阳兵合戍楼空。
松楸远近千官冢，禾黍高低六代宫。
石燕拂云晴亦雨，江豚吹浪夜还风。
英雄一去豪华尽，唯有青山似洛中。

诗人在当下的物色中隐含着当年的繁华，而又以"荒台麋鹿"作为当下的景象特征。元人辛文房评许浑怀古诗有云："浑乐林泉，亦慷慨悲歌之士。登高怀古，已见壮心，故为格调豪丽，犹强弩初张，牙浅弦急，俱无留意耳。至今慕者极多，家家自谓得骊龙之照夜也。"(《唐才子传》)可谓道出了许浑诗的精髓。

唐代诗人司空曙的五绝《金陵怀古》也有此特点。我们一起来欣赏：

辇路江枫暗，宫庭野草春。
伤心庾开府，老作北朝臣。

前两句写实，把古都金陵衰败荒凉的景象，表现得很具体，很鲜明。"辇路"即皇帝乘车经过的道路。想当年，皇帝出游，旌旗如林，鼓乐喧天，前呼后拥，应是无比威风。而这些景象今已不复存在，只有道旁那饱览人世沧桑的江枫，长得又高又大，遮天蔽日，投下浓密的阴影，使荒芜的辇路更显得幽暗阴森。"江枫暗"的"暗"字，既是写实，又透露出此刻作者心情的沉重。

沿着这条路，就可看到残存的一些六朝宫苑的建筑了。昔日的宫庭，现在却一片凄清冷落，只有那野草到处滋生，长得蓬蓬勃勃。这两句对偶非常工整，辇路、宫庭与江枫、野草形成强烈对照，将现状与历史作比较，其盛衰兴亡之感自然寄寓其中。

后两句以实入虚，别出心裁地用典故抒发情怀。庾开府即庾信，因曾"官至骠骑大将军，开府仪同三司"，故称庾开府。庾信为南朝梁人，出使北朝西魏期间，梁为西魏所亡，遂被强留长安。后北周代魏，他又被迫仕于周，一直留在北朝，最后死于隋文帝开皇元年。他经历了北朝几次政权的更替，又目睹南朝最后两个王朝的覆灭，其身世最能反映那个时代的动乱变化。诗人司空曙的身世和庾信有某些相似之处。他经历过安史之乱，亲眼看到大唐帝国从繁荣的顶峰上跌落下来。安史之乱时，他曾远离家乡，避难南方，乱平后一时还未能回到长安，思乡之情甚切。所以，诗人用庾信的典故，既感伤历史上六朝的兴亡变化，又借以寄寓对唐朝衰微的感叹，更将他自己的故园之思、身世之感包含在内，确是贴切工稳，含蕴丰富。"伤心"二字，下得沉重，值得玩味。这首诗寥寥二十字，蕴含丰富，感慨深沉，情与景、古与今、物与我浑然一体，不失为咏史诗的佳作。

如果说，怀古绝句多数是以一个意象来缩合古今，那么，律诗则是以若干意象来联结古今，诗歌意境所体现的时空感也更为复杂。这一特点从唐代诗人李群玉的七律《秣陵怀古》中就可见一斑。

野花黄叶旧吴宫，六代豪华烛散风。
龙虎势衰佳气歇，凤凰名在故台空。
市朝迁变秋芜绿，坟冢高低落照红。
霸业鼎图人去尽，独来惆怅水云中。

同是唐代的诗人刘沧也有一首七律《经过建业》：

六代兴衰曾此地，西风露泣白蘋花。
烟波浩渺空亡国，杨柳萧条有几家。
楚塞秋光晴入树，浙江残雨晚生霞。
凄凉处处渔樵路，鸟去人归山影斜。

这两首诗有一个共同的特点，就是将昔日的豪华繁盛与今日的荒冷凄迷，在各个意象中加以叠映，构成了整体组合式的双重时空。

时空的并置与缩合，通过意象的呈现而获得审美魅力。诗人的观照方式也在其中发挥着重要作用。韩林德先生曾谈到中国美学的“流观”视角，他说：“一个民族持何种观照世界的方式，是持直线式的‘焦点透视’，还是持曲线式的‘流观’，归根结底，受该民族的哲学思维和美学思维支配。”（《境生象外》）“流观”似乎是中国画的观照方式，其实诗中也多有运用。从中晚唐的怀古诗来看，诗人往往从多个视点上来观照古今的兴替，通过几个不同的意象表现盛衰之感。如李商隐的《览古》：“莫恃金汤忽太平，草间霜露古今情。……回头一吊箕山客，始信逃尧不为名。”吴融的《过九成宫》：“凤辇东归二百年，九成宫殿半荒阡。魏公碑字封苍藓，文帝泉声落野田。碧草断沾仙掌露，绿杨犹忆御炉烟。升平旧事无人说，万叠青山但一川。”诗人都是以流观的方式来创造意象，形成了充满历史沧桑感的时空场域。中晚唐怀古诗中的时间和空间两个向度是融为一体的，时间的纵深也就是空间的展开。

三、审美距离

1. 间接性

古诗词是运用语言来塑造艺术形象、传达审美情感的，因此，古诗词中的艺术形象具有间接性，而间接性会产生“审美距离”。这种间接性既是语言艺术的局限，也是语言艺术的特长和优势。古诗词（尤其是近体格律诗词）受从古至今延续下来的中国人内敛的性格特征影响，大多是凝练、委婉、含蓄的。

在阅读古诗词作品的过程中，通过积极活跃的联想和想象，在自己的头脑中呈现出活生生的形象画面来，这就构成了语言艺术形象的间接性，因而人们又把诗词称之为“想象的艺术”。诗词的形象通过语言的媒介，激发了我们的想象，产生如闻其声、如见其人、如临其境的审美效果，使艺术形象活灵活现、栩栩如生地呈现于我们的内心深处。作者的审美观与我们的审美观往往是有差异的，这种差异的大小就是审美距离的大小。有的作品甚至是作者没有想到的意境，被我们挖掘并解读出来了，使得作品的意义得到进一步升华。有的作品则是我们没有深入体会到作者写作时的各种人事、遭遇、语言环境、历史背景，不能够理解作品所要表达的意境。这也是产生审美距离的一个重要因素。

庾信是南朝梁著名的文学家，他有一首五言《寄王琳》就具有这种审美“间接性”的特点。下面我们一起来欣赏：

玉关道路远，金陵信使疏。
独下千行泪，开君万里书。

庾信命运多舛，经历坎坷。侯景之乱刚刚平定，南朝梁元帝就派他出使北方的西魏。西魏慕其才，将之扣留，不许南归。后来，梁为西魏所灭，庾信遂留居北方，官至车骑大将军，开府仪同三司。北周取代了魏后，庾信更升迁至骠骑大将军。因他“开府仪同三司”，世称“庾开府”。当时南朝陈与北周通好，庾信暗中与王琳通信，一刻也没有忘记故国之耻。这首诗是他在北方收到好友王琳寄给他的信以后“以诗代书”之作。

诗的前两句“玉关道路远，金陵信使疏”，是说诗人与王琳一仕北朝、一仕南国，相隔遥远，音讯难通。言外之意就是，今日居然接到故人书信，不胜惊喜。“玉关”“金陵”二地名相对，“道路远”又与“信使疏”相对，“远”字表示空间的距离，“疏”表示时间的久远。这两句对仗工整，为下句起到铺垫的作用。

后两句“独下千行泪，开君万里书”，诗人接到王琳来自远方的书信，不禁潸然泪下，未曾见到信上的文字，却已经泪洒千行了。这一流泪启信的细节描写，生动地表现出作者悲喜交加、感慨万千的复杂心情。在复杂的政治环境下，他的乡关之思和南归之意是不能直率表露的，只能通过诗文曲折婉转地表现。尤其是一个“独”字，蕴意极深，既写出了暗中有所希冀，也写出了作者身在异邦、孤独苦闷的环境和感受。“万里书”与“千行泪”相对，皆用夸张的手法，彰显此信得来之不易，又与上两句“道路远”“信使疏”相照应，联系十分紧密，构思也很巧妙。仅仅二十个字，却抵得过千言万语，包孕着诗人十分复杂的情感，深沉含蓄，催人泪下。

这首诗的审美距离有两处，一处是开头的“玉关”，作者明明在长安，为什么要写成玉关？同是地名，直接写长安不就好了，而且“长安”和“金陵”同是都城，并不存在“失对”。玉门关在甘肃敦煌西，东汉定远侯、西域都护班超因年迈请求回国，给汉和帝上疏请归，疏中说：“自以久在绝域，年老思乡，臣不敢望到酒泉郡，但愿生入玉门关。”庾信在这里暗用典故，将自己羁旅长安比作班超“久在绝域”，所以说“玉关道路远”。如果直接用长安，就不用“借典喻事”了。另一处就是“独下千行泪，开君万里书”，庾信描写了拆阅书信时的心情。王琳怀雪耻之志，可以想象信中满纸慷慨悲壮之词，使诗人深受感动，为之下泪。诗人为何拆书下泪？是有感于故人万里寄书的情谊，还是触动了自己的悠悠乡思，抑或感慨于故人的忠烈之情，而羞愧于自己的苟全？诗中不便说，也不能说。这就是诗人和欣赏者共同创设的审美距离，无限话语尽在潸然而下的“千行泪”中，给了我们无限的想象空间。沈德潜的《古诗源》评价《寄王琳》诗曰：“造句能新，使事无迹。”可谓一语中的。

2. 广阔性

古诗词的审美视野具有广阔性。首先，表现在通过语言来表现现实生活。其表现力之强，几乎很少受到时间和空间的限制，有着非常大的自由，具有极大的容量，真可以说是“观古今于须臾，抚四海于一瞬”（陆机《文赋》）。它能够突破客观时空，实现思维时空的自由延伸，全方位、多角度地展示广阔而复杂的社会生活。其次，表现在它不仅能描绘外部世界，而且能够深入到人的内心世界，直接揭示各种人物复杂的、丰富的精神世界。向人的内心世界的深处发展，无疑使古诗词的天地变得更加广阔，而这一点，恰恰是其他艺术种类难以达到的境界。古诗词不仅可以通过描绘人物的音容笑貌、服饰风度、言行举止等来展现人物的内心世界，而且可以通过直接抒情或叙述的方法深入展示人物细腻复杂的感情。古诗词会在不同程度上表现作者的审美意识和对生活的认识，从而具有一定的思想性。然而，古诗词的思想性总是被情感所包裹并通过艺术形象表现出来。只有将情感渗透在思想里的古诗词，才能具有震撼心灵的艺术魅力，使我们在激动不已的同时深入领会其中蕴藏着的思想内涵。例如，南朝乐府民歌《长干曲》就具有这些特点。我们一起来欣赏：

逆浪故相邀，菱舟不怕摇。
妾家扬子住，便弄广陵潮。

长干是古建康(今南京)的巷名，此处借指南京。《长干曲》是乐府《杂曲歌辞》名，崔颢、李白都曾用此曲牌创作过作品。这是一首佚名民歌，作者不详。歌中描写了一个家住南京长江边的采菱女，驾舟出没于风浪中的场面。在白浪滔天的大江上，一叶扁舟在浪尖上颠簸，在浪谷间滑行，仿佛随时都会被巨浪打翻，令我们心颤。而划船的女子却镇定自若，表现出该女子颇有一股飒爽英气。“逆浪”，即顶着浪涛。在这么一个风急浪大的时刻，顶着浪头前来赴约，显得是多么的情真意诚，而且十分自信。因为“菱舟不怕摇”，说明采菱女充分相信自己具有不畏风浪的本领。诗中并没有交代“相邀”者是何人，一个“故”字产生了审美距离。这是一首情诗，可以理解为采菱女为赴情郎的约会，不顾风高浪急驾舟前往，表现出一个痴情女子欲与心上人约会时的急切心情。同时我们也可以理解为是采菱女在约请她的情郎，为了考验心上人的胆量，是否真心、守信、勇敢，特地选了这么一个风高浪急的日子在江上相约。这反映了这位采菱女巾帼不让须眉的英姿和精神风貌，透露出她对江上风浪的偏爱、对自己驾船本领的自信，以及对爱情的果敢。“妾家扬子住，便弄广陵潮”，或许是她的心上人曾关切地提醒过她：“今天风浪太大，你就不要驾船前来了。”这位女子却要心上人放宽心，以此作答。广陵潮在当时是很有名的，因为当时的镇江、扬州即为长江入海口，广陵潮便是海水潮汐，涨潮的时候逆流而上，白浪滔天。汉代枚乘在《七发》中曾经专门描述它的壮观，说涨潮之时“波涌而云乱”“状如奔马”“声如雷鼓”“遇者死，当者坏”。现如今的长江口潮汐以吴淞口海拔为零米基点，大潮的高点可达 6 米，起潮后如万马奔腾，呼啸而来，真有摧枯拉朽、毁灭一切之势；纵深度可达 600 千米。扬州离南京不过 50 多千米，可以想象当时广陵潮的威势。为了追逐幸福的爱情，她毫不畏惧地出没于风浪之间。这首诗情调活泼明快，语言质朴清新，不加雕琢而情境俱佳，三言两语，便点染出长干采菱女独有的精干与清灵。一个风里来浪里去的痴情女子的形象便生动地浮现于我们的眼前。

我们再来欣赏南朝齐著名的山水诗人谢朓的五言《玉阶怨》：

夕殿下珠帘，流萤飞复息。
长夜缝罗衣，思君此何极。

诗人以西汉女辞赋家、汉成帝刘骜的妃子班婕妤为原型，写下这首诗。首句“夕殿下珠帘”，写出了日落时分冷宫偏殿的幽凄情景。“殿”字照应题名“玉阶”，交代出宫中的特定环境。黄昏本是一天之中最令人惆怅的时候，对于嫔妃们来说，又是决定她们今夜有无机缘得到君王恩宠的时刻。然而，殿门的珠帘已悄悄放下。这意味着君王的足迹不会再经过这里，那一晚又将是一个和愁苦共度的不寐之夜。诗人用富丽之笔写清冷之景，暗示了主人公的身份和不幸的处境。

第二句“流萤飞复息”，以动景烘托环境的幽静。点点闪烁的萤火在串串晶莹的珠帘外漂流，不但融成清幽的意境，而且使华美的殿宇和凄清的氛围形成对照，令人想到被幽禁在这里的女子纵然能享受奢华的物质生活，也无法填补精神上的空虚，更何况她们处在被冷落、遭遗弃的境遇之中。萤火虫多在夏秋之交出现，流萤飞舞是初秋夜景的特征，已透露出秋意，难免会使本来就无限怨怅的主人公更觉惊心，又添一层时不待人、朱颜将凋的忧虑。同时，“飞复息”三字还暗示了主人公从日到夜久久不能入眠的漫长过程。连流萤都停息了飞舞，那么珠帘内的人也该安歇了。

第三句“长夜缝罗衣”，引出了主人公。“长夜”顶住“飞复息”，点出已到夜深，又不露痕迹地将笔锋从帘外的飞萤转到帘内的人影。此处着意选择“缝罗衣”这一细节，还包含着希望邀得君王恩宠的一层意思。如果主人公是一个从未得到过宠幸的宫女，她穿着精心缝制的罗衣，或许能有机会得到君王的眷顾。那么，她在罗衣里缝入的便是借此改变命运的一丝幻想，这就愈见她处境的可怜。谢诗妙就妙在它没有点明主人公究竟是由于什么原因被冷落的，唯有如此，才能给我们留下想象的余地，也才能在更广的范围内概括出所有深宫女子共同的不幸命运，这就是诗人留下的审美距离。“长夜缝罗衣”的动作暗含着主人公希求获宠的幻想。其实熟悉历史的读者应该知道，班婕妤最初是得宠的，只是她不愿学妲己，也不希望汉成帝学纣王，所以才因为赵飞燕、赵合德姐妹进宫而失宠。

第四句“思君此何极”，将她内心的愁思直接表露了出来。但从诗中所表现的今夜的情景来看，“此何极”又与“长夜”相应，夜有多长，思也就有多长。对于一个不寐的女子来说，这长夜似乎是没有尽头的，因此她的愁思也是无尽的。这种“思”本身就意味着“怨”，寓怨于思，含而不露。

3. 模糊性

古诗词是中华民族文化的密码，语言大都是凝练、委婉、含蓄的。准确地把握欣赏古诗词的审美情感过程，充分认识、理解诗人在作品中创设的特定的、适当的审美距离(包括心理距离和时空距离)，对于广大学生理解古诗词，弘扬中华美育精神，实现以美育人、以美化人、以美培元大有裨益。古诗词作者将丰富的生活场景和情感哲思蕴藏于作品之中，用生动的语言、高超的艺术表现手法，在审美主客体之间创造出了一种具有“模糊性”的审美距离。这一点在唐代诗人杜牧的《题宣州开元寺水阁，阁下宛溪，夹溪居人》中表现得淋漓尽致。我们一起来欣赏：

六朝文物草连空，天淡云闲今古同。
鸟去鸟来山色里，人歌人哭水声中。
深秋帘幕千家雨，落日楼台一笛风。
惆怅无因见范蠡，参差烟树五湖东。

诗中颈联“深秋帘幕千家雨，落日楼台一笛风”中有两种奇特的景象：一晴一阴，一明丽一朦胧。这在现实中是不可能同时出现的。但当诗人面对着开元寺水阁时，这种景象虽不是同时，却是属于同一地方不同时间获得的印象，从而形成了作者对宣州的整体感受。特别是上句“深秋帘幕千家雨”展现了特定时间的难忘景象：千家万户都笼罩在迷蒙的烟雨中，门前还垂挂着像帷幕一样的雨帘。在秋“雨”的阻隔之下，诗人在水阁之上放眼望去，一片参差烟树，大自然的一切都笼罩于烟雨之中。所见如泼墨山川烟雨图，使欣赏者循入宁静专注的审美境界，在清净恬淡的审美心理空间中，接纳了气象壮阔、低回惆怅的美，很自然地发出了六朝文物已成过眼云烟无法永驻的感慨。

宋代词人李清照的《醉花阴》（薄雾浓云愁永昼）亦有同工之妙。我们一起来欣赏：

薄雾浓云愁永昼，瑞脑销金兽。佳节又重阳，玉枕纱厨，半夜凉初透。
东篱把酒黄昏后，有暗香盈袖。莫道不销魂，帘卷西风，人比黄花瘦。

词中“帘卷西风”一句，直接为“人比黄花瘦”作了环境气氛的渲染。没有“帘卷”，“人比黄花瘦”就变成单纯的比喻。有了“帘卷”，交代出当帘卷西风之际，词人看到帘外的黄花，因物生感、触景生情，从而迸发出了“人比黄花瘦”的感叹。这在逻辑上就显得顺理成章，真切自然了。“帘卷西风”表面看可有可无，但仔细咀嚼，情况就大不一样。这四个字中包含了“帘”“西风”两个意象。“西风”加强了意境的凄冷、萧瑟的情调氛围，而“帘卷”构成了室内和室外的空间场域，形成了时空距离。读者据此可以联想到瑟瑟的西风把“帘”幕掀起的意态，而这个“帘”其实就在欣赏者的心里，这就让审美态度与生活实用态度拉开了合适的距离，使欣赏者可以对另一个时空产生丰富的联想，读者仿佛看到了刚才把酒相对的菊花：菊瓣纤长，菊枝瘦细，斗风傲霜。而人此刻却悲秋伤别，无法排遣胸中的愁绪，顿时产生了人不如菊的感慨。“莫道不销魂，帘卷西风，人比黄花瘦”三句，前后两句写人，中间以“帘”隔开，造成了意象的断裂，形成了两个情感场域，这既保证了主客体之间恰当的审美距离，又显得跌宕回肠，非常契合这首词千回百转的感情节奏。正如唐代司空图所说：“不著一字，尽得风流。语不涉己，若不堪忧。”

准确地把握欣赏古诗词的审美情感过程，充分认识、理解古诗词作者在作品中创造的特定的、适当的审美距离，包括心理距离和时空距离，给读者留下驰骋想象的余地，这是古诗词在美学上的一大特点。而审美距离是古诗词作者与欣赏者共同创造的，尤其是古诗词作者，这在很大程度上决定着古诗词的艺术价值。古诗词作者将丰富的生活场景和情感哲思蕴藏于艺术形象之中，用生动的语言、高超的艺术表现手法，在审美主客体之间创造出一种“隔而未隔，界而未界”的审美距离，让欣赏者浸染其中，不断地去回味、体验和感悟，从而给人一种“言有尽而意无穷”之感。

四、用典艺术

以典入诗是古诗词中常用的表现手法。凡诗词中引用过去有关人、地、事、物的史实，或有来历、有出处的词语、佳句，来表达诗人的某种愿望或情感，从而增加词句的形象、含蓄与典雅或意境的内涵与深度，即为“用典”。用典也是古诗词中常用的一种修辞手法，这样能很好地避免直白、枯燥，给我们在诗行间留下联想和思索的空间。用典巧妙、恰当，可以使诗词意蕴丰富、简洁含蓄、庄重典雅，使表达更加生动形象，诗句更加凝练，言近而旨远，从而提高古诗词的表现力和感染力。古诗词用典艺术可以归纳为三点：用典的作用、用典的形式和用典的手法。

1. 用典的作用

（1）品评历史，借古论今

我们以晚唐诗人李商隐的七绝《咏史》为例加以说明。

北湖南埭水漫漫，一片降旗百尺竿。
三百年间同晓梦，钟山何处有龙蟠。

诗的首句便突出了六朝故都的典型景色。“北湖”即玄武湖，“南埭”即鸡鸣埭，是六朝帝王寻欢作乐的地方。可是经过了改朝换代，如今只剩下一片汪洋。茫茫湖水唤起了诗人对六朝兴亡的历史联想，不禁感慨万千。次句用“一片降旗”的艺术形象概写六朝历代王朝末叶的败亡。此语由刘禹锡《西塞山怀古》中的“一片降幡出石头”句化出，可知“降旗”暗合“石头城”。接着又用“百尺竿”勾画没落小朝廷高举白旗屈膝投降的丑态，与“水漫漫”相映衬，含讽不露地揭示了帝王失国的因果关系。第三句概括六朝300余年的历史，如同破晓时的残梦。从东吴孙皓出降到陈亡于隋，整个过程不算太短，但其间朝代更替频繁，国祚都不长。“晓梦”意在渲染各代灭亡之迅速，以夸张语气加强艺术效果。结尾是一句反问“钟山何处有龙蟠”，以否定语气点明全篇主旨。诸葛亮称赞金陵形势为“钟山龙蟠，石城虎踞，帝王之宅也”。诗人认为地势的险要并不能保证国家长治久安，但未直接说出，而是运用六朝兴废的景物和象征六朝败亡的画面，揭示“国之存亡，在人杰不在地灵”（屈复《玉谿生诗意》卷七）的意蕴。通过“水漫漫”“一片降旗”“晓梦”等艺术形象的渲染，引发出“龙蟠”不可凭的否定判断。全诗深沉、明快而有说服力。

（2）抒情言志，表明心迹

我们来看宋代诗人王安石的七律《金陵怀古》（其一）是如何“抒情言志，表明心迹”的。

霸祖孤身取二江，子孙多以百城降。
豪华尽出成功后，逸乐安知与祸双？
东府旧基留佛刹，后庭余唱落船窗。
黍离麦秀从来事，且置兴亡近酒缸。

首联一开始就拈出了建都金陵的历代王朝兴亡盛衰相继的历史现象。颔联则点明其原因，凡是取得二江建都金陵的开国之君，大多是白手起家，好不容易取得天下，而其子孙往往轻易地就把政权断送。“二江”是宋代江南东路和江南西路的简称，包括江西全部、江苏和安徽长江以南部分以及湖北的部分地区，也是建都金陵历代王朝的主要统辖区域。而这些政权之所以败亡相继，主要是因为继承者享国以后，日趋奢靡逸乐。这二联高屋建瓴，概括的不单是金陵，也几乎是历史上一切政权的盛衰兴亡的规律。

颈联和尾联则以丰富的想象和怀古的诗情来述说南朝旧事，并与上半首相印证，那金陵城中的东府城曾是东晋简文帝的丞相、荒淫的会稽王司马道子的府第所在，而如今只剩下几座佛寺了。想当年杜牧夜泊秦淮河上，听到商女唱着陈后主谱写的《玉树后庭花》遗曲，便联想到那淫靡之音终于使后主成为亡国之君。而如今这十里秦淮，依旧画舫不断，余音不休。诗人最后慨叹道：当年东周的大夫和殷朝的旧臣悯伤故国，眷怀旧都，因而作了《黍离》《麦秀》之歌，然而千百年来，兴亡更替，人们又能奈何？还是置之不论，一切付诸酒杯吧！

（3）引发联想，创新意境

且看宋代词人辛弃疾《破阵子》（醉里挑灯看剑）是如何“引发联想、创新意境”的。

醉里挑灯看剑，梦回吹角连营。八百里分麾下炙，五十弦翻塞外声，沙场秋点兵。

马作的卢飞快，弓如霹雳弦惊。了却君王天下事，赢得生前身后名。可怜白发生！

词的第一句“醉里挑灯看剑”，写醉态，万籁俱寂，举杯独饮，把玩武器，其气氛、动作和心情简练而又充分地反映出一个急欲杀敌但境遇艰难的战士形象。由于境遇艰难，思想无法平静，才使他夜难眠、梦不断，于是“梦回吹角连营”。以下八句便详写梦境，清晨醒来，耳边眼前仍动荡着梦中的情景，用的是追叙笔法，在意境上比直叙要深一层。“八百里”指牛。据《世说新语·汰侈》载，晋王恺以牛“八百里驳”与王济作赌注，王济获胜后杀牛作炙，后人即以“八百里”指牛。“五十弦”指音乐。据《史记·封禅书》记载：太帝使素女鼓五十弦瑟，声音悲切，帝禁不止。这里连用两个典故，可见包蕴之宏丰。一言气概豪迈，一言军乐悲壮，承上启下，既为“吹角连营”情景作交代，也为下文的战斗场面营造了气氛。“马作的卢飞快，弓如霹雳弦惊”，以连续的比喻形容惊险的场面，反衬激烈的鏖战。“的卢”代指良马宝驹。相传，刘备曾乘的卢马从襄阳城西的檀溪水中一跃三丈，脱离险境。“霹雳”指雷声，这里比作射箭时弓弦发出的巨响。南朝梁曹景宗说他在乡里“与年少辈数十骑，拓弓弦作霹雳声，箭如鹅鸱叫”。这里也连用了两个典故，创造出一个雄奇的意境，从“的卢马”的飞驰和“霹雳弦”的巨响中，仿佛看到若干连续出现的画面：敌人纷纷落马，残兵败将，狼狈溃退，将军身先士卒，乘胜追击，一霎时便结束了战斗，凯歌交奏，欢天喜地，旌旗招展。指挥战斗的将军是爱国的，但也是追求功名的。一战获胜，功成名就，既“了却君王天下事”，又“赢得生前身后名”，岂不壮哉！如果到此为止，那真够得上“壮词”。然而在那个被投降派把持着朝政的时代，并没有产生真正“壮词”的条件，以上所写不过是词人孜孜以求的理想而已。词人展开丰富的想象，化身为词里的将军，刚攀上理想的高峰，忽然一落千丈，跌回冷酷的现实，沉痛地慨叹道："可怜白发生!"白发已生，而收复失地的理想也就成了泡影。

（4）简洁精练，内涵丰富

下面我们来解读唐代诗人吴融的七绝《金陵怀古》，看他是如何做到"简洁精练，内涵丰富"的。

玉树声沉战舰收，万家冠盖入中州。
只应江令偏惆怅，头白归来是客游。

诗的开头两句就用典，"玉树"指《玉树后庭花》曲，为陈后主所作，史称"亡国之音"。隋军战舰林立江中，大兵压境，陈后主仍与一班大臣、宫女纵酒作乐，赋诗如故。"冠盖"指古代官吏的帽子和车盖，借指官吏。据《史记·魏公子列传》记载："平原君使者冠盖相属于魏。"这两句的意思是：在《玉树》的歌声中，陈朝灭亡了，所有的官吏都归顺了隋朝(中州)。"江令"名江总，曾任南朝陈的尚书令，故称"江令"。陈后主继位后，晋封其为"中权将军"，后任宰相。"偏惆怅"指他无心理政，只是每天和陈后主在后宫饮酒作乐。再加上陈暄、孔范、王瑗等十余人，当时被称为"狎玩之客"。因此，国家日益衰败，典章制度不健全。有上言者，就以犯罪论处；有请战者，一律不予理睬。君臣昏庸腐败，以至于国家灭亡。江令是导致陈朝灭亡的罪魁祸首，但入隋后做了"上开府"，在金陵仍有豪宅。"头白归来是客游"与刘禹锡的"归来唯见秦淮碧"有异曲同工之意。刘禹锡《金陵五题》中就有一首《江令宅》记述了此事。

2. 用典的形式

古诗词用典从形式来看，主要有引用历史故事和化用前人诗句两种。引用历史故事，也叫"用事"，即把典故浓缩化为诗句，借以抒怀言志或影射时事。化用前人诗句，也叫"用句"。此外，还有既用事又用句的形式，比较灵活。

(1) 用事

我们一起来看看唐代诗人王涣的七绝《惆怅诗》(其九)是如何“用事”的:

陈宫兴废事难期，三阁空余绿草基。
狎客沦亡丽华死，他年江令独来时。

这是一首典型的“用事”怀古诗，借南朝陈亡国的历史教训感叹今天晚唐有可能重蹈陈朝的覆辙。诗的前两句是感叹陈朝的灭亡，后两句又提到了这个祸国的“江令”。“狎客沦亡丽华死”，其他的狎客都死了，陈后主的爱妃张丽华也死了，可是这个江令呢？他年又独自回来了，实在是奸猾！一个有才华的人，不能这样做人做事。言下之意，他最该死。

(2) 用句

用句分为两种情况。一种是直接引用前人现成诗句。毛泽东的《七律・人民解放军占领南京》中的尾联：“天若有情天亦老，人间正道是沧桑。”其中“天若有情天亦老”一句出自唐代李贺的《金铜仙人辞汉歌》：“衰兰送客咸阳道，天若有情天亦老。”宋初的石延年(曼卿)还将此句拿来做上联，自己对出下联“月如无恨月常圆”，并书赠朋友。欧阳修的《减字木兰花》(伤怀离抱)也引用了此句：“伤怀离抱。天若有情天亦老。此意如何。细似轻丝渺似波。……”毛泽东也同样直接引用了此句，形容强烈的伤感情绪，也指自然法则是无情的。

另一种是在原句基础上改动一字或数字，或是只借用其中的某些词语。如王安石的《桂枝香》(金陵怀古)中有：“至今商女，时时犹唱，后庭遗曲。”此句借用杜牧《泊秦淮》中的“商女不知亡国恨，隔江犹唱后庭花”，重新组织而成。用典既要师其意，又要能于故中求新，更须能令如己出，而不露痕迹，方为佳境。上述例子都达到了这样的境界。

(3) 事、句并用

宋代抗金名臣李纲的七律《金陵怀古四首》(其一)就做到了“事、句并用”。我们一起来欣赏:

六代兵戈王气销，山围故国自周遭。
豪华散灭城池古，人物摧残丘冢高。
阜转蟠龙翔宝塔，洲分白鹭涌云涛。
悠悠世事都如梦，且对金樽把蟹螯。

诗中大量引用了典故。诗人巧妙地将用事与化用前人诗句结合起来。“六代兵戈王气销，山围故国自周遭”化用了仲殊的“一昨丹阳王气销”句和刘禹锡的“山围故国周遭在”句;“洲分白鹭涌云涛”化用了李白的“二水中分白鹭洲”句;“且对金樽把蟹螯”化用了李白的“莫使金樽空对月”“蟹螯即金液”句;“景阳钟断鸡空唱，玉树歌沉月自圆”化用了陈朝亡国的典故;“龙蟠虎踞空形势”是指诸葛亮论金陵形势，说金陵可作帝王之都;“云气霏霏春雨急”化用了陆游的“霏霏春雨细如丝”句;“烟波渺渺暮潮平”化用了秦观的“烟波渺渺荡轻舟”句;“商人不识前朝恨”化用了杜牧的“商女不知亡国恨”句;“王谢风流今寂寞”是指东晋掌控朝廷的王氏和谢氏两大家族。此诗说明作者对金陵历史的通晓、对前代诗词的熟知，已达到了“信手拈来、皆成诗章”的化境。

3. **用典的手法**

从用典的形式和内容结合起来看，用典的手法可以分为若干类。这里只谈最常见也是最重要的四类，即明用、暗用、正用、滥用。当然滥用典故不值得褒奖，也并不提倡。

(1) 明用

毛泽东的《七律·人民解放军占领南京》中的“宜将剩勇追穷寇，不可沽名学霸王”，就是明用典故的例子。此联是说，切不可满足于已有的成绩，在胜利的面前止步不前，同敌人讲“义气”，把行将灭亡的敌人放走，使他得到喘息的机会，有朝一日卷土重来，使革命遭到失败。如果不用典故，把这样复杂的内容装在七个字里，是非常困难的。何况还要押韵、对仗、讲平仄、形象具体不抽象，这必然增加了难度。但是毛泽东用了楚霸王的故事，使读者立刻想起了楚汉争霸的时候，项羽在鸿门宴上只顾“仁义”的虚名，轻易放走了刘邦，后来刘邦养精蓄锐，卷土重来，使项羽身败乌江，遗恨千古。再同当时的形势对比，毛泽东的观点让人不能不心悦诚服、五体投地。诗人只用了七个字，不但内容说服力强，而且语言自然，平仄、对仗、押韵也都处理得恰到好处。这就是明用典故的功效。

（2）暗用

古诗词中暗用典故例子非常多。如南唐中主李璟的《摊破浣溪沙》(菡萏香销翠叶残)就是“暗用”典故的典范。我们一起来欣赏：

菡萏香销翠叶残，西风愁起绿波间。还与韶光共憔悴，不堪看。

细雨梦回鸡塞远，小楼吹彻玉笙寒。多少泪珠何限恨，倚栏干。

词的下片首句：“细雨梦回鸡塞远，小楼吹彻玉笙寒。”当时南唐“国势岌岌可危”，而李璟一筹莫展，只好借写思妇怀念远人的传统题材，别开生面地抒发自己哀伤愁怨的心情。“鸡塞”是指“鸡鹿塞”，在今内蒙古磴口西北哈隆格乃峡谷口，是古代贯通阴山南北的交通要冲，汉时筑城塞于此。相传汉将卫青、霍去病在此击败匈奴右贤王。“细雨梦回鸡塞远”，是说思妇梦中会见了远在鸡塞的丈夫，醒来之际只听毛毛秋雨还在飘洒，丈夫却仍在千里之外的边塞之地。“梦”是心头想，极写其刻骨的相思；“鸡塞”泛写边塞之地，暗点刻石勒功之事；“远”实写丈夫在千里之外，隐含刻石勒功极其渺茫难以实现之意；“回”写梦魂惊醒，说明即使魂系千里，终究美梦成空，语意含蓄之极，遣词简洁之至；再以“细雨”二字渲染气氛，兼写梦因细雨而回，眼前竟是“秋风秋雨愁煞人”的一派凄凉景象。“小楼吹彻玉笙寒”顺势而发，更渲染出一种哀婉凄绝的境界：她吹着玉笙聊以解愁，谁知道随着寒意萧萧的乐音充塞小楼，她的心境越发悲凉起来。“小楼”补写她所在之地，“玉笙”衬托吹笙者是个容态姣好的女子；“寒”字双关，既形容笙音之凄咽悲凉，又刻画心境之冷漠哀伤；再着一“彻”字，把满楼悲音、满怀愁绪的情景烘托得淋漓尽致。这两句前后相映，语言本色，对仗精工，不言“秋”思而“秋思”满纸，不言“闺愁”而“愁意”已深，构思极有层次，意境极其清幽。此句冯延巳已有称誉于前，王安石更有盛赞于后，故而能成为千古传诵的名句。

（3）正用

南唐后主李煜的《浪淘沙》（往事只堪哀）是正用典故的较好例证。我们一起来欣赏：

> 往事只堪哀，对景难排。秋风庭院藓侵阶。一桁珠帘闲不卷，终日谁来。
>
> 金锁已沉埋，壮气蒿莱。晚凉天净月华开。想得玉楼瑶殿影，空照秦淮。

词的下片首句：“金锁已沉埋，壮气蒿莱。”“金锁”指铁锁链；“壮气”谓兴旺的王气；“蒿莱”即野草，这里用作动词，即沉没于野草。据《晋书·王濬传》记载：吴国君主孙皓用铁锁链横断长江，来抵抗西晋水军，结果仍失败灭亡。刘禹锡在《西塞山怀古》中曾用“千寻铁锁沉江底”“金陵王气黯然收”的诗句描写过这件事。李煜则更贴切、更凝练、更沉痛地用这个典故自比，发出了同样在金陵失败亡国、王气告终的悲叹。清末著名学者俞陛云曾评说：“回首秦淮，宜其凄咽。”《唐五代两宋词选释》此话正说到了其情深处。

（4）滥用

凡古诗词中用典都应该是有积极意义的，如果用得不恰当，就是滥用了。有些时候完全可以用作者自己的话讲，却硬用典故，以致诗意晦涩难懂。我们只能看到这些典故在对仗和色彩上的工整和美观，而不能通过这些典故很好地体会作者的思想感情。例如，苏轼的诗词用典较多，其中有的就比较生僻。如

“冻合玉楼寒起粟，光摇银海眩生花”，其中“玉楼”和“银海”对仗工整，字面美观。但这两个词是什么意思？如果没有注解，不翻词书，即使知识面较广、对古典文学有一定修养的人，也不一定能理解。原来“玉楼”是肩胛骨，“银海”是眼睛，出于道家典籍和医书。一般人是不会翻阅这些书的，这样的用典未免使读者为难了。现代的许多人对古文的学习太少，对一些应该熟悉的典故也都不知道了。现代人写古诗，不是典故用得多，用得烂，而是根本没有典故可用，更有不知道典故为何物的，这是我们的一大悲哀。我们写诗填词，不妨多用些典故，恢复对古文学习的重视，这有利于我们传承传统文化。但切不可为用典而用典，以致弄巧成拙。

第三节 意象之美

“意象”一词是现代汉语的词汇，是文艺美学的概念。中国古代文艺理论对“意”与“象”的关系也非常重视。“意”即“心”“神”，“象”即“物”“形”，“意”与“象”也可以说作“情”与“景”，故有“形神兼备”“情景交融”的说法。古人以为“意”是内在的抽象的心意，“象”是外在的具体的物象；“意”源于内心并借助于“象”来表达，“象”其实是“意”的寄托物。中国传统诗论实指寓情于景、以景托情、情景交融的艺术处理技巧。南朝梁文艺理论家刘勰说过，诗的构思在于“神与物游”；明代的声律学家谢榛也曾说过，“景乃诗之媒”；晚明的思想家王夫之则指出，“含情而能达，会景而生心，体物而得神，则自有灵通之句，参化工之妙”；近现代交替时期的著名学者王国维认为，“一切景语皆情语也”。其实所谓“意象”，就是自然界的客观物象经过创作者主观意识和独特的情感活动而创造出来的一种艺术形象。

“子曰：‘书不尽言，言不尽意。’然则圣人之意，其不可见乎？子曰：‘圣人立象以尽意，设卦以尽情伪，系辞焉以尽其言。变而通之以尽利，鼓之舞之以尽神。’”（《周易·系辞上》）用现代话来说，意象是中国的古诗词的核心构件，是看得见的“诗魂”。读者只有把准诗词意象的内蕴，才能获得解读该诗词的钥匙。欣赏古诗词的意象内蕴，只要掌握相关知识且方法得当，难度就不大。传统古诗词一向提倡移情于景，存心于物，凝神于形，寓意于象。诗歌的创作过程是一个观察、感受、酝酿、表达的过程，是对生活再现的过程。作者对外界的事物心有所感，便将之寄托给一个所选定的具象，使之融入作者自己的某种感情色彩，并制造出一个特定的艺术天地，使我们在阅读诗歌时能根据这个艺术天地在内心进行二次创作，在还原诗人所见所感的基础上渗透自己的感情色彩，从而加深审美的愉悦感。

意象并不专属于古诗词，而归属于中国古代哲学的范畴。意象的类型有三种，即描述性意象、象喻性意象和朦胧性意象。下面分别加以阐述。

一、描述性意象

描述性意象是直接的、主观反映客观具体的物象。诗人带着情感对物与景进行描绘、摹写，从而产生意象。这种意象，是情感与描绘的景物融合，物象表现出情感。所以诗词作品所表现的意象，均为客观情景与主观情感的化合。描述性意象是作者感觉中的直接现实经过思维改造而成，是生活的直观反映，其实质是诗人经过加工提炼而得的一种艺术虚境。

描述性意象是现代说法，在传统文艺理论中被称作“赋”。《毛诗序》中说：“诗有六义焉：一曰风，二曰赋，三曰比，四曰兴，五曰雅，六曰颂。”唐代孔颖达对此解释道：“赋比兴是诗之所用，风雅颂是诗之成形。用彼三事，成此三事，是故同称为义。”他又引郑玄的话而加以引申：“比者，比方于物，诸言如者皆比辞也。兴者，托事于物，则兴者，起也。取譬引类，起发己心。诗文诸举草木鸟兽以见意者，皆兴辞也。”（《毛诗正义》卷一）宋代朱熹做了最具代表性的诠释：“赋者，敷陈其事而直言之也。”“比者，以彼物比此物也。”“兴者，先言他物以引起所咏之词也。”（《诗集传》卷一）这说明赋、比、兴是方法。古人创作诗词是将三种方法烂熟于心，根据“象”，产生“意”，然后随心所欲想用赋便用赋，想用赋加比便用赋加比，想兴便用兴。诗词的多样性是不受限制的。通常诗人会将赋、比、兴三种手法都用上。赋是基础，负责铺陈，敷陈其事；比可以渲染事物的特征，使事物生动、具体、形象地表现出来；兴则是触景生情，因物起兴，用物来寄托作者的情思，尤其是用在词的长调（慢词）上，可以使思想感情在作品中得到全方位的、多角度的、立体式的充分表现。

刘勰《文心雕龙·诠赋》指出：“赋者，铺也，铺彩摛文，体物写志也。”赋法就是描述性意象，就是诗人在抒发对社会生活的感受和激情时，采用直叙、白描的手法。直叙与白描的共同点是不作任何比拟，语言朴素切实。直叙指的是直抒胸臆，敷陈其事，直接叙述；白描与直叙相反，指的是客观描写，作者情志的倾向性如喜、乐、哀、怒、愁、悲、忧等大多不在诗中点明而含蓄于内。古代的叙事诗，就整篇而言，用的就是直叙赋法。如杜甫的《新安吏》《潼关吏》《石壕吏》《新婚别》《垂老别》《无家别》等，都是敷陈其事。清代吴敬梓的五绝《青溪》：“路过白下桥，绿波静如练。林中宿鸟安，桥影行鱼见。”该诗直叙所见，由于描述景物，注重特征，塑造形象，鲜明生动。诗中无一比兴，纯是客观白描，却把南京山水写得真切、灵逸。白描在词中应用更广。宋代李清照是以白描法填词的高手。她的代表作几乎是清一色的口语化、白描式的作品。《点绛唇》（蹴罢秋千）便是其中的典型：

蹴罢秋千，起来慵整纤纤手。露浓花瘦，薄汗轻衣透。

见客入来，袜刬金钗溜。和羞走，倚门回首，却把青梅嗅。

这首词描写了少女初次萌动爱情的情景，上片写荡完秋千的精神状态，下片写乍见来客的心理情态。寥寥 41 字，词人纯用白描，便刻画出一个天真、清纯、感情丰富又带有几分矜持的少女形象。

词，尤其是慢词，更适用白描式赋法表现，因为长短句比讲究对仗的近体格律诗更便于细致、具体、真切地描写生活场景。下面我们来欣赏一首宋代辛弃疾的采用白描法填写的《水龙吟·登建康赏心亭》：

楚天千里清秋，水随天去秋无际。遥岑远目，献愁供恨，玉簪螺髻。落日楼头，断鸿声里，江南游子。把吴钩看了，栏干拍遍，无人会、登临意。

休说鲈鱼堪脍，尽西风、季鹰归未？求田问舍，怕应羞见，刘郎才气。可惜流年，忧愁风雨，树犹如此！倩何人唤取，红巾翠袖，揾英雄泪！

词的上片主要是写景，写天，写得气象广大；写水，写得视野辽阔；写山，写得有愁有恨，群山生情。这里作者的写景，不是纯客观地写自然景物，而是融进了作者深挚之情的主观化之景，这便是白描的手法。写了融情之景以后，又很自然无迹地转入写人情人事。描写的视角越来越集中，感情的渲染越来越浓烈。

词的下片，词人接连用了三个典故，以抒写自己的感怀。他鄙视西晋时的张季鹰，贪图家乡的鲈鱼脍和莼菜羹，弃官不仕；他也蔑视三国时只知求田问舍的许汜，这种人若见到当时雄才大略的刘备，岂不要羞愧死！怀才不遇，往往会使人消沉。但词人把“不遇”之时看作是短暂的，表白了自己仍怀有远大的抱负。但是，“可惜流年，忧愁风雨，树犹如此！”他南归已经十二年了，时光流逝了，生命消失了，恢复失地却还是遥遥无期，赏心亭畔的树木也都长大了，睹物伤情，能不感慨系之！“倩何人唤取，红巾翠袖，揾英雄泪！”词人感慨之极，不禁失声痛哭了，但是又有谁人请来多情的姑娘，为英雄拭干那忧国伤时的热泪呢？这里呼应着上片的“无人会”的感叹，豪气浓情一时并集，使人领会到词人报国无门的悲愤情绪之深。《白雨斋词话》说：“辛稼轩，词中之龙也，气魄极雄大，意境却极沉郁。”雄大和沉郁的特点，在这首词中都得到了最为明显的体现。意象、情感色彩、情感倾向、主题思想，层次分明，脉络清晰。

我们再来欣赏一首宋代诗人周南用白描手法写的五律田园诗《山家》：

小麦连湖熟，黄梅作弹飞。
穿林青犊过，触柁白鱼肥。
子男输绢急，姑妇插秧归。
枳花茶似雪，留客共湘瓷。

首联“小麦连湖熟，黄梅作弹飞”，诗人描绘了江南农村的劳动与生活。时间是初夏，正是小麦成熟、长江中下游地区进入黄梅天的季节，男女老少都投入了紧张的劳动。诗人采用了以静衬动的表现手法。颔联“穿林青犊过，触柁白鱼肥”，体现了生活的慢节奏。接着颈联一转，“子男输绢急，姑妇插秧归”，变成了生活的快节奏，表现了农民的忙碌与紧张。尾联“枳花茶似雪，留客共湘瓷”，又回归到农村田园生活的慢节奏，呈现出比较悠闲、舒适的农村生活状态。“枳花”是一种落叶灌木或小乔木——枳实开的花，多为白色，农民常将它泡茶以招待客人。“湘瓷”是指湖南醴陵产的一种比较高档的茶具，用来招待客人算是比较有体面的。这里我们来做一下意象分析：

意象→情感色彩：男→子，妇→姑，客→留（人物多）；梅→黄，犊→青，鱼→白（色彩多）；林→穿，柁→触（原生态）；绢→输，秧→插（农忙）；茶→枳花，瓷→湘（慢生活）。

情感色彩→情感倾向：人物多、色彩多、原生态、农忙、慢生活→淳朴勤劳→享受生活→热情好客。

这就是所谓的描述性意象，即直接描写主观反映客观具体的物象。

为加深理解，我们再来欣赏一首唐代诗人王维的咏物诗《画》：

远看山有色，近听水无声。
春去花还在，人来鸟不惊。

这首诗描写的是自然景物，赞叹的却是一幅画。前两句写其山色分明，流水无声；后两句描述山中花开四季，鸟不怕人。四句诗构成了一幅完整的山水花鸟图。全诗对仗工整，尤其是诗中多组反义词的运用，使其节奏清晰，平仄分明，韵味十足，读来朗朗上口。全诗读起来似乎样样都违反自然规律，其实正是暗中设谜，写出了画的特点。这是典型的白描手法，类似的还有许多。如唐代诗人李峤的七绝《风》就更具典型性：

解落三秋叶，能开二月花。
过江千尺浪，入竹万竿斜。

这首诗的平仄、格式、节奏、韵、词性、对仗都非常工整，从动态上对风进行诠释和理解。风无形，空气流动形成风；风又有形，它一过，人们能感觉到它的存在。它能使晚秋的树叶脱落，能催开早春二月的鲜花；它经过江河时能掀起千尺巨浪，刮进竹林时可把万竿翠竹吹得东歪西倒，让人看到了风的力量。全诗无一“风”字，却处处可见“风”的影子。李峤写有咏物诗120首，自风云月露、花鸟虫鱼、兽禽植矿，乃至服章器用之类，无所不包。虽刻意描绘，以工致贴切见长，但略无兴寄。清代王夫之评论他道：“裁剪整齐，而生意索然。”(《夕堂永日绪论》)袁枚也说：“咏物诗无寄托，便是儿童猜谜。”(《随园诗话》)这不能不说是一种极大的遗憾。

单纯的描述性意象(赋)的表现手法古代诗人用得很多，但更多的诗人则是将之与象喻性意象(比、兴)结合起来应用。如宋代大文豪苏轼的《渔家傲·金陵赏心亭送王胜之龙图》就是如此：

千古龙蟠并虎踞，从公一吊兴亡处。渺渺斜风吹细雨。芳草渡，江南父老留公住。

公驾飞车凌彩雾，红鸾骖乘青鸾驭。却讶此洲名白鹭。非吾侣，翩然欲下还飞去。

这首词开头就用描述性意象手法概要地叙述了金陵的地理形势和历史变迁，是古代许多帝王看中的都城。自己陪同即将离任的王胜之太守登临赏心亭，接着着重描绘金陵百姓在蒙蒙细雨中送别王胜之的难舍难分之情。过片两句用游仙的比喻来称赞王胜之的品德高洁。站在赏心亭上看长江，得知眼前的沙洲居然就是大名鼎鼎的白鹭洲，词人便采用隐喻并双关的手法，借白鹭口吻说这里不适合吾等栖居，最后还是飞走了。词人以戏谑的语言、轻灵的笔意，说明金陵算不得理想居地，对于离任不要舍不得，其用意是宽慰王胜之。

再如，王安石的《南乡子》(自古帝王州)也具有这样的特点：

自古帝王州，郁郁葱葱佳气浮。四百年来成一梦，堪愁。晋代衣冠成古丘。

绕水恣行游。上尽层城更上楼。往事悠悠君莫问，回头。槛外长江空自流。

这首词是王安石晚年谪居金陵，任江宁知府时所作。词的上片认为自古金陵帝王州是有“王气”的，故而“郁郁葱葱佳气浮”。但那是晋代的故事，距今已经四百年过去了，晋代的衣冠之族，已经成为一座座古墓。这一切怎堪回首呀！末句借用李白《登金陵凤凰台》中的名句，表达的是同样的昔盛今衰的怅然之情。将自己的理想寄托在过去的时代里，是古诗词中常用的写法，借此来表明自己对现实的不满，同时使诗词具有一种“高古”的气象。

词的下片，作者独自一个人绕着江边行走，然后登上高楼。“绕水游”是排遣心中的愁绪或不平事的一种办法，在这里，作者借这种典型的动作来表现内心的无边愁绪。好在这种“绕水游”并不受外在任何事物的限制，可以“恣行”，随意地到处走走。但是，这是一种多么无奈的自由啊！王安石所追求的，是推行新法，实现富民强国的愿望，而现在，只能是“绕水游”而已，慨叹之声，跃然纸上。古人在诗中所抒写的，常常不是“达则兼济天下”的顺境，而是“穷则独善其身的”逆境，但到底心还是被“达”的愿望所牵绊。所以读这样的诗句的时候，我们要看出作者表面闲适的背后，是无穷的凄凉与热切的期盼。“上尽层楼”含有“登高怀远”之意，作者想“登高望远”，而这里的“远”不一定是空间上的，也包含时间上的，表明作者独特的意趣和别具怀抱。“更上楼”，不是上了楼，而是还要继续再往上走，含有“站得更高，望得更远”之意。往事悠悠，你不要问我在想些什么，回头看过去的时候，只能看见窗外的长江，在日夜不息地向东流去。结句化用唐人王勃的《滕王阁序》中名句，表达了作者对国家衰亡的焦急与忧愁，又体现出对自身无法报国的无奈愁绪。这一切奠定了该词的思想基调，渲染出悲凉忧愁的氛围。该词采用的就是赋比兴结合的手法，即描述性意象与象喻性意象的结合。

二、象喻性意象

象喻性意象是传统古诗词中常见的一种意象类型。在创作过程中，作者借助鲜明、生动的喻体形象，使情思具体化，增强诗词的表达效果，从而形成一个具有引发联想功能的开放性结构的完整篇章。象喻性意象具有含蓄性、隐喻性、象征性等审美特征。在中国古代的文化语境中，“比兴寄托”及“知人论世”的传统，使得象喻性意象的诗词成为一种见仁见智的艺术体裁，也为它的多元性阐释的存在提供了一种合理的必然性。

象喻性意象中比的表现手法，容易理解，因为它活跃在我们的日常生活和语言运用中，俗称打比方。为了说明一种事物（道理、情感），常常用另一种与之特点性质相似的事物来打比方。或用浅显常见的事物来说明抽象的事物，使人易于理解；或借以描绘和渲染事物的特征，使事物能生动、具体、形象地表现出来，能给人以鲜明、深刻的印象。比喻一般由本体（被比之事物）、喻体（用来作说明的比喻物）和比喻词三部分组成。比喻一般分为明喻（有“如”“似”“象”“若”“仿佛”等比喻词）、暗喻（以“是”“成”“为”“作”等为比喻词）、借喻（直接用喻体代替本体，本体和比喻词都不出现）、博喻（用多种事物来比一样事物）等四种。明喻，如“车如流水马如龙”；暗喻，如“车成流水马成龙”；借喻，如“满街流水满街龙”；博喻，如“闲愁如一川烟草，满城风絮，梅子黄时雨”。一切空灵抽象之物都可以在诗人的妙笔之下通过质实的形象之物作喻，从而能落实在文字上，镂刻在读者的心灵里。如宋代诗人杨万里的七绝《攸山望石臼湖》就是很好的例证：

雨中深闭轿窗纱，惊见弧光射眼花。
一顾平湖山尽处，碧铜镜外走青蛇。

攸山，即今游子山；石臼湖在游子山北。宋绍熙二年（1191年）秋天，时任江东转运副使的杨万里从建康（今南京）出发向东南巡视秦淮河、石臼湖两大圩区。诗人到攸山的时候恰好经历了一场豪雨，仆从抬着轿子在泥泞路上艰难地行走，雨下得太大，只好停下轿子躲雨。突然，眼前射过一道闪电，诗人不由得吃了一惊，无意中回头一看，只见远处的石臼湖上空乌云滚滚，湖面一片碧青，一道道闪电如青蛇在湖面游走，在半空盘旋。诗歌前三句用赋，尾句用比，将石臼湖比作碧铜镜，将闪电比作青蛇，形象生动，把雨中的感受以及对自然奇观的欣赏心态真切地表现了出来。

象喻性意象也有以“兴”起情的，作者情感的缘起都是受到外在物象的启发创作而成。有人登山会触发愁绪。如清代诗人龚翔麟有《击梧桐·答独醉先生》云：“幕府山容敛。逢一只、江上传书小雁。密密题缄启，麦光研、细写长亭别怨。吴潮直接，楚尾通波，偏是相思人远。恨杀春三月，被杜宇燕尾，帘边催散。……”清人吴象弼的《金陵杂诗》云：“幕府山前岁欲残，一龛镫火照长干。……南朝多少伤心事，上得僧楼只倚栏。”曾国藩的《次韵何廉昉太守感怀述事》云：“幕府山头对碧天，英英群彦满樽前。……独怜何逊今漂泊，望断寒云暮霭边。”王士祯的《小重山》（梦里秦淮清夜游）云：“折梅何日下西洲。音信断，愁上阅江楼。”有人临水会触发愁绪，如阮籍的《咏怀》云：“湛湛长江水，上有枫树林。皋兰被径路，青骊逝骎骎。远望令人悲，春气感我心。三楚多秀士，朝云进荒淫。朱华振芬芳，高蔡相追寻。一为黄雀哀，泪下谁能禁。”鲍照的《发后渚》云：“江上气早寒，仲秋始霜雪。从军乏衣粮，方冬与家别。萧条背乡心，凄怆清渚发。凉埃晦平皋，飞湖隐修樾。孤光独徘徊，空烟视升灭。途随前峰远，意逐后云结。华志分驰年，韶颜惨惊节。推琴三起叹，声为君断绝。”宋代诗人王珪有七律《金陵怀古》云：“怀乡访古事悠悠，独上江城满目秋。一鸟带烟来别渚，数帆和雨下归舟。萧萧暮吹惊红叶，惨惨寒云压旧楼。故国凄凉谁与问，人心无复更风流。”现代词学家夏承焘词集《南京乌龙潭禊集》有云：“鹃边春信游丝缀。恨咽流觞水。过江身世几金仙。难制移盘双泪落花前。”最著名的要数李煜的“问君能有几多愁，恰似一江春水向东流”句。故谢榛说：“凡作诗，悲欢皆由乎兴，非兴则造语弗工。欢喜之意有限，悲感之意无穷。欢喜诗，兴中得者虽佳，但宜乎短章；悲感诗，兴中得者更佳，至于千言反覆，愈长愈健。熟读李、杜全集，方知无处无时而非兴也。”(《四溟诗话》)此论可谓是切中肯綮。

象喻性意象是由具体事物、具体境遇、具体对象触发作者的情感而引起的，有“感于物而动于情”，才会“情动于中而形于言”。所谓“哀乐之心感，歌吟之声发”就是这个意思。钟嵘在《诗品序》中说：“气之动物，物之感人，故摇荡性情，形诸舞咏。”意象自始至终不脱离具体的形象，是一种剥离、连缀、重整而形成新的形象的运动。刘勰在《文心雕龙·比兴》中，称之“拟容取心”，是具“象”与抽“象”同时进行的，有别于抽象思维的“舍容取心”，形成个别、具体的形象以显示一般的规律。这种“客观原初之象→感受、认识→判断、分析、归纳、提炼、想象→主观制造的艺术形象(典型化)”的过程，也就是具象与抽象、感受与理解同时进行的过程，自始至终贯穿了形象思维始终。意象本质上是艺术典型化的创造性思维。从《诗经》和《楚辞》开始，诗词文学中就以其独特的象喻性意象思维形成了丰富多彩的经典性心灵化意象系统及诗性的艺术论。青山绿水、春花秋月、幽谷山鸟、斗雪傲霜、古刹钟声等经典意象，展示出了中国古诗词独特的审美韵味。

诗之兴象凝聚了古代诗人集体无意识的痕迹而赋予它深刻的文化意义。间接的意象，是主观借用比喻象征的手法来反映意象。细品王安石的七律《北陂杏花》，可见一斑：

一陂春水绕花身，花影妖娆各占春。
纵被春风吹作雪，绝胜南陌碾成尘。

诗人在半山园池塘边种植了一些杏树，当杏树开满了鲜花时，写下了这首咏杏花的诗。前两句，诗人将杏花形容成翩翩起舞的妙龄少女，煞是可爱，独占了春光。而池塘中晃动着杏花的倒影，碧波中泛起阵阵彩虹，妩媚可爱，亦占尽了春光。后两句，写落花，“雪”与“尘”分别比喻清白的受害者与污秽的东西。意思是说，那高洁的杏花，即使被春风吹落如雪片般飘坠在清水之中，也远远胜过飞落到南陌泥尘中与污秽的东西为伍。这首诗赋予杏花以倔强刚毅的性格，抒发了诗人自己志洁行芳、义不可辱和顽强斗争的品质，寄寓了诗人宁可粉身碎骨也要保持洁白不愿遭人践踏的感情刚强性格。同样再读他的《梅花》，从中也能看到他的精神品格：

墙角数枝梅，凌寒独自开。
遥知不是雪，为有暗香来。

诗的前两句写墙角梅花不惧严寒，傲然独放；后两句写梅花的幽香，以梅拟人，凌寒独开，喻其品格高贵，暗香沁人，象征其才华横溢。这首诗也是以梅花的坚强和高洁品格喻示那些像诗人一样，处于艰难环境中依然能坚持操守、主张正义的人。全诗语言朴素，写得则非常平实内敛，却自有深致，耐人寻味。刘熙载指出：“昔人词咏古咏物，隐然只是咏怀，盖其中有我在也。”(《艺概·词概》)荣格也说过：“谁讲到了原始意象，谁就道出了一千个人的声音，可以使人心醉神迷，为之倾倒。与此同时，他就把他正在寻求表达的思想从偶然和短暂提到永恒的王国之中。他把个人的命运纳入人类的命运，并在我

们身上唤起那些时时激励着人类摆脱危险，熬过漫漫长夜的亲切力量。”（《试论心理学与诗的关系》）

南宋邓剡的《酹江月·驿中言别》也具有这样的特点：

水天空阔，恨东风不惜世间英物。蜀鸟吴花残照里，忍见荒城颓壁！铜雀春情，金人秋泪，此恨凭谁雪？堂堂剑气，斗牛空认奇杰。

那信江海余生，南行万里，属扁舟齐发。正为鸥盟留醉眼，细看涛生云灭。睨柱吞嬴，回旗走懿，千古冲冠发。伴人无寐，秦淮应是孤月。

词的上片开头三句回忆抗元斗争的失败。这里借用了三国周瑜在赤壁之战中火烧曹操船队的典故。据说那次正好碰上东南风，仿佛老天有意帮助周瑜成功一般。可是南宋军队凭借长江天险依旧未能抵挡住元军，仿佛老天不肯帮忙似的。“水天空阔”写长江水面宽阔，本来正是阻挡敌人的有利条件。“不惜”，不肯怜惜。“英物”，英雄人物，这里指抗元将士。“蜀鸟吴花残照里”到“此恨凭谁雪”，写这次途经金陵时所见。“蜀鸟”指子规，也就是杜鹃鸟，相传它是蜀国望帝死后变化成的，啼声凄厉。“吴花”指吴地的花草，三国时金陵是吴的国都。“残照”指夕阳的照射。“铜雀春情”化用唐人杜牧的诗：“东风不与周郎便，铜雀春深锁二乔。”意思是赤壁之战要不是东南风帮了周瑜的忙，那么曹操的军队早就打过了长江，把乔家两姊妹(孙策及周瑜的妻子)掳去铜雀台了。但南宋灭亡时宫中嫔妃确实遭到元军掳掠，所以文天祥用“铜雀春情”来指这件史实。“金人秋泪”，汉武帝曾在长安的宫中用铜铸造了一个重千斤的仙人，也叫金人；汉亡以后魏明帝曾派人到长安去搬取这个铜人，据说铜人不愿离开故土，竟流下眼泪来。这里借指南宋灭亡后珍贵文物被元军劫掠一空。总之，文天祥这次经过金陵，满眼都是金人被破坏后的残破景象，使他心中充满了仇恨。但他又痛苦地想到：自己已经被俘，很难再重整旗鼓，仇恨和耻辱无法被洗刷。“堂堂剑气”两句是懊恨自己的失败。传说好的宝剑有精气上通于天。“斗牛”指二十八宿中的斗、牛二宿。“空认奇杰”，白白地认我为英雄。这两句是说自己所佩的宝剑倒是把好剑，剑气上冲斗牛，可惜自己已经落入敌手，辜负了这口把自己当作英杰的好剑。

词的下片回顾文天祥抗元斗争的艰苦经历。“那信江海余生”以下三句，写的是文天祥1276年从镇江摆脱元兵监视，经海路南逃的事。“南行万里”，是说他那次先逃到通州(今江苏南通)，然后乘小船(扁舟)出海继续南行。“鸥盟”原指与海鸥交朋友，这里借指抗元战友。“留醉眼”原指喝醉酒看东西，这里指深情地看。“涛生云灭”指战局的风云变幻。这两句说明他之所以南行万里是为了寻找战友共举抗元大业。“睨柱吞嬴”以下三句用了两个典故。“睨柱吞嬴”用的是蔺相如的故事。战国时代，秦王提出用十五座城池换取赵国的和氏璧，蔺相如奉赵王之命送璧到秦国，看到秦王没有用十五座城池来换璧的诚意，就拿着和氏璧怒发冲冠，倚柱而立，警告秦王说：如要夺璧，宁可将此璧在柱子上击碎！秦王不敢强夺。“睨柱”就是眼睛斜盯住柱子看的意思。“吞嬴”是说蔺相如怒气冲天像要吞掉秦王似的。“回旗走懿”，用的是三国时期有关诸葛亮的故事。北伐中，诸葛亮死于五丈原军中，司马懿领军来追，蜀军突然回师(回旗)，竟把司马懿吓退。用这两个典故表示文天祥大义凛然，不畏强敌，就是死亡也决不放过敌人。“千古冲冠发”，是讲千百年前，蔺相如怒发冲冠警告秦王的事。最后两句回到现实，意思是说上面讲的那一切都已成为过去，眼前他被拘留在金陵的驿馆，只有秦淮河上的孤月伴着他这个无法入眠的人，表明现实虽然是如此残酷，但顽强的斗争的精神仍使文天祥激动难眠。

三、朦胧性意象

朦胧就是模模糊糊、不清楚的意思。诗歌的朦胧美，是一种隐约、含蓄的美，是一种有所感触却往往难以了然于心的美。追求朦胧、含蓄的表现风格，是中国诗词的一贯传统。朦胧性意象通常是通过使用象征的表现手法，特别是对一些抽象的情感不知道如何表达时，可运用事物象征某种情感。借事叹情、借景抒情是使用象征手法达到朦胧意境的常用方法，可以是此景，也可以是彼情。运用事物象征的情感会自动匹配相应人类心底的情绪，读者往往会对号入座，这也是最深、最真、最能打动人的。朦胧性意象就是借用象征写作手法，这并不神秘，只是利用读者的想象力来共同创作。读者不同，想象力就不同，情感共鸣点也不可能相同，所以一定要找准最能打动读者的那个点。

何谓象征？就词义而言就是用具体事物表现某种特殊意义，如火炬象征光明。就艺术方法而言，就是借一个具体可感的形象来代表或暗示含义相当或超越这一形象的表现手法。或者说在主观情思与客观的物象之间建立一种含蓄的而不直露的审美联系；二者在外表上各自独立，内在关系却是和谐隐秘的。象征是一种双向建构的形象思维：外在结构是客体的主观化；内在结构是主体意识的客观化；主体意识(象征意义)精确地渗透在客体形象(象征物)之中并达到含义大于客观外在形象；客观外在的形象表现是思维明线，主观内在的形象凝聚是思维暗线。显然，象征在古诗词中不仅是一种修辞手段，而是对诗的内容、形式的整体创造，开拓了更广阔、更复杂、更缜密、更具有审美境界的形象思维天地。

李商隐是中国古代诗人中用朦胧性意象创作的卓越代表，他的七绝《柳》就是典型的一例。

曾逐东风拂舞筵，乐游春苑断肠天。
如何肯到清秋月，已带斜阳又带蝉。

这是一首借咏柳自伤迟暮、倾诉隐衷的诗。本诗描写了秋日之柳，发端却追想春日繁盛得意之景。第三句一转，回到眼前秋柳衰飒之状。字面上，句句写柳，却不着一“柳”字；而透过语言的表象，内中又句句是情，句句写人。读者从中可结合自己的人生体验，做出相应的联想，扩大其内涵。

朦胧性意象的创作手法的运用要求诗人做到三点：一要在语言外表上是客观物象构成的一个完整的统一体，而不走样；二要把象征义隐藏并限于特定的确切意义之内，而无斧凿之痕；三要赋予象征以更广泛的多面意义，而又不能给读者在审美鉴赏时带来随意性、模糊性。

因此，能否成功地运用象征手法是诗人空间想象力、事物之间内在联系的理解力、思辨力以及语境的多面放射性的驾驭能力和含蓄力量的检验尺度。李商隐的七律《锦瑟》就很好地体现了象征的这些要求与特点。我们一起来欣赏：

锦瑟无端五十弦，一弦一柱思华年。
庄生晓梦迷蝴蝶，望帝春心托杜鹃。
沧海月明珠有泪，蓝田日暖玉生烟。
此情可待成追忆，只是当时已惘然。

这首诗是李商隐的代表作，最负盛名，但也是最不易讲解的一首诗。有人说这是一首单纯描写“瑟”的咏物诗，理由是中间四句诗可与瑟的适、怨、清、和四种声情相合。也有人认为这是写给令狐楚家一个叫“锦瑟”的侍女的爱情诗。还有人说是诗人睹物思人，写给故去的妻子王氏的悼亡诗。此外，更有人说这首诗是影射政治、自叙诗歌创作等。千百年来，众说纷纭，莫衷一是。大体而言，持“悼亡”和“自伤”之说者为多。

诗的首联以幽怨悲凉的锦瑟起兴，借助对形象的联想来显现诗人内心深处难于直抒的千般情怀以及诗人沧海一世所有不能明言的万种体验，点明“思华年”的主旨，这是对传统比兴手法创造性的发展。

诗的中间两联，最能体现诗人引典之精辟、譬喻之精深的特点。诗人用了四个典故，呈现了不同的意境和情绪。“庄生梦蝶”，是人生的恍惚和迷惘，还是隐含美好的情境（是爱情还是人生理想或其他梦想之事，皆可联想）。“望帝春心”，是包含苦苦追寻的执着，还是隐含美梦难圆之深恨怨愤，可谓见仁见智。“沧海鲛泪”，具有一种阔大的寂寥。“月”，高旷皎洁，乃天灵育就的明珠，浸淹于海，哪能不如鲛人泣泪。月也，珠也，泪也，浑融莫辨。明月“有泪”是象征佳人沦落于尘世的莫大委屈，还是诗人怀才不遇的悲情，抑或二者兼之，历来莫衷一是。“蓝田日暖”，传达了温暖而朦胧的欢乐。诗人从典故中提取的意象是那样的神奇、空灵，他的心灵向读者缓缓开启，华年的美好、生命的感触等皆融于其中，却只可意会不可言说。

诗的尾联，采用反问递进句式加强语气，结束全诗。“此情”总揽所抒之情，“成追忆”则与“思华年”呼应。“可待”即“岂待”，说明这令人惆怅伤感的“此情”，早已迷惘难遣，此时更令人难以承受。

关于这首诗的解读我觉得最靠谱的应该是这两种：一是认为这是一首评悼妻子王氏的诗。首联为“景”，看到素女弹五十弦瑟而触景生情；颔联为比“喻”，借庄周化蝶、杜鹃啼血比喻妻子的死亡；颈联为“幻”，珍珠为之落泪，宝玉为之忧伤；尾联为“感”，情已逝，追思也是惘然！二是认为这是诗人对逝去年华的追忆。首联为“起”，借五十弦之瑟喻人生之五十年华；颔联为“承”，在浑然不觉间人生将走到尽头；颈联为“转”，以明珠、宝玉比喻自己的才能；尾联为“合”，岁月催人老，一切都是惘然！

宋代大文豪苏轼的七绝《花影》，也具有这样的特点。

重重叠叠上瑶台，几度呼童扫不开。
刚被太阳收拾去，却教明月送将来。

这是一首咏物诗，诗人借吟咏花影，抒发了自己想要有所作为却又无可奈何的心情。这首诗自始至终着眼于一个“变”字，写影的变化中表现出光的变化，写光的变化中表现出影的变化，归根到底是为了传达诗人内心的感情变化。“上瑶台”写花影移动，已含有鄙视花影之意。将重重叠叠的花影比作朝廷中盘踞高位的小人，正直的朝臣无论怎样努力，也清除不掉他们，去了一批，又上来一批；“扫不开”写花影难除，更明现憎恶花影之情，比喻正直之臣屡次上书揭露也无济于事，小人暂时会销声匿迹，但最终仍然会出现在政治舞台上；“收拾去”写花影消失，大有庆幸之感；“送将来”写明月东升，花影再现，又发无奈之叹，暗喻小人高位，拂之不去；“太阳落”犹神宗崩，小人俱贬谪；“明月升”指改朝换代，小人不穷。诗人巧妙地将自己内心的感情变化寓于花影的倏忽变化之中，使诗作具有言近旨远、意在言外的含蓄美。全诗构思巧妙含蓄，比喻新颖贴切，语言也通俗易懂，堪为朦胧性意象手法的佳作。

明代于谦的七绝《石灰吟》与之也很相似：

千锤万凿出深山，烈火焚烧若等闲。
粉骨碎身浑不怕，要留清白在人间。

这首诗植根于我们民族的深层文化心理结构之中，为中国人追求完美人格的理想提供了一个情感范型。在传统的价值观念体系中，从来都把道德情操、气节品格看得高于一切、重于一切。多少仁人志士“富贵不能淫，贫贱不能移，威武不能屈”，甚或“杀身以成仁”，就是为了获得人格的自我完善，升入清白这一道德理想的最高境界。这首诗之所以能感染历代的中国人，就在于它高踞于集体性人生追求的精神高峰，典型地概括了整个民族崇尚高风亮节、要求自我人格的完善、要求道德升华的普遍心理倾向。不仅如此，诗中粉身碎骨而后留清白于人间的石灰性格，与作者“宁为玉碎，不为瓦全”的高尚人格，通过审美静观融为一体。当作者把自己的人生理想投射于外物时，自然物石灰就人格化了，成了作者心理意向的象征，模糊、抽象、无形状的内在观念外化为确定、鲜明、可以直观的审美形象。而且，石灰的形象既是人人熟知的，又是新颖、独创的。以前的咏物诗大都以松、竹、梅、菊等耐寒植物作为完善人格的象征物。《石灰吟》避开了前人习用的套路，从人人熟视无睹的自然物中发掘出新的审美特质，从而为人们提供了一种全新的善与美相结合的范型。由此我们可以看到“托物言志”是古代诗词中的一个优秀传统。李商隐曾写出“春蚕到死丝方尽，蜡炬成灰泪始干”的千古丽句，原指以生命殉情的决心，后人多引申表示献身于理想的意志。

朦胧性意象是很难翻译的。王维的诗有“柳色春山映，梨花夕鸟藏”句，读着好像不顺，有些拗口。细读之下可以发现，原来是语序不对，应该这样读：“春山映柳色，夕鸟藏梨花。”无独有偶，杜甫的诗也有这个现象。他的“碧知湖外草，红见海东云”句，为了平仄格式和押韵的关系，用了倒装的表现手法，读起来颇为费解。词义模糊，就意带朦胧了。这句话应该调整语序为“知湖外草碧，见海东云红”。至于秦观的词就见怪不怪了，他的“雾失楼台，月迷津渡”句，用了多种表现手法，如拟人、倒装等。按照语法，应该理解为“楼台在大雾中消失，津渡在月光下迷离”。可是秦观却写成了“雾气找不到楼台亭阁，月色迷蒙了河津渡口”。从字面上诠释是一层意思，从内涵上诠释又是另一层意思了。苏轼有“故国神游，多情应笑我，早生华发”句，应调整为“神游故国，应笑我多情，华发早生”。这里的词序颠倒与前面顺述周瑜的形象“羽扇纶巾，谈笑间、樯橹灰飞烟灭”形成了错位之美。对本可以用反复、对偶、排比、回环等整齐或比较整齐的语句，故意加以变化，用参差的形式、别异的词面写出来，这种修辞现象就叫作“错综”。运用错综的修辞手法，可以避免语言呆板、单调，而使之生动、活泼、多样。另外，辛弃疾也有“七八个星天外，两三点雨山前”的句子，同样是语句不顺。两句改为正常组词，应该是“天外七八个星，山前两三点雨”。但是，这样一改，词的意境美就会大打折扣。这些诗词的错综句、倒装句的现象都是属于朦胧性意象的范畴。

此外，朦胧性意象还包含了一些具有象征意象的物。如月亮代表思乡愁绪、情感无奈、时空永恒；冰雪晶莹，比喻心志的忠贞、品格的高尚；松柏代表孤直耐寒、意志坚定的品格；菊花傲霜，象征坚强、清高；梅花顽强斗雪，冰清玉洁；桃花妩媚，象征美人；牡丹寄寓富贵；杨花有飘零之意；梧桐代表凄凉悲伤；“莲”与“怜”同音，表示女子，借以表达爱情；“柳”与“留”谐音，古人在送别之时，往往折柳相送，以表达依依惜别的深情；草木，以草木繁盛反衬荒凉，以抒发盛衰兴亡的感慨；芭蕉常常与孤独忧愁，特别是与离情别绪相联系；鸿雁寄托游子思乡怀亲之情和羁旅伤感；寒蝉寓意悲凉；鹧鸪联想旅途的艰险和满腔的离愁别绪；杜鹃象征凄凉、哀伤；南浦是水边的送别之所，故成为水边送别之地的专名之一；长亭则是陆上的送别之所。朦胧性意象就是把象同意异或意同象异的词，各见其趣，借助各自的独创性的意象，使相同或相似的情思得到独特的艺术表现。有些主题朦胧、意绪无穷的难抒之情、难言之理，则可由意象婉转得以代抒代言。所谓的“言不尽意，立象尽之”就是这个意思，从而达到许多烦琐的逻辑语言所无法达成的“言有尽而意无穷”的艺术效果。董仲舒所谓的“诗无达诂”，主要就是指这类有此效果的诗。

第四节　意境之美

意境是指诗人的主观情意与客观物象互相交融而形成的，能使读者沉浸其中的想象世界。诗词之本在于言情，当情不能直达时，则寄托于景物，使之情景交融，境界全出。这种似空而实、似疏而密、优柔善入的形式，正是唐诗冠历代、宋词集大成之所在。古代诗家词人格外重视文学意象创造中的“意”与“象”的有机融合，重视创造出“情中景，景中情”（王夫之《姜斋诗话》）的审美意象，而追求的最高标准就是从意象中升华出境界来，即意境。

意境是我们中华民族古典美学的重要范畴。意境即指“意中之境”，是景物与情感的融合。“意”是指主观的思想情感，“境”是指客观的生活和景物。在古诗词等文学作品中，作者的主观情感与客观物境相互交融而形成的艺术境界，是高于物境、情境的至高境界。意境之美是指古诗词中意与境、情与景、心与物交融契合的审美境界，是文学艺术美的基本要素。古诗词正是因为有了意境，在情景交融、物我合一、虚实相生的形象系统中，才能诱发和开拓出审美想象的空间，展现出古诗词经久不衰的艺术魅力。

本节将意境之美分成“意境的构成”“意境的提炼”“意境的创造”三个部分一一阐述。

一、意境的构成

意境一词在我国古代文学理论中出现的比较晚，古代的文学评论家们在我国历史上早期的诗论中并没有注意到创作时主、客观两个方面的关系。《尚书·舜典》中说：“诗言志。”《庄子·天下篇》中也有“诗以道志”之说。《荀子·儒效篇》则认为：“诗言是其志也。”这些都只是把诗看作主观心志的表现，注重主观意识而忽视了客观存在。魏晋以后，在总结大量诗歌创作经验的基础上，对创作中的主、客观关系有了较深入的认识。意境是指抒情性作品中呈现的那种情景交融、虚实相生、活跃着生命律动的韵味无穷的诗意空间。意境是景物与感情交融的产物，是高于物境和情境的，是由相关的意象有理组合而成的。意境的构成可以分成以下三类。

1. 情随境生，寓情于景

情随境生，寓情于景，就是王国维先生所说的“以境胜”的境界，即先有客观景物的感受，然后引发主观意念和情感，这是较为常用的方法。如李白的五律《送友人》便是如此。我们一起来欣赏：

青山横北郭，白水绕东城。
此地一为别，孤蓬万里征。
浮云游子意，落日故人情。
挥手自兹去，萧萧班马鸣。

首联，写李白和友人出城门后因情意绵绵，不忍就此离别，便并肩缓辔，行了一程又一程。诗人回首望时，只见城的北面横亘着青翠的山峦，城的东面闪着波光的护城河环绕在城外。这两句诗对仗工丽，“青山”对“白水”，“北郭”对“东城”，“青”“白”相映衬，富有色彩感。颔联，离别在即，诗人不禁感慨良深。此地一别，友人便会像蓬草那样四处飘转，未知何时才可再相逢。唐朝埋没人才的情况也很严重，友人此行后境况如何，尚难预测。这两句诗流露出诗人对挚友前程的关切，一往情深渗透在字里行间。颈联两句对仗工整，“浮云”对“落日”，“游子意”对“故人情”。诗人以“浮云”“落日”作喻，写尽了人世间的“游子意”和“故人情”，堪称绝唱。尾联两句和颔联两句相比，都不拘泥于对仗，而注重于内心真情实感的抒发。友人离去了，挥手之间，有多少深情厚谊尽在不言中！“萧萧班马鸣”，友人离去很远了，然而还可以听到“萧萧”马嘶之声。两位好友过从甚密，连他们的坐骑都厮磨生情了，马会人意，不忍和同伴分离，马尤如此，人何以堪。这两句诗写别情有新意，诗中有画。

这首诗情景交融，自然美与人情美得到了和谐的统一。景物描写句对仗工丽，“青山”“白水”“浮云”“落日”，缤纷的色彩，鲜明的形象，令人耳目为之一新。颔联和尾联四句直抒旨畅，不拘泥于格律，表现了深沉而悠长的情调。此外，还有李白的《赠汪伦》、杜甫的《登高》、杜牧的《山行》《江南春》等都具有因景起兴、境中生意、境在意中的特点。

2. 缘情造境，情景交融

“缘情造境，情景交融”者，即先有主观意念和情感，然后融入客观物象中，使客观物象也带有主观意念和情感。如王安石的《泊船瓜洲》就具有这一特点：

京口瓜洲一水间，钟山只隔数重山。
春风又绿江南岸，明月何时照我还。

王安石推行新法失败以后，于宋神宗熙宁九年（1076 年）由宰相贬谪退居江宁（今南京），封舒国公，旋即再贬封荆国公。有说法称，诗人在贬谪途中，经瓜洲渡去往江宁时，看到江南春天的美景，更增添了诗人回家的思乡之情。

前两句用轻淡的线条勾画出了瓜洲与京口(今镇江)、钟山的切近，一水之隔，青山隐隐，泊船瓜洲，望向只隔数重山的目的地江宁。在这里，诗人以俊逸平易的诗句，表达出此刻内心的复杂情感。后两句是说，和煦的春风吹绿了长江南岸的花草树木，此时家乡的景色一定十分美好，什么时候明月才能照着自己返回家园呢？这两句紧承前两句，通过对景物的描绘，进一步写思乡之情，从而丰富了诗的意味。又如元稹的《闻乐天授江州司马》、李商隐的《登乐游原》等，都是移情入景、情景交融的绝妙之作。

3. 托物寄情，寓情于物

这类诗词绝大部分见于咏物诗词。作者往往把情感寄托于草木禽兽，以拟人化的手法表达自己的品格和情操，也可以讽喻世情、抨击朝政。如王世贞的《钦䲹行》就是这样的范例：

飞来五色鸟，自名为凤凰。
千秋不一见，见者国祚昌。
飨以钟鼓坐明堂，明堂饶梧竹，三日不鸣意何长！
晨不见凤凰，凤凰乃在东门之阴啄腐鼠，啾啾唧唧不得哺。
夕不见凤凰，凤凰乃在西门之阴媚苍鹰，愿尔肉攫分遗腥。
梧桐长苦寒，竹实长苦饥。
众鸟惊相顾，不知凤凰是钦䲹。

王世贞是明代文坛“后七子”之一，担任过应天府尹、南京兵部侍郎、南京刑部尚书。这是一首咏物寓言诗，“行”是乐府的一种，是一种偏重于叙事的乐府诗。“钦䲹”是《山海经》中的一个神话人物，据说他和一个叫鼓的神杀了葆江，触怒了天帝而被诛，死后化为大鹗。只要这种鸟一出现，就预示着不祥的到来。此诗以钦䲹假冒凤凰这个寓言故事来讽刺严嵩。

全诗可分为两个部分。前七句是第一部分，叙述了钦䲹假冒凤凰骗取了人们的信任，跻身明堂(朝廷)而毫无所施的情况。凤凰本是神鸟，人们只听说过，未曾见过。现在突然出现这样一种“五色备举”而且自称是凤凰的鸟，人们当然信以为真了。沈德潜《明诗别裁集》说：“钤山(严嵩)读书时，天下以姚(姚崇)宋(宋璟)目之，故有‘千秋不一见，见者国祚昌’之语。”严嵩中进士后，又“谒告还里，居钤山之东堂，读书屏后者七年，而又能倾心折节，要结胜流”，“相与引合名誉，天下以公望归之”(钱谦益《列朝诗集小传》)。其一系列欺世盗名的举动，一时竟骗取了人们的信任，被推誉为唐代名相姚崇、宋璟一类的人物而荐献于朝。“明堂饶梧竹”中“梧竹”是说给凤凰的待遇，“饶”是多的意思。严嵩在明世宗朝为太子太师，位为首辅，应该说是给了他最大限度的“梧竹”了。但严嵩食民之禄，却不思报答国恩，恃宠擅权，残害忠良，卖官鬻爵，私吞军饷，“国祚昌”之事长期未见，人们不得不产生怀疑：此鸟是真是假？

后十句是第二部分。人们认清了钦鸡的本来面目：原来是一个卑鄙龌龊的不祥之物。诗中说早上见不到凤凰，原来它躲在东门外的阴暗角落里偷吃刚得的“腐鼠”，并在“啾啾唧唧”地抱怨得到的“腐鼠”太少，很不满足。“腐鼠”的故事出于《庄子·秋水》，凤凰自空中飞过，鸱正在下面偷吃腐鼠，以为凤凰要抢它的食物，“仰而视之曰：‘吓’！”这个故事说明了钦鸡的贪得无厌和妒贤嫉能。诗中又说晚上见不到凤凰，原来它躲在西门外的阴暗角落里向苍鹰献媚讨好，乞求苍鹰能分给它一点剩余猎物。它一再抱怨，栖在“梧桐”树上太清苦了，常吃竹实也太饥饿了。这是在讥刺严嵩向下贪得无厌地敲诈勒索、鱼肉百姓的丑行。诗中的“晨”“夕”“东门”“西门”，是对比，也是一种可以互相调换而不影响辞意的“互文”，无非是从早到晚、从西到东的意思。经过这样长期观察，终于扯去了钦鸡的面纱，真相大白：“凤凰”是假，“钦鸡”是真。“众鸟惊相顾”，人民付出了多少惨痛的代价啊！这首诗明言钦鸡，实讥严嵩，托物寄讽，寓言显豁。结构上按事物发展的先后顺序，敷衍其事而歌之，纵横驰骋，但又疏而不滞，完全符合乐府歌行体的要求。手法上前褒后贬，形成鲜明的对比，孰真孰假，自然泾渭分明。由于本诗是一首咏物寓言诗，故诗中多用比喻借代等修辞手法，给人一种既含蓄又心领神会的感觉。

意象和意境都是主客观的交融。两者的区别在于：意境的范围比较大，一般指整首诗、几句诗或一句诗所造成的艺术境界；而意象只不过是构成意境的一些具体的、细小的单位。象是具体事物，境是综合境界；意境好像一座完整的建筑，意象只是构成这座建筑的砖石等材料。境生于象而超于象。意境是意象组合之后的升华。意境的构成由许多相关的意象组合而成。一首诗的意境，有诗中的实象，也有诗外的虚象，蕴含不尽之意、弦外之音、韵外之韵。虚境引领实境，实境引发虚境，虚实相生构成一个整体的意境。意境的组合，大体有以下几种方法。

(1) 意联式组合

意联式组合即借愁字意贯穿全诗，如唐代诗人高蟾的七绝《金陵晚望》就是其中的典型。

曾伴浮云归晚翠，犹陪落日泛秋声。
世间无限丹青手，一片伤心画不成。

古时“秋”可以说是“愁”的代名词，秋风凄厉、秋叶凋零、秋虫哀鸣、秋水惨淡，因此“心”上有“秋”便成了“愁”字。开头两句，写诗人着魔般地沉浸其中，这是反常的，也是耐人寻味的。三、四句吐露的心境，便知诗人有着难以言说的伤心在。诗人追昔抚今、百端交集，预感到唐王朝危机四伏，却无可挽回。诗人借对六朝古都金陵的感慨，抒发对晚唐现实的忧虑。

(2) 想象型组合

想象型组合指面对相同的景物运用不同的想象角度组构出不同的意境。如龚贤的《再过燕子矶》《晚出燕子矶东下》就具有这一特点。

第一首为七律《燕子矶头万古宁》：

燕子矶头万古宁，片帆识得旧曾经。
可怜巩固兴亡地，又作荒凉牧马庭。
春水一江过雨绿，晚山四泽望人青。
渔歌声歇归何处，泪洒征衣不忍听。

第二首为五律《晚出燕子矶东下》：

江天忽无际，一舸在中流。
远岫已将没，夕阳犹未收。
自怜为客惯，转觉到家愁。
别酒初醒处，苍烟下白鸥。

第一首尾联“渔歌声歇归何处，泪洒征衣不忍听”，龚贤的失国之恨、悲愤和涕泪，与南京人民以及广大南方人民的灾难和憎恨是相通的、一致的。第二首诗人以质朴的语言、含蓄的手法，融情入景，抒写一种惆然的心境，流露出淡淡的哀愁。可以说，这是他于慷慨激烈以外的又一种艺术风格。

（3）借画法组合

借画法组合的特点是运用色彩、线条、渲染等调动视觉。如杜牧的七绝《江南春》就具有这一特点：

千里莺啼绿映红，水村山郭酒旗风。
南朝四百八十寺，多少楼台烟雨中。

这首诗四句均为景语，有众多意象和景物，有植物有动物，有声有色，景物也有远近之分，动静结合，各具特色。诗中绿树红花、黄莺婉转、水村山郭、酒旗招展、青楼古寺、烟雨苍茫，呈现出一幅美好的江南山水丹青画。诗人以审美的眼光，欣赏着江南春的自然美景；以深邃的思维，穿过时空，感悟历史文化的审美意义。

（4）对仗式组合

所谓“对仗式组合”，即把两组相关的景物并列起来，从不同角度、不同侧面组合成统一的意境，突出同一个主题。如唐代李绅的七律《却到金陵登北固亭》就具有这一特点：

龙形江影隔云深，虎势山光入浪沈。
潮甕海风驱万里，日浮天堑洞千寻。
众峰作限横空碧，一柱中维彻底金。
还叱棹师看五两，莫令辜负济川心。

南京下关江面古称“龙江”，长江在此由南北向折向东，故诗人用“龙形江影”形容；清凉山有“虎踞”之称，故诗人用“虎势山光”形容。“沈”古通“沉”。万里和千寻都是长度单位，故颔联写出了长江天堑阻断南北的气势。颈联写出金陵沿江山势城防扼守固若金汤，朝廷当政，礼义廉耻，帝张四维。前六句的两两对仗都是在描述金陵的形胜。尾联作结，当初舟师竞渡天堑，莫要辜负为国效力的初心！

（5）比兴法组合

比兴是诗歌的常用手法。这一手法在清代孔尚任的《桃花扇》里有很好的体现。

梨花似雪草如烟，春在秦淮两岸边，
一带妆楼临水盖，家家粉影照婵娟。

起句就用比喻，接着起兴，描绘出金粉秦淮的风情。总之，意象有序组合成意境，各个意象之间要上下呼应、一脉贯通，切忌零敲碎打、东拉西扯、随意凑合。这就是构成意境的基本规则。

二、意境的提炼

王国维在《人间词话》中说："有境界自成高格。"诗词整体的美学价值在于意境。意境美是诗词美的最高体现，是鉴定一首诗词好坏的关键因素。古诗词的意境，美在语言简洁、准确。正如刘勰所说："句有可削，足见其疏；字不得减，乃知其密。""善删者字去而意留。"

1. 炼字高格

通过炼字来创造意境，提高诗词美感，是古诗词创作的前提。古代文人非常注重炼字。刘勰在《文心雕龙·章句》中说："夫人之立言，因字而生句，积句而成章，积章而成篇。篇之彪炳，章无疵也；章之明靡，句无玷也；句之清英，字不妄也。振本而末从，知一而万毕矣。"锤炼字词，不只是写好一个字、一句话的需要，更是为了全篇的整体美。"字不妄""句无玷"，这是基本要求。更要做到句"清英"、篇"彪炳"，才称得上文学作品。作为诗词，语言更要精美形象，这就要求作者必须炼字锻句。胡仔在《苕溪渔隐丛话》中说："诗句以一字为工，自然颖异不凡，如灵丹一粒，点铁成金也。"如唐代诗人祖咏的五绝《终南望余雪》就体现了这一特点：

终南阴岭秀，积雪浮云端。
林表明霁色，城中增暮寒。

关于这首诗，计有功在《唐诗纪事》中记载了这么一个故事：祖咏去参加进士考试，试题就是这首《终南望余雪》，按当时朝廷规定的格式应写六韵二十句。祖咏只写两韵四句就交卷了。试官问他为什么不按规定的格式写，他的回答是要写的意思已表达完了。试官读后大为赞赏，于是祖咏中了进士。这首诗的成功之处，不仅在于它短小精悍、包孕丰厚，还在于它通过炼字准确地表达了题旨，意境深远。

首句“阴岭”二字点明是从北面“望”终南山的，而洛阳正在终南山北，这就为结句“城中增暮寒”埋下伏笔，做到了首尾照应。次句“浮云端”三字点出积雪的厚度，也突出了山的高度，至此已把诗题“终南望余雪”五字中的四个字“终南望”“雪”紧紧扣住了，接着的三、四两句便极力对剩下的诗眼——“余雪”中的“余”进行描绘和渲染。其中，“霁色”是描写雪停后白雪、红日的美景，暗写“余雪”，这是从视觉落笔；“暮雪”是写傍晚时分，“余”雪的寒气直逼北面的洛阳城。“霜前冷，雪后寒”这符合生活的常理，也是在夸张终南山高雪厚的威力，这是从触觉落笔，暗写“余”雪之威。总之，全诗二十个字，从视觉到触觉，从形态到色调到内在的威势，从各个侧面紧扣诗题“终南望余雪”来描述，简练、形象而又精彩，难怪考官要破格录取了。

对诗中所使用的每一个字都进行精细地推敲和创造性地搭配，使其简练精美、形象生动、含蓄深刻，这种对字词进行艺术化加工的方法，就叫作炼字。汉字往往一个字就是一个词，炼字往往也是遣词造句、运用字词的功夫。因为炼字对诗歌的高下能起到决定性的作用，所以古代的诗人非常讲究诗歌字句的锤炼。所谓“吟安一个字，捻断数茎须”“吟安五个字，用破一生心”，所谓“二句三年得，一吟双泪流”，所谓“为人性僻耽佳句，语不惊人死不休”“清诗丽句必为邻”，所谓“一句坐中得，寸心天外来”“夜吟晓不休，苦吟鬼神愁”，所谓“险觅天应闷，狂搜海欲枯”“生应无辍日，死是不吟时”，俱为古往今来炼字高手的真实写照。

2. 炼字作用

古诗词的意境美不限于作品本身，而是作品通过独特的艺术手法刺激读者产生联想和共鸣，达到言有尽而意无穷、思无涯的效果。

（1）含蓄美

所谓“含蓄美”就是用最简约的文字表达最丰富的内容。中国人的审美习惯一直以来崇尚委婉含蓄，忌浅露直白，认为作品必须含蓄委婉，才能达到意味无穷的效果。《文心雕龙》提出“隐义以藏用”“精义曲隐，无伤其证言；微辞婉晦，不害其体要”，讲的就是这个道理。胡仔的《苕溪渔隐丛话》中记载了宋代大文学家欧阳修的“炼字”故事。有人看过他的《醉翁亭记》原稿，上面罗列了四面山峰的名称，多达数十字，最后皆圈去，改为五字：“环滁皆山也。”有一次，一位士人匆匆跑来对欧阳修说，他在来府的路上马受惊狂奔，结果把一只狗踩死了。欧阳修笑着对他说，你说了半天其实就六个字：“逸马毙犬于道。”还有一次，一位士人写了首《鼓诗》来请教欧阳修。这是一首五言诗：“紧紧蒙上皮，密密钉上钉。天晴和下雨，同是一样音。”欧阳修看后笑道，其实每句四字即可：“紧紧蒙皮，密密钉钉。天晴下雨，同一样音。”士人还未来得及说佩服，他又说，其实每句三字即可：“紧蒙皮，密钉钉。晴和雨，同样音。”士人听后更来兴致了，便接着又问道，还能再减吗？他说，当然可以。“紧蒙，密钉。晴雨，同音。”炼字除了使诗的文简洁外，还有一个功用就是使其更为准确。李渔在《窥词管见》中就谈及这一点：“琢句炼字，虽贵新奇，亦须新而妥，奇与确，总不越一“理”字，欲望句之惊人，先求理之服众。”古代有“一字师”和“半江水”的故事，就是讲如何准确炼字使之合理的。

“一字师”说的是唐代诗僧齐己关于《早梅》的故事：“万木冻欲折，孤根暖独回。前村深雪里，昨夜数枝开。风递幽香出，禽窥素艳来。明年如应律，先发望春台。”齐己携此诗来拜谒当时的著名诗人郑谷，郑谷反复揣摩后对齐己说：其中的“前村深雪里，昨夜数枝开”句不准确，因为“数枝非早也，未若一枝佳”。齐己不觉拜倒曰：“一字师也。”（计有功《唐才子传》）既然诗题是“早梅”，那么“一枝开”肯定比“数枝开”要早，也更切合诗题诗意。齐己也是著名的诗人，能拜倒称师，这就是炼字的功劳。

“半江水”说的是任蕃改诗的故事：任蕃是浙江会昌人，年轻时举进士落第，从此游历江湖。有次来到天台山巾子峰，他在寺壁上题诗一首：“绝顶新秋生夜凉，鹤翻松露滴衣裳。前峰月照一江水，僧在翠微开竹房。”题完后任蕃便离去，走了一百多里路后，突然想起用“一江水”不如用“半江水”，于是便赶回去想改过来，但到了一看，却早有人替他改过了。这让他十分懊悔，大呼台州有人。后来，这个山上再也没有人署名题诗了。即所谓“任蕃题后无人继，寂寞空山二百年”（计有功《唐才子传》）。“一江水”改为“半江水”也是使诗句更加准确合理：因为天台山巾子峰，高峻异常。江水在如此高峻的山峰下，只要不是中天之月，就会受山峰遮挡，断然无法照临一江水而只能是半江水。

（2）动感美

我们的生命是生生不息，始终处在变化之中，生命之气、精神之韵均在流动中得以体现。诗词的意境必然要体现出精气神，让读者真正入境，感受到一种动态的美。炼字不仅能使诗句简洁准确，也能使诗句更加鲜明生动，更加形象地表达诗意。明代工部侍郎沈晖非常讲求语言的锤炼，因此，他的诗歌语言生动而形象，有力地表现了诗意和主题。如《春望牛首山》中的“云开鹫岭瞻双阙，花满瑶台醉八仙”两句就很见他炼字上的功力。正因为“云开鹫岭”，方见牛首山双阙屹立，一个“开”字又反衬出双阙的雄伟；因“花满瑶台”，故八仙都能陶醉，一个“满”字又烘托出春天的牛首山如天上瑶池、世外桃源。明代诗人沈曦的《咏牛首山》中有“壁立中天削寒翠”句，一个“削”字，逼真地描摹出山势陡峭之势。明代王世贞的《紫藤花》中有“窈窕繁葩灼暮阴”句，一个“灼”字，把日暮时分紫藤那一串串硕大的花穗垂挂枝头、紫中带蓝、灿若云霞的姿态写活了，更具迷人的风采。清代曹雪芹的《咏白海棠》中的“出浴太真冰作影，捧心西子玉为魂”句，形容花瓣有贵妃的肤质，花蕊有西施的品格，一个“冰”字和一个“玉”字把白海棠描绘得冰清玉洁。海棠素有“解语花”的雅号，春天的海棠又有“花中神仙”“花贵妃”之称。这样也写出了白海棠花姿明媚动人、楚楚有致、花开似锦的特征。如此炼字，使形象更加鲜明生动。

（3）传神美

“传神美”即让读者在品读诗词中有一种理性的领悟，明了诗词所蕴藏的哲理，起到自省、警世、启发、鼓舞的作用。这种诗词不再是赏玩的身外物，而是深入内心和精神世界的力量和价值。炼字是为表达主题服务的。精美的字句，能使诗歌的意境向前延伸或向纵深拓展，更增感人的力量，自然也就能更好地表达主题。如明代薛瑄的《江东古渡》就很好地体现这一特点。这首诗是薛瑄的“南京十咏”之七，诗人以洗净雕饰、明净自然的语言，借景抒发了深厚真挚的感情。我们一起来欣赏：

江东门外大江头，古渡微茫接远洲。
月窟殊方通上国，云帆大舸满中流。
垂杨芳草三春暮，红蓼黄芦两岸秋。
顾我济川才思少，几回临想兴悠悠。

首联“起”，交代了古渡的地理位置。颔联“承”，介绍渡口可以通江达海。“月窟殊方通上国”，月亮的归宿地在遥远的异邦，一个“通”字可以使之与古渡连接；“云帆大舸满中流”，想象跟郑和宝船一样，到遥远的异邦走一走，这是作者一直以来的梦想。颈联的“转”不是重点，关键是尾联的“合”。“顾我济川才思少”，怪自己来这里的次数太“少”，不到这里就想不起来；所以才会“几回临想兴悠悠”，只有来到这里，才能勾起我的梦想，不然又渐渐地淡忘了。一个“兴”字，就是希望，重新燃起圆梦的希望。诗人要抒发的情感显得分外集中和强烈，“济川”之心魂牵梦绕，这个“兴”字是个简洁又精美的诗眼。

（4）情感美

古诗词是慰藉人生的文化滋养，是生生不息的民族精神的重要载体。我们虽不能都成为诗人、词人，但我们可以从古诗词中感知千古的诗情、充实的诗意，使我们在面对物欲横流、人生跌宕、艰难困苦时，能从中找到走向远方的自信与动力。唐代吴融的七绝《鸳鸯》就是很好的例证：

翠翘红颈覆金衣，滩上双双去又归。
长短死生无两处，可怜黄鹄爱分飞。

鸳鸯被人们称为恋爱之鸟，这首诗亦可看作是一曲歌唱恋人们永远相亲相爱的情歌，语言古朴通俗，民歌风味很浓。前两句是描写，首句用“翠”“红”“金”三个颜色字，写出鸳鸯的异常美丽。后两句是抒情，先从正面说鸳鸯永不分离，再用比较，以黄鹄的“爱分飞”反衬鸳鸯的“生死无两处”。尾句的一个“怜”字可谓是传神之笔。古人说：“可怜之人必有可嫌之处。”这个“怜”字就含有“嫌”的意思在内，把赞美鸳鸯的爱情和痛恨黄鹄的无情表现得淋漓尽致，大大增强了抒情的效果。范晞文评价这首诗为“景语含情，情语寓景”“情景相融而莫分也”（《对床夜语》），可谓是中肯有加。

3. 炼字方法

江顺治在《续词品》中说：“千钧之重，一发系之。万人之众，一将驭之。句有长短，韵无参差。一字未稳，全篇皆疵。”可见炼字既重要，亦是难以得到的至境。江氏又说：“一字得力，通首光彩。非炼字不能，然炼亦未易到。”更道出了炼字之“难”。至于如何炼字，下面几点可作参考。

（1）锤炼动词

动词在诗歌里具有“以最小的面积，表达最大的思想”的神奇作用。在勾勒形象、传情达意、摹写物态等方面有着独特的功能。而诗歌语言的生动传神等特点就在动词的应用上，表现最为突出的，当是孔尚任《哀江南》中的一段话语：“你记得跨青溪半里桥，旧红板没一条，秋水长天人过少。冷清清的落照，剩一树柳弯腰。”作者在最后一句“剩一树柳弯腰”中，选用了一个“剩”字，而并没有选常用的“留”和“见”。其妙处就在于“剩”虽与“留”意思相近，但“剩”一般是被动的，而且有“残存”“残余”的意思。另外“剩”字有时间性，使人想见当年丝丝绿柳夹岸垂翠的美景，包含了今昔对比、时过境迁、感时伤怀的无限凄凉，给人一种“无可奈何”之感。“留”则无这么多含义；“见”只是就眼前而言，不能给人以今昔对比的变迁感。

古代诗人在锤炼动词上也有许多佳话。如王安石诗“春风又绿江南岸，明月何时照我还”。据洪迈《容斋续笔》记载：“吴中士人家藏其草，初云‘又到江南岸’，圈去‘到’字，注曰‘不好’，改为‘过’，复圈去，而改为‘入’，旋改为‘满’，凡如是十余字，始定为‘绿’。”这里的“绿”就是形容词当动词用，即古汉语中的“使动用法”。又如黄庭坚诗“归燕略无三月事，高蝉正用一枝鸣”，其中“用”字初为“抱”，又改为“占”，后陆续改为“在”“带”“要”等字，最后定为“用”。这些佳话都说明古代诗人是非常注重动词锤炼的！

（2）锤炼形容词

诗歌是社会生活的主观化表现，少不了绘景状物，化抽象为具体，变无形为有形，使人如闻其声，如见其人，如触其物，如历其境。这种功能，相当一部分是由形容词来承担的。尤其是形容词活用为动词的现象，在诗词鉴赏中尤应重点关注。李清照的《如梦令》中：“知否，知否？应是绿肥红瘦。”“绿肥红瘦”四字，无限凄婉，却又妙在含蓄。“绿肥”指雨后绿叶光润、舒展、肥大；“红瘦”指雨后红花受损凋零，飘落不堪。一个“肥”字，一个“瘦”字，说明了女词人对雨后花情的深切了解，体现了作者恋花、爱花、惜花的深刻程度，表达了词人对春光一瞬和好花不常的无限惋惜之情，所以“肥”“瘦”二字特别传神。罗隐的《金陵思古》中有“夭红腻白愁荒原”一句，“红”“白”本身就是形容词，可以是鲜红、雪白，但作者用夭红、腻白显然是经过锤炼后的精心安排。诗的主题是写杜秋娘的，身为宠妃后又被废为庶人，如今葬在何处？“夭红腻白”这样形容得最为贴切她的身份，既含蓄，又增添了诗的意境。

（3）锤炼数量词

数量词应该与讲究概念与逻辑的数学、物理学有某种密切的关系。因此，从文学特别是诗歌的角度来看，它似乎是枯燥乏味的。其实不然，优秀诗人的笔就仿佛是童话中一根可以使沙漠变为绿洲的魔杖，那些经过精心选择提炼的数量词，在他们的驱遣之下可以迸发出丰富隽永的诗情。如杜牧的七绝《江南春》首句“千里莺啼绿映红”中，“千里”二字就将广袤江南的大好春光尽收眼底，显得场面阔大，气韵丰厚，而且紧扣题面“江南春”，因此深得历代注家的称赏。但也有人不理解，明代的杨慎就对此批评说：“千里莺啼，谁能听得到？千里绿映红，谁人又能看得到？”因此他将“千里莺啼绿映红”改为“十里莺啼绿映红”（《升庵诗话》）。其实，如从生理上的视听角度说，即使是“十里”，也是无法看得见、听得到的。这种批评，既无视想象和夸张是诗歌最基本的特征，也使画面变窄，缺少杜牧原诗的气势。再以杜牧的另一首《破镜》为例，看数量词的锤炼。杜诗从佳人失手摔破镜子，联想到情人的分离。破镜的恶兆，暗示团圆的无期。至于“何日团圆再会君”，诗中没有回答，接下来便引入广阔的空间：“今朝万里秋风起，山北山南一片云。”“一片”云在“万里”之外，不是任其飘荡，无法羁留和再聚吗！这就是对数量词的贴切锤炼。数量词“一片”和“万里”形成的贴切暗寓，使这种伤痛更加形象、更加感人。

（4）锤炼虚词

古诗词中，如果虚词的锤炼恰到好处时，也可以获得疏通文气、开合呼应、悠扬委曲、活跃情韵、化板滞为流动等美学效果。罗大经在《鹤林玉露》中指出：“作诗要健字撑拄，要活字斡旋。……撑拄如屋之有柱，斡旋如车之有轴……”其中的“健字”指实词，“活字”即指虚词。“活字斡旋”“如车之有轴”就是强调锤炼虚字的作用。李清照的《一剪梅》（红藕香残玉簟秋），抒发了对远方丈夫的思念。词人由眼前的落花飘零、流水自去写起，到盼望鸿雁带来丈夫的音信。其中“花自飘零水自流”，形象地道出词人无可奈何的伤感心情。尤其是两个“自”字的运用，更表露了词人对现状的无奈。“此情无计可消除，才下眉头，却上心头”中的两个副词“才”“却”的使用，很真切形象地表现了词人挥之又来、无计可消除的相思之情。

（5）袭用成句，翻出新意

推陈出新，也是炼字一法。如王安石的《泊船瓜洲》中的名句，就不是从天上掉下来的，唐人已有用“绿”形容春草的先例，如丘为的《题农户庐舍》中的“东风何时至，已绿湖上山”，李白的《侍从宜春苑奉诏赋龙池柳色初青听新莺百啭歌》中的“东风已绿瀛洲草”，常建的《闲斋卧雨行药至山馆稍次湖亭》中的“行药至石壁，东风变萌芽。主人山门绿，小隐湖中花”等。但世人只知称赞王安石的“春风又绿江南岸”。而其原因就在于王安石这句诗中的“绿”字，尽管用法出自唐人却胜过唐人，其内涵远比唐诗中相同用法的“绿”字丰富。唐人这几句用“绿”字的诗，只用以显示春的来临。而王安石这句诗除显示春的来临外，还点出深切的思乡情怀，唤起读者无尽的联想的作用。

（6）运用典故，反用其意

“运用典故，反用其意”这一用法在辛弃疾的《水龙吟·登建康赏心亭》里有很好的例证。这一曲词抒写了词人报国热忱无人理解，年华虚度、壮志难酬的悲愤心情。词中的“休说鲈鱼甚脍，尽西风、季鹰归未”三句，语意出自《晋书·张翰传》：“翰因见秋风起，乃思吴中菰菜、莼羹、鲈鱼脍，曰：‘人生贵得适志，何能羁宦数千里以要名爵乎！’遂命驾而归。”辛弃疾却将张翰的“归去”反用成“归未”，同前面的“休说”相应，实际是表明没有归去，与张翰的“命驾而归”正好相反。词人为什么要用张翰这个典故，又要反其意而用之呢？因为张翰这个典故，只能表述深切的怀乡思归情怀和不慕荣利的隐士思想，反其意而用之却能抒写出由深切思乡情怀而引起得极为复杂的心情。这种心情包含以下四层意思：一是表明词人同张翰一样，深切地怀念着故乡，怀念着故乡的美好事物。二是表明主观上的不愿归，表明报国之志压倒了思乡之情。因为词人尽管深切地怀念故乡，却并不愿学张翰的忘怀世事，命驾而归。“休说”就是不要提这件事，因国耻未雪、壮志未酬，根本谈不到回故乡去享受故乡的美味。三是客观上的不能归。词人的故乡济南还在外族的蹂躏之下，以致有家不能归。四是这种客观上的不能归，也是南宋统治者偏安江南无意收复失地的结果。由此可见，这“休说”的凄厉之声，既包括词人对异族侵略者的仇恨，也包括对南宋统治者享乐腐化不思恢复故土的激愤之情。这些内涵都是旧典中所没有的。

三、意境的创造

一首好的诗词，概言之，要有好的意境。古代诗人很注重意境的营造，尤其重视意境出新。意境新首先是要“意新”，即思想新、感情新，不重复前人的老路；同时也要“境新”，即一定要有社会生活画面(怀古、咏物等少数诗词除外，但也要尽可能地具有时代特色)。意境新的基本内涵是什么呢？即以现实生活体现时代的思想创新、感情创新；使新思想、新感情与时俱进，与现实生活画面完美结合、交融成新的意境。

在我国的古诗词里，意与境的交融是千姿百态、五光十色的，作者的主观情思和美学理想称为“意”，即“诗意”；作者描绘的客观景象称为“境”，即“画境”。这两个方面有机统一、浑然交融而形成意境。意境，开始是作为诗歌的创作方法被提出来的，后来逐步成为诗学的原则，主客体相统一的艺术形象和美学理想。这种创作方法和创作原则也为今人所用，成为一种不可多得的文章技法。

1. 取境

唐代僧人皎然在《诗式》中提出：“诗人诗思初发，取境偏高，则一首举体便高；取境偏逸，则一首举体便逸。”这里说的“取境”，是指对虚境的提炼和设想。取境，指传统诗词中意境的创造。最早提出“取境”说的是皎然。他说：“取境之时，须至难至险，始见奇句，成篇之后，观其气貌，有似等闲，不思而得，此高手也。”皎然认为，意境的创造在于构思，需要经过一个艰苦险难的过程，才能产生奇伟的诗句；而在诗句形成之后，其气貌平易自然，好像全不费力，信手拈来，不思而得，这才是写诗的高手。构思也必须具有作者的个性、特色及风格。这种特性正如王安石所说：“看似寻常最奇崛，成如容易却艰辛。”取境不但适用于诗歌，对其他文学体裁也同样适用。

意境不是一般的情境融合，而是意和境的浑然一体，对意和境两方面都有很高层次的艺术要求。这就是要“采奇于象外”。皎然在《诗式》中说：“或曰：

诗不要苦思，苦思则丧天真。此甚不然。固须绎虑于险中，采奇于象外，状飞动之趣，写冥奥之思。”意境的产生须于实境之外，又借助于实境的比喻、暗示、象征等作用在读者想象中呈现出虚的境界，从而给人们一种含蓄朦胧、若隐若现、内蕴深远的画面感。要“采奇于象外”，首先，要视野开阔，想象灵动，神与物游。刘勰在《文心雕龙·神思》中说：“形在江海之上，心存魏阙之下。”想象可以由此及彼，由近传远，不受身观时空拘泥。“故寂然凝虑，思接千载；悄焉动容，视通万里。吟咏之间，吐纳珠玉之声；眉睫之前，卷舒风云之色：其思理之致乎！”想象的遐迩灵动与否是创造意境的关键。其次，要意味隽永，善于挖掘，寓之其中。如王安石的《杨柳》：“杨柳杏花何处好？石梁茅屋雨初干。绿垂静路要深驻，红写清陂得细看。”这首诗题为写柳，实际上写了杨柳和杏花两种景观，而且在比较中突出它们各自的美色，并在意境上把它们联系在了一起；红的杏，绿的柳，红绿掩映，相得益彰，更给人以早春时节生机勃勃的感受。中国的山水诗讲究诗情画意，这首诗所描写的景观，就像一幅色彩鲜明的水彩画。雨后晴朗的天空格外清新，茅屋、石桥、流水，在静谧之中蕴含着一种生机，路旁吐绿的垂柳伸向远方。视野空阔，陂上的杏花与水中的倒影占尽了春光，红绿相映成趣。不论是画面景物的层次和颜色都让人觉得和谐、秀丽。由此而表达出诗人惜春的心情。最后，取境决定了整个作品的格调，不可不慎。皎然所推崇的“高”和“逸”两种风格，司空图在《二十四诗品》中替我们作了细致精到的区分：雄浑、冲淡、纤秾、沉着、高古、典雅、洗炼、劲健、绮丽、自然、含蓄、豪放、精神、缜密、疏野、清奇、委曲、实境、悲慨、形容、超诣、飘逸、旷达、流动。总之，作者的情绪决定使用的语言，语言又决定意境。作者怀有什么样的情绪，就等于事先给作品定了调子，欢乐的、悲壮的、深沉的会随着情绪表现出来。

2. 造境

境不是纯客体的摹写，而是主体的心意所造。王国维提出：“有造境，有写境，此理想与写实二派之所由分。然二者颇难分别。因大诗人所造之境，必合乎自然，所写之境，必邻于理想故也。境非独景物也，喜怒哀乐亦人心之一境界。”这里，“造境”当指主观虚构创造之境，“写境”当指真实描写客观现实之境。造境是一种意境的创造方法，是根据作者的思想感情(审美理想)来具体布景设境的，即因心造境。下面我们一起来欣赏宋代诗人曾巩是如何在他的七绝《城南》中“造境”的。

雨过横塘水满堤，乱山高下路东西。
一番桃李花开尽，惟有青青草色齐。

诗人创作的这幅画面，使人觉得构图完整，层次清晰。近景是水塘，中景是桃李树，远景是群山、道路，给人以匀称的美感。从色调来看，群山着翠，桃李枝叶扶疏，衬着如茵的绿草，这正是暮春初夏生机盎然的景色。同时写出了它们之间的内在联系，“雨过”塘满意味着暮春将尽初夏将至，是时序的推移，正是这骤雨的来临，才使得桃李尽落，也正是这场大雨，才使地上的小草蒸蒸日上。而“一番桃李花开尽”既慨叹人世间春光流逝，又流露出诗人对春色不能常驻的无可奈何之情。另外，王安石的七绝《书湖阴先生壁》在“造境”上也可与之媲美。

茅檐长扫净无苔，花木成畦手自栽。
一水护田将绿绕，两山排闼送青来。

湖阴先生就是王安石住处南京半山园的邻居杨德逢。这是一首赞美躬耕隐居的邻里朋友的诗。该诗豪健有神，雅丽精绝，亲切有味。前两句写邻里友人草堂的洁净，田园种植得齐整有序。后两句写邻居住所环境的优美。园田被绿水环绕，门口对着两座山，青山抱翠，白云缭绕，山顶处雾腾腾一片茫茫，造成一种朦胧美的意境。诗人采用了拟人化的艺术手法写出了山水的灵性。“一水护田将绿绕”，似乎水流是为护田而存在；“两山排闼送青来”，似乎是门前的两座山也急不可待地推开湖阴先生草堂的小门，把那令人愉悦的青翠山色送到主人的眼前。把山水写成竞相奉献主人美色的有灵性的事物，含蓄生动地表现了山水忠于隐者的情韵和气派，山水就这样被写活了。意新语工，余味无穷。

王国维在《人间词话》中说："有我之境，以我观物，故物皆著我之色彩。无我之境，以物观物，故不知何者为我，何者为物。"造境的特征是以意胜，意统领境，从作者的思想感情出发来组织意境，并通过意境来达到个人主观情感的渲抒。谢灵运有"昏旦变气候，山水含清晖。清晖能娱人，游子憺忘归"之句，并非诗人一时对意境之地的写真，而是诗人生平恬淡清高的生活志趣和人生态度的物化。

3. 缘境

"缘境"就是诗人带着强烈的主观感情接触外界景物，把自己的感情倾注其中，让景物带着诗人的感情而形成意境，这就是缘情造境。南唐后主李煜的《相见观》(无言独上西楼)可以作为如何"缘境"的很好例证。

无言独上西楼，月如钩。寂寞梧桐深院锁清秋。

剪不断，理还乱，是离愁。别是一般滋味在心头。

李煜亡国后被软禁起来，即使有满肚子的话，也无处向人诉说。词的开头便毫不掩饰地写出"无言"，紧接着一个"独"字，更加突出了自己的孤寂。"西楼"是软禁他的地方，上了西楼便可以东望故国，然而远在江东的故国是望不见的。仰望星空，见到的是如钩之残月；俯视深院，见到的是孤寂的梧桐。这里在写景的同时，点明时间在清秋，在月夜，更有意将客观情景同主观感受交融在一起。此时此地深院闭锁着孤寂的梧桐，多像他自己。写缺月、写梧桐、写清秋，实际上是写他自己。他被闭锁在深院之中，失去了人身的自由，与自己"四十年来家国"隔绝了。上片先述个人的举动，后写秋夜的景物，但又都不离他那难言的苦衷。下片写自己的内心活动：故国的离愁，不可解脱，就像乱丝团一样理也理不清楚，剪也剪不断。这里用的比喻，多么巧妙而贴切。“丝”与“思”谐音，将愁思用乱丝团比喻，更显奇妙。全词的结句是内心活动的直接抒写。“别是一番滋味”就是另有不同于一般的滋味，只有他自己倍尝的滋味，只能藏在心头，苦衷难言，也无处向人言说。以“在心头”收束，正与开头的“无言”相照应。这是典型的缘情造境，把自己的感情倾注其中，让景物带着诗人的感情而形成意境。

晏几道的《临江仙》(梦后楼台高锁)，在“缘境”手法的运用上也是很好的范例。我们一起来欣赏：

梦后楼台高锁，酒醒帘幕低垂。去年春恨却来时，落花人独立，微雨燕双飞。

记得小蘋初见，两重心字罗衣，琵琶弦上说相思。当时明月在，曾照彩云归。

词的上片，词人从眼前的景物引起去年的春恨离愁。开头两句“梦后”与“酒醒”互文，“楼台高锁”“帘幕低垂”写出了“梦后”“酒醒”时欢娱成梦、人去楼空的景况，渲染了空寂、冷落、凄凉的气氛。“去年春恨却来时”，由眼前景物的凄凉过渡到去年离别之情的回忆，读来是朴实无华之句，细嚼却是神来之笔。“落花人独立，微雨燕双飞”，人当然是指词人自己，茕茕孑立在落花前，看微雨中双飞的燕子。“落花”“微雨”点明是暮春时分，这时的景物更增添了几分离情别恨之缠绵。此时，燕子犹得双飞，而人只能在那儿“独立”，相形之下，又令人感到多么黯然神伤！这两句历来为评家推崇备至，誉为“千古未有之名句”。

下片开头三句，“记得小蘋初见，两重心字罗衣，琵琶弦上说相思”，追叙更远的往事。对一个思慕日久的情人，词人可追忆的事情很多，但在词中只点了她当时的服饰、技艺与彼此之间的感情。“两重心字罗衣”，写她衣饰之华美，并含有“心心相印”之意。“琵琶弦上说相思”，不仅点明了小蘋的歌女身份和她出色的技艺，更重要的是表明词人与这位歌女的爱情。结句“当时明月在，曾照彩云归”，抒写当初小蘋踏着月色归去，如今明月仍在，而彩云却不知何往了。古诗词中彩云多指代美人，这里代指小蘋。词人不直抒胸臆，而是通过委婉、含蓄的表现手法，透露出词人的无限惆怅、思念之情。全词通过景物描写，表达人物的内心感情，有欢聚时的缱绻恩爱，也有别离时的伤感惆怅。语言质朴而感情深沉。

清代学者许印芳在《与李生论诗书跋》中说：“人但见其澄淡精致，而不知其几经淘洗而后得澄淡，几经熔炼而后得精致。”“平者易之以拗峭，板者易之以灵活，繁者易之以简约，疏者易之以缜密，哑者易之以铿锵，露者易之以浑融，此熔炼之功也。”诚哉斯言！

审美是最高的素养

（代后记）

蔡元培先生说过："审美观念是随着修养而进步的，修养愈深，审美程度愈高。"而在古诗词的海洋中，我们能够发现一种超越语言和时间的美。这种美，不仅体现在自然景观的描绘中，更蕴含在千载诗人的情感表达、文化传承和艺术创作之中。《最美南京古诗词》这本书，便是我们对这种美的一次探索和致敬。

古诗词中的自然美，是最直接的审美体验。南京的山川湖泊、四季更迭，在诗人的笔下变得栩栩如生。李白的《登金陵凤凰台》："凤凰台上凤凰游，凤去台空江自流。吴宫花草埋幽径，晋代衣冠成古丘。三山半落青天外，二水中分白鹭洲。……"这些诗句不仅记录了自然景观的壮丽，更折射出诗人对自然和谐之美的向往和追求。阅读这些古诗词，我们仿佛能够穿越时空，与诗人一同感受那份宁静与壮美。

情感美是古诗词中最为动人的部分。"春花秋月何时了，往事知多少。"李煜的《虞美人》以其深沉的哀愁，抒发了对故国金陵的无限眷恋，通过自然永恒与人生无常的鲜明对照，抒发了亡国之君与绝代词手最后的心声，情感之美溢于言表。这些真挚的情感，跨越千年，依旧能够触动我们的内心。学习这些古诗词，我们不仅能够体会到诗人的情感深度，更能够学会如何表达和理解人类共有的情感体验。

古诗词是中华文化的瑰宝，它承载着丰富的历史信息和文化价值。南京作为六朝古都，其古诗词中蕴含的文化美更是深厚。刘禹锡《乌衣巷》："朱雀桥边野草花，乌衣巷口夕阳斜。旧时王谢堂前燕，飞入寻常百姓家。”通过描绘乌衣巷，反映了南京深厚的历史文化积淀。透过这些诗篇，我们能够窥见古代社会的风貌，理解历史变迁对文化的影响。可以说，学习古诗词，就是在学习一种文化、一种精神、一种智慧。

艺术美是古诗词的灵魂。诗人通过精练的语言、和谐的韵律和生动的意象，创造出了一幅幅的艺术画卷。杜牧《江南春》中的“千里莺啼绿映红，水村山郭酒旗风”，则如微缩版的《清明上河图》，舒展在春之原野上、金陵烟雨中，全诗不仅“诗中有画”，而且每个方块字都似乎铆足了劲，形、音、义全开，组成了3D甚至4D的风景，展现了无与伦比的艺术之美。学习这些古诗词，完全能够培养自己的审美眼光，提高艺术鉴赏能力。

古诗词的审美价值，是一种跨越时代的共鸣，是一种深植于我们文化基因中的哲学。它们以其独特的韵律、深邃的意境和丰富的情感，荡涤着我们的灵魂，激发着我们的想象。这种审美价值，是我们文化自信的源泉，是我们民族精神的体现。

学习古诗词对提高学生的审美素养具有重要意义。阅读和理解古诗词，能够培养学生对美的感知能力，提升情感表达和文化理解，增强艺术鉴赏和创造力。这种审美素养的培养，不仅能够丰富学生的精神世界，更能够促进他们的全面发展。

在《最美南京古诗词》这本书的编纂过程中，我要特别感谢工作室和课题组的同仁们，是大家的热情坚守和不懈努力，才使得《最美南京古诗词》书稿能顺利杀青。也期待未来我们能够继续携手，共同推动古诗词教育的发展。

希望《最美南京古诗词》能够成为连接过去与未来、人与人之间心灵的桥梁，成为广大学生打好“中国底色”的载体，并以此促进广大语文教师在审美的旅途中不断前行，从而发现更多的美，创造更多的美，美美地教学古诗词。

徐树忠

2024年10月于南京

附录：学生诗歌创作

青奥会

李芙蓉

秦淮河边丝柳垂，绿色金陵惹人醉。
娃娃高歌青奥会，花草蜂蝶也赞美。

迎青奥

刘小涛

五洲健儿聚南京，青奥盛会悦人心。
全民动员齐参加，大家都把青奥迎。

迎青奥

左文静

绿色南京办青奥，祖国强大孩子笑。
再过四年我长大，服务奥运多自豪。

迎青奥

杨雨嘉

年年喜事多，今有迎青奥。
大家来参加，友谊最重要。

青奥会

杨　芳

青奥与我一同行，满城绿色展文明。
欢天喜地掐指算，二零一四看南京。

迎南京青奥会

吴一帆

成功申青奥，娃娃拍手笑。
绿色南京城，文明加友好。

相约南京

刘晶男

六朝古都申青奥，梅花香飘传喜讯。
秦淮河岸绿长廊，奥林匹克展风韵。

迎青奥

房梦婷

古都申青奥，孩子拍手笑。
彩笔绘蓝图，秦淮穿绿袄。

迎青奥

张德贤

南京承办青奥会，家家户户喜临门。
绿色青奥展风采，少年个个创文明。

青奥会成功

孟 冉

青年奥运成功办，古城南京展新颜。
文明之花我们种，百里秦淮歌声甜。

迎青奥

王子菁

青奥大家爱，要在南京开。
当个志愿者，心中乐开怀。

迎接青奥会

陈 林

绿色南京办青奥，海外华侨都说好。
奥运健儿来相会，展示金陵新面貌。

青奥会

黄雪澄

青奥申办已成功，举国上下倍觉荣。
六朝古都忙装扮，迎接盛会展雄风。

迎青奥二首

胡 怡

其一

人人脸上放光彩，满心希望青奥开。
五环旗帜金陵展，孩童欢歌乐满怀。

其二

欢声笑语撒鲜花，青奥成功人人夸。
六朝古都分外美，装点江山映晚霞。

迎青奥二首

朱梦婕

其一

举国欢庆迎青奥，金陵城里忙改造。
六朝古都展新姿，生在南京我骄傲。

其二

青奥南京开，彩虹挂秦淮。
五洲同庆贺，朋友远方来。

秋日游园

詹雄宇

秋风萧萧起，岸草已淡黄。
小舟湖面荡，游人沐夕阳。

岁寒四君子

管梦勤

菊花傲霜开，松柏挺雄材。
翠竹高亮节，蜡梅送香来。

蛙　鸣

张顺康

月光万里明，池畔青蛙鸣。
声声谁能解？无人识我情。

镜　子

王　周

镜子老师爱较真，每天教我做新人。
修正仪容改缺点，礼貌文明友情深。

赞科技能手

王　周

精求技艺上层楼，天工巧夺冠神州。
模型证书豪情壮，破浪千重又一舟。

校　园

张馨雨

楼间青松直耸天，坪中草绿百花妍。
层层教室书声朗，师生笑语满校园。

游梅花山

张馨雨

东郊梅花开，引得游人来。
蜂蝶花中舞，诗咏情满怀。

小区花坛

张馨雨

空中飞过春归燕，小区花坛月季鲜。
引来蜂蝶翩翩舞，老人孩子笑开颜。

月　光

张馨雨

一轮明月照，大地铺银光。
朦胧洒楼面，好似一层霜。

冬

张馨雨

北风呼啸刺骨寒，片片飞雪落衣衫。
想起远方故乡镇，奶奶念叨儿孙还。

秋　山

万　琪

刚辞盛夏转金秋，山泉清凉涓涓流。
轻风送爽抹枫色，赤橙黄绿显温柔。

自　然

万　琪

蝉鸣鸟啼唱不休，徐风流水催轻舟。
放眼观览自然景，心旷神怡忘忧愁。

四　季

万　琪

春暖花开绿野青，夏蝉尽兴枝头鸣。
秋收禾稻田头碌，冬落雪花挂晶莹。

流星雨

万　琪

抬头望夜空，一阵流星匆。
不见其踪影，许愿或成功？

秋　菊

周紫卉

秋到菊花开，观赏游人来。
金黄伴姹紫，得诗心快哉。

丹　桂

周紫卉

桂花满枝梢，香味随风飘。
路人闻欲醉，秋光处处娇。

昙　花

周紫卉

默默生长已数年，昙花开放一瞬间。
清香艳丽来展示，虽然短暂亦娇妍。

池塘夏景

李海伊

鸣蝉枝头立，绿叶繁而密。
小荷池中鲜，青蛙叶间嬉。

咏金陵

李海伊

朝闻鸡鸣啼破晓，遥看玄武花琼瑶。
夫子庙前灯万盏，夜泊秦淮文德桥。

月

仇紫琪

遥望星夜空，银盘挂苍穹。
柔光似流水，寂寞广寒宫。

红　枫

仇紫琪

远望天边无尽霞，近看眼前叶胜花。
秋风吹来裙起舞，漫山红遍赛妍葩。

春　风

仇紫琪

春来大地风先吹，惹得百花吐芳菲。
微寒轻拂行人面，引来红日放光辉。

秋　雨

仇紫琪

秋雨贵如油，珍奇难一求。
淅沥霜叶艳，朦胧烟村幽。

冬　梅

仇紫琪

严冬雪飞扬，大地披银妆。
踏雪寻寒梅，未见已闻香。

书

仇紫琪

满腹经纶百事通，墨香撩人醉其中。
万千知识数不尽，学子乘舟游兴浓。

蜡　梅

何　超

蜡梅斗清光，与雪争短长。
不畏天地冻，等闲吐芬芳。

四季花

何　超

暖春桃芳菲，炎夏荷争辉。
凉秋傲霜菊，寒冬腊月梅。

春　天

刘　莉

风和日丽天气晴，万物复苏晨鸡鸣。
百花争艳江山秀，河清海晏歌升平。

咏　秋

刘　莉

秋风送爽桂飘香，千顷良田稻金黄。
天高云淡雁成阵，丰收农民歌声昂。

海上黎明

姚　广

拂晓辰星还未逝，海上夜影已消无。
东面鸥声连一片，孤舟几叶浪沉浮。

四季歌

张晨江

桃花盛开柳枝飘，粉白芙蓉出水娇。
枫叶红遍漫山野，雪映蜡梅显妖娆。

盼　归

张晨江

游子外出母盼归，暑往寒来不见回。
颠沛漂泊回家转，二老鬓白儿生悲。

咏　冬

杨玲玲

席卷黄叶西风吹，红枫飘零忽生悲。
寒风刺骨冬天到，又见雪花满天飞。

秋日观山

孙　莉

天气乍暖忽又凉，花草树木沐秋光。
西风轻拂调色板，满山翠绿转金黄。

乡　愁

韩剑雄

游子一人浪天涯，数年不回便想家。
抬头眼望南飞雁，遥念白发老妈妈。

回　家

韩剑雄

深冬严寒北风吹，空中纷纷落英霏。
远处人家炊烟起，唯我独自踏雪归。

海上日出

韩剑雄

夜幕推开破晓明，海上红日渐东升。
朝霞赤遍半边水，渔帆点点在征程。

秋　景

潘晨曦

橙桔枝头挂，遍地野菊花。
湖光秋波潋，山色映红霞。

思　念

周　瑾

离家多日起思迁，折只纸鹤寄心弦。
写上几句体己话，随风飞到你窗前。

中秋祭祖

宋宁伟

八月十五月亮圆，一家老小聚桌前。
供上水果与茶点，幸福毋忘祭祖先。

秋　月

赵梦萱

枝头叶落黄，村外桂飘香。
北风催雁去，明月照山庄。

往　事

王璐萍

往事如烟心志昂，欢声笑语耳边扬。
儿时伙伴今何处，朋友不见颇感伤。

夏日漫步

王璐萍

清晨漫步小树林，小草青青绿如茵。
荷花朵朵塘中艳，小鸟欢唱蝉儿鸣。

红叶寄情

谢昶攀

远望满山尽为红，近看眼前草木青。
微风一阵徐吹过，几片红叶寄真情。

雨

潘水琴

细雨随风飘，雄鹰展翅翱。
船儿顺流下，转眼过木桥。

雪中登阅江楼

孙　扬

江南名楼又逢春，山光水色唤游人。
欣看狮岭雪花舞，银装素裹仪凤门。

狮子山雪景

陈　祥

大雪扮狮山，初春古寺寒。
满坡松林翠，楼宇壮城关。

春　雨

王欢欢

春雨润万物，百花竞争芳。
窗外迎飞燕，得诗喜欲狂。

中秋赏月

芦云龙

中秋佳节到，赏月更思乡。
团圆多美好，犹如金桂香。

秋　思

刘晶男

西山晚霞南边雁，叶未归根风已寒。
群鸟归林渔歌唱，游子思乡泪湿衫。

校园

纪越

太阳当空照，校园多美好。
琅琅读书声，师生齐欢笑。

作诗有感

陈霖

细雨沙沙难入眠，夜阑人静作诗篇。
搁笔似有倦意现，不觉已过三更天。

秋

杨雨嘉

金桂十里香，红枫已抹霜。
天高柔云淡，芦花飘入江。

诚信

潘旭丹

撇捺天地间，无信枉为人。
世间沧桑事，诚信比金珍。

星夜

吴一帆

麦子熟了催收成，农民挥镰月作灯。
夏收夏种抢季节，睡半夜来起五更。

池塘

纪超

鱼虾嬉戏水草间，鹅鸭追逐似悠闲。
遥闻乡童歌声朗，霞光透叶波映莲。

我爱我家

房梦婷

妈妈忙家务，爸爸催读书。
家和万事兴，我们多幸福。

菊

李璐璐

风摧几枝菊，凌寒腰不屈。
霜中留清誉，傲骨一身聚。

明城墙

孟冉

明朝城墙建至今，藤苔攀爬倍觉亲。
六百多年巍然立，听闻“豆渣”太惊心。

枫叶

李璐璐

遥望山间一片红，宛若红霞现芳踪。
始是惊觉秋将尽，登山只为见秋浓。

重阳

王子菁

登高望远看家乡，九月九日是重阳。
南京景色美如画，深秋依然百花香。

夜光曲

陈佳佳

隐隐闻曲声，疑是仙人来。
月下吹玉笛，星光照乐台。

清晨上学

李琼媛

寒风迎面来，清晨校门开。
师生互问好，校园唱和谐。

师

赵　甜

长空无月夜如墨，窗内明灯师未眠。
红笔欢歌流水唱，细品习作展笑颜。

菊

赵　甜

十里秋菊沁芬芳，薄雾朦胧描素装。
色彩缤纷齐争艳，姿态婀娜耐寒霜。

笛　声

黄雪澄

笛声悠扬振我心，清脆欢快倍觉亲。
思绪随入童年梦，幸福快乐今难寻。

嫦娥奔月

黄雪澄

嫦娥二号飞上天，千年梦想今日圆。
接回吴刚地球看，人民生活近似仙。

仪表优雅人人夸

徐　萌

每天放学早回家，不剪刘海不染发。
服装整洁精神好，仪表优雅人人夸。

西湖梦曲

徐梦茹

琵琶弹奏断桥边，万马嘶鸣心上弦。
梦里传来西子曲，雷峰高塔接青天。

校　园

胡　怡

校内青松直耸天，坪中草绿百花鲜。
楼间教室把歌唱，欢声笑语满校园。

秋　收

刘明昊

一年四季盼秋收，农民欢笑田中走。
金色稻谷堆成山，白云弯腰共牵手。

秋　收

朱梦婕

远处枫叶红似火，山中农民笑开怀。
果香随风飘万里，稻浪千重丰收来。

秋游栖霞

包嘉庆

秋游结伴去栖霞，满山红枫胜百花。
金风贪景山河恋，引得游人忘归家。

作诗有感

王明珠

一句数日得，诵成得意歌。
欲要诗绝妙，心语应并和。

池中荷

林雪月

碧绿池中满塘荷，亭亭玉立展婆娑。
身出淤泥不污染，引得千百骚人歌。

世博会

曹　阳

世博盛会上海开，宾朋好友远方来。
买个海宝吉祥物，美好生活放光彩。

桃　花

曹　阳

桃花万朵伴青城，一眼望去似红云。
微风轻拂花瓣落，繁华过后果长成。

百叶瓶

曹　阳

绿叶勾勒玉瓶身，百叶环绕连青藤。
浓深淡浅蔓生叶，玲珑剔透好清澄。

春日一梦

曹　阳

昨夜梦落花，郊游去农家。
登高望江水，孤帆走天涯。

迎世博

嵇俊瑀

芬芳美丽人人爱，五月上海鲜花开。
世博盛会中国办，智慧文明四海来。

桃园春光

嵇俊瑀

三月桃花扑鼻香，粉红尽染古城墙。
花前留影千人醉，蝶舞蜂飞闹春光。

赞世博

刘　云

五月世博开，争看把队排。
梦往世博去，风从东方来。

桃　花

刘　云

春风迎面吹，桃花迎面开。
面面映桃红，花香弥漫天。

世博会

李佳琛

人人都说世博好，上海五月真热闹。
游人如织看展览，黄浦江上浪花笑。

蔷薇赞

李佳琛

五彩缤纷色斑斓，蔷薇花开赛米兰。
美丽优雅惹人怜，百花争艳笑开颜。

桃花颂

李佳琛

三月桃花开满园，粉红一片染春天。
淡雅清香惹人醉，蝶舞蜂飞闹花前。

世博会

李芙蓉

四年一度世博会，五湖四海聚一堂。
世界人民约上海，举世瞩目放光芒。

赞桃花

李佳琛

三月桃花十里香，引蜂招蝶醉春光。
粉嫩娇柔千般态，游人面前展靓妆。

赞上海世博会

芦云龙

黄浦江边中国馆，美丽彩虹挂蓝天。
上海举办世博会，百年梦想已实现。

蔷　薇

芦云龙

四月花魁赞，只看不能摘。
蔷薇最是美，香气扑鼻来。

秋　思

芦云龙

秋来草初黄，登高望远方。
天高白云淡，地头落满霜。

中秋赏月

芦云龙

中秋佳节到，赏月更思乡。
团圆多美好，犹如金桂香。

赞新春

芦云龙

爆竹声声响，喜气挂满窗。
年年福来到，快闻梅花香。

飞雪颂

芦云龙

天边大雪似鹅毛，纷纷扬扬空中飘。
随风潜入寒夜里，银装素裹江山娇。

迎世博

左文静

上海世博真热闹，四海宾朋都来到。
小小海宝捧鲜花，美好生活把手招。

迎青奥

左文静

绿色南京办青奥，祖国强大孩子笑。
再过四年我长大，服务奥运多自豪。

春雨颂

左文静

天降甘霖细雨飘，朦胧世界诗意浓。
千丝万缕润万物，春回大地乃从容。

四季吟

左文静

杨柳吐翠万千条，石榴花开似火烧。
桂香月影游人醉，蜡梅迎来雪花飘。

迎世博

黄苏皖

上海世博真精彩，世界之窗这里开。
人类文明结硕果，五洲朋友中国来。

桃

黄苏皖

四月桃花艳，开在春风中，
花下留个影，脸比桃花红。

原野夜景

黄苏皖

田原闻馨香，皓月流华光。
海棠桃李芳，四野菜花黄。

花

黄苏皖

人间四月芳草天，庭院百花齐争妍。
蜂飞蝶舞花丛里，留下春光在眼前。

咏世博

陈子君

世博终来到，万众齐欢笑。
百年梦成真，中国真自豪。

桃花赞

陈子君

一朵桃花景一幅，一林桃树美江苏。
一年花开又一景，一地桃花春光图。

世博会

杨　芳

上海世博将来临，中国人民喜盈盈。
百年梦想终实现，载歌载舞盛会迎。

青奥会

杨　芳

青奥与我一同行，满城绿色展文明。
欢天喜地掐指算，二零一四看南京。

初　夏

杨　芳

荷叶长满湖，雨落似珍珠。
花苞露尖角，鱼游自在舒。

庆“六·一”

杨　芳

儿童节里真热闹，欢天喜地到学校。
载歌载舞庆“六·一”，将来一定更美好。

心向上海世博会

刘晶男

电视广播热话题，上海世博彩虹披。
城市生活更美好，人类发展靠科技。

相约南京

刘晶男

六朝古都申青奥，梅花香飘传喜讯。
秦淮河岸绿长廊，奥林匹克展风韵。

蓝风车

刘晶男

牧场清风拂草坪，蓝天云海似绸绵。
怀念儿时蓝风车，旋翼轮转草地边。

儿童节

刘晶男

“六·一”满城花，笑脸似彩霞。
未来前程锦，奶奶笑掉牙。

酸菜鱼

刘晶男

一锅青鱼片，麻辣咸酸甜。
家乡风土味，如今特色店。

育秧苗

刘晶男

五亩良田秧苗旺，谷雨季节春耕忙。
撒下高产优良种，秋来丰收多打粮。

赏古乐

刘晶男

古乐曲扬悦心扉，音符如诗梦萦回。
悠闲怡然细欣赏，典雅词中品精髓。

迎世博

纪 越

上海世博美如画，世界人民齐声夸。
万千科技成果展，“东风”之冠披红霞。

迎世博

杨雨嘉

虎年迎世博，心里比蜜甜。
中国已强大，人民笑开颜。

迎青奥

杨雨嘉

年年喜事多，今有迎青奥。
大家来参加，友谊最重要。

秋

杨雨嘉

金桂十里香，红枫已抹霜。
天高柔云淡，芦花飘入江。

流 萤

杨雨嘉

月光透树隙，遍地撒碎影。
路人不忍踩，想起那流萤。

游 园

杨雨嘉

抬眼望天白云悠，正是旅游好时候。
春风吹得游人醉，曲桥过后是阁楼。

赞世博

单宇哲文

欢唱世博美如画，科技成果放光华。
各国朋友来上海，遍地盛开文明花。

暑 假

单宇哲文

暑假两月欢乐多，草地花丛蝴蝶捉。
池塘如镜荷花绽，光阴似箭秋穿梭。

冬

单宇哲文

蜡梅数点飘香馨，一年悲欢萦我心。
岁寒三友冬作伴，冰天朔九盼春临。

桃园春色

单宇哲文

桃花四月开，春色映亭台。
孩子花中影，妈妈笑开怀。

赞世博

丁 萌

五月上海世博开，科技成果真精彩。
最大盛会中国办，人类文明登展台。

小桃园

庞卉冉

五月桃园美，芳香十里飘。
踏青寻艳处，人比桃花娇。

春 赋

尹 萍

绿叶抽芽春天来，雪白梨花满树开。
疑是白雪未融尽，诗意春景醉心怀。

迎青奥

刘小涛

五洲健儿聚南京，青奥盛会悦人心。
全民动员齐参加，大家都把青奥迎。

咏 梅

刘小涛

梅花山上梅似海，傲雪凌寒竞相开。
繁花似锦如流水，争奇斗艳香自来。

咏 师

刘小涛

小树园丁栽，育人老师来。
满园桃李艳，师爱暖心怀。

桃花赞

吴一帆

万朵桃花枝头开，近闻远看惹人爱。
待到桃花落地时，青青毛桃香气来。

夏

吴一帆

夏风轻吹柔，蛙鸣蝉自悠。
骄阳烈似火，农人汗水流。

星 夜

吴一帆

麦子熟了催收成，农民挥镰月作灯。
夏收夏种抢季节，睡半夜来起五更。

桃花颂

房梦婷

古城桃园下，绿水映红霞。
小燕树头唱，句句赞桃花。

咏校园

房梦婷

处处有绿荫，校园好温馨。
伙伴互关爱，学习须辛勤。

桃园春色

房梦婷

桃园春色美，碧水燕子飞。
漫步花丛里，流连不想归。

春　桃

张德贤

冬去春来花竞放，朵朵桃花风中香。
燕子归来树梢站，莺啼声声赞家乡。

赞桃花

孟　冉

园中桃花美，拂面春风吹。
枝头蜂蝶舞，树下游人醉。

蔷薇花

陈王羽婷

近看如飞雪，远看似红霞。
苦寻此花名，才识蔷薇花。

梅　花

陈王羽婷

东郊梅花开，引得游人来。
蜂蝶花中舞，赏花不要摘。

蔷薇花

朱丽燕

蔷薇树丛中，飘来花香浓。
朵朵色色艳，枝枝舞春风。

桃花赞

朱丽燕

春来桃花开，花美人不摘。
淡淡芳香逸，引得蜂蝶来。

赞桃花

陈　霖

桃花朵朵绽枝开，阵阵清香扑入怀。
黛玉葬花伤春逝，文人墨客兴致来。

重阳寄思

陈　霖

菊香蟹肥金桂香，红叶枝头迎初霜。
此节不随游子便，登高怎敢望故乡。

谈读书

陈　霖

莫言读书无甚用，恩怨荣辱气不同。
酸甜苦辣人生事，都付诗词歌赋中。

春

陈　霖

万物复苏天地醒，莺歌燕舞迎春来。
最是桃花无管束，皇城根处任性开。

作诗有感

陈　霖

细雨沙沙难入眠，夜阑人静作诗篇。
临镜感到倦意现，不觉已是三更天。

白　云

陈　霖

云朵缀青天，无虑自悠闲。
飘然四处去，得意伴神仙。

偶　感

陈　霖

北风呼啸泣鬼神，雪覆群山空无人。
世事更替无穷尽，严冬过后是新春。

伤　春

陈　霖

柳絮飘零如白发，玉兰冰骨亦成沙。
韶光莫嫌春色老，我自风后叹落花。

抒　情

陈　霖

倚栏对月晚风轻，好梦团圆谁与凭？
纵使语言千万句，难抒心中一缕情。

游春图

陈　霖

百花争芳菲，云霞岭上飞。
江山多娇美，游人忘返归。

池　塘

纪　超

鱼虾嬉戏水草间，鹅鸭追逐似悠闲。
遥闻乡童歌声朗，霞光透叶波映莲。

桃园春色

纪　超

莺歌燕舞桃花开，柳枝吐翠春风来。
山水城林似仙境，游人川流乐徘徊。

赞桃花

陈　林

三月桃花开满园，花香四溢城河边。
南方燕子归故里，人欢地暖闹春天。

长城颂

李璐璐

八达岭上卧长龙，矫首昂视展雄风。
长城内外山河美，国歌声声印心中。

师恩赞

李璐璐

时看窗内师碌影，不觉双眼泪晶莹。
课堂传授新知识，永铭恩师关怀情。

春

李璐璐

蜡梅香未尽，迎春早来报。
一年希望始，勤学志向高。

梅 雪

李璐璐

雪有千分白，梅可十里香。
两者交辉映，天地唱红娘。

荷

李璐璐

蝉鸣心亦烦，启窗而抚帘。
惊鸿一瞥时，夏荷绽娇颜。

初 夏

李璐璐

树上蝉初鸣，隐身不见形。
烈日炎炎照，桃李已凋零。

春

李璐璐

惊觉春又临，微风拂面轻。
孩童追黄蝶，童心如天青。
儒士行小径，吟诗颂春情。
田野百花盛，又闻布谷鸣。

赞桃花雨诗社

李璐璐

桃花诗社雨，正是艳阳天。
今日花初绽，明朝硕果甜。

望 莲

李璐璐

远眺夏荷碧水间，青翠绯红展玉颜。
倾力尽心来献美，只愿莲蓬岁岁甜。

蔷 薇

李璐璐

或浓或淡皆美艳，似火如雪亦灿烂。
不及幽兰仙人姿，别有一番馨香献。

枫 叶

李璐璐

遥望山间一片红，宛若红霞现芳踪。
始是惊觉秋将尽，登山只为见秋浓。

校 园

李璐璐

小小红亭楼间坐，妙语笑靥亭中多。
只待脆铃复响起，人去亭空声静默。

枫

陈佳佳

柳河湖畔枫似火，瑟瑟金风拂秋禾。
喜吟时节中秋过，满山红叶似蝶蛾。

端午节有感

陈佳佳

端午时节屈原祭，粽撒汨罗江上情。
爱国诗人离骚颂，千秋万代赞忠魂。

颂母亲

陈佳佳

孩提口中餐，慈母手中铲。
离家细叮嘱，唯恐迟迟还。

早　春

陈佳佳

新枝如翠滴，小草轻轻语。
欲问和煦风，春光在哪里？

农夫颂

李琼媛

正午艳阳照，农夫真辛劳。
无视炎热天，汗水育禾苗。

画中人

李琼媛

淡墨细笔意犹长，画中人物臂舒张。
瞻其眉目忧常在，谁人知晓心思乡。

喜　雨

李琼媛

细雨人间飘，入田润麦苗。
农民乐开怀，今秋收成高。

悦　曲

李琼媛

幽径闻鸟啼，步履渐行疑。
远处天籁曲，不觉夕阳西。

乡间桃景

李琼媛

枝条翘柔颜，雨水润绦弦。
歌声满田野，桃花丽少年。

赏　景

赵　甜

皓月徐徐落天幕，彩霞丝景铺苍穹。
晨风拂动飘柳叶，朝阳冉冉东方红。

报母恩

赵　甜

亮丽青丝成白发，沧桑岁月苦年华。
为儿为女青春逝，欲孝娘恩报国家。

夏　夜

赵　甜

天空墨染缀星光，月色皎洁映门窗。
夏夜幽静人欲睡，荷塘月色沁芬芳。

端午节有感

赵　甜

粽子香扑鼻，龙舟赛大江。
屈原深爱国，天向万年芳。

秋　枫

赵　甜

浓浓白云铺青天，满山红叶惹人欢。
丹枫宛如艳阳照，秋风送出好诗篇。

菊

赵　甜

十里秋菊沁芬芳，薄雾朦胧描素装。
色彩缤纷齐争艳，姿态婀娜耐寒霜。

梅

赵　甜

皑皑白雪为冬袄，点点蜡梅迎风傲。
世间何花敢比拟，冰天雪地幽香绕。

校园二首

赵　甜

其一

绿树成荫百花香，小鸟啼鸣展翅翔。
同学认真把课听，微风阵阵送清凉。

其二

窗外朵朵白云飘，紫花瀑布把蝶招。
阳光灿烂微风拂，朗朗书声冲云霄。

荷

赵　甜

荷花仙子立清波，蛙蝉声声唱恋歌。
绿叶连天牵玉手，采莲姑嫂乐呵呵。

葡萄架下

黄雪澄

葡萄架下把书捧，漫游知识海洋中。
琅琅书声传入耳，欢声笑语乐融融。

世博会

黄雪澄

上海世博今召开，展示科技低碳来。
五洲朋友齐欢聚，文明接待巧安排。

校园三首

黄雪澄

其一

梧桐树下把天聊，他有烦恼把我找。
操场开满友谊花，同学牵手上跑道。

其二

走进校园门，树木绿成荫。
百花争斗艳，师生好温馨。

其三

春光满校园，百花互争妍。
年少青春展，写诗赞春天。

笛　声

黄雪澄

笛声悠扬振我心，清脆欢快倍觉亲。
思绪随入童年梦，幸福快乐今难寻。

江　景

黄雪澄

云雾锁长江，船停难远航。
遥看一江水，滔滔向东方。

太空进餐

黄雪澄

粒粒盘中餐，搬到太空间。
欲尝用吸管，碗筷丢一边。

桃 花

黄雪澄

春风吹大地，桃花穿粉衣。
低垂红发髻，娇姿惹人迷。

曾 经

黄雪澄

四月桃花雨，迎来万木春。
诗坛芳草绿，还看后来人。

游小桃园有感

黄雪澄

古城斑驳沧桑留，小径曲弯百姓游。
细览桃园醒幽梦，腾飞家乡志方酬。

江 景

黄雪澄

云雾锁大江，船停难远航。
遥看一江水，滔滔向东方。

荷

黄雪澄

遥望湖光波泛绿，小荷尖尖立青蓬。
少女撑船来采撷，荷艳藕香入画中。

乡 村

黄雪澄

城市喧嚣令人恼，乡村生活享清闲。
稻花香飘沁心肺，流水小桥唱人间。

端午节有感

黄雪澄

千年泪岁颂屈原，江水滔滔唱英雄。
粽香端午伴艾叶，迎来盛世万花红。

时 间

黄雪澄

春梦人惊醒，窗外杏花落。
时光快如梭，岁月成蹉跎。

鲤 鱼

黄雪澄

一条鲤鱼水里游，浑身大红如灯笼。
游东游西游南北，跳过龙门就成功。

校园生活多快乐

徐 萌

黑板粉笔字清晰，操场排列队整齐。
校园生活多快乐，老师同学齐欢喜。

端午节有感

徐 萌

香粽装满筐，艾叶正飘香。
门上桃枝插，家家庆端阳。

夜 读

徐 萌

苦读敞轩窗，月影共彷徨。
心中无一物，何处有文章。

小桃园

徐　萌

小桃园里走来回，桃花玉兰和蔷薇。
满园香气扑面来，美景熏得游人醉。

盼新年

徐　萌

眼看春节又要到，欢天喜地真热闹。
日子过得比蜜甜，生活越来越美好。

昙　花

徐梦茹

自古蝴蝶恋红颜，怜得昙花一瞬间。
欲看芬芳争艳美，仅留清香满人寰。

一人有难大家帮

徐梦茹

深深爱流暖心房，同学生病捐款忙。
家长接款涕泪流，一人有难大家帮。

赞诗社

徐梦茹

桃雨渗诗意，芬芳绿草地。
社员齐努力，校园满桃李。

莲

徐梦茹

一个小姑娘，端坐水中央。
身穿雪白袄，纯洁吐芬芳。

西湖梦曲

徐梦茹

琵琶弹奏断桥边，万马嘶鸣心上弦。
梦里传来西子曲，雷峰高塔接青天。

月亮婆婆上班

陆　璐

月亮婆婆上班早，她怕宝宝不睡觉。
爬上窗口望一望，咦，宝宝在哪里？
宝宝正在梦乡里，妈妈把她轻轻摇。

狮子山

陆　璐

狮子山头阅大江，绿木丛中花草香。
春天登山不觉冷，东风伴我迎朝阳。

小海豚

陆　璐

小海豚，真可爱，水中顶球好精彩。
索要掌声太失态，引得大家乐开怀。

小　猫

陆　璐

小猫小猫真可爱，打滚逐球乐开怀。
晚上捉鼠本领大，奶奶夸它好乖乖。

赞诗社

陆　璐

诗社桃花雨，里面孩子欢。
拿起手中笔，写下诗千篇。

校园冬景

陆　璐

北风北风在呼啸，吹得桐叶满地飘。
百花群芳凋零时，唯有青松风中傲。

校园春色真美丽

陆　璐

校园春色真美丽，枝头小鸟恰恰啼。
花坛小草翠又绿，大家都要去爱惜。

思　乡

胡　怡

游子他乡心欲思，忆起当年泪不止。
自古多少漂泊客，遥望明月想家时。

心　境

胡　怡

郊外绿地阔，碧野青草多。
遥望天连地，我心静无波。

赞　师

胡　怡

微风拂起数银丝，额上滴下万颗珠。
不辞劳苦传知识，怎能不来细念书。

校　园

胡　怡

校内青松直耸天，坪中草绿百花鲜。
楼间教室把歌唱，欢声笑语满校园。

城　市

胡　怡

蓝碧苍穹下，巍楼耸入天。
朝霞红似火，古都展新颜。

世博会

胡　怡

上海世博开，场馆放光彩。
五洲精品展，朋友远方来。

美　景

胡　怡

青藤翠蔓树身缠，池水涟漪波小潭。
心旌荡漾如蝶梦，自古美景在深山。

秋　景

刘明昊

黄叶枝头挂，唯我爱菊花。
秋光波上潋，山色映红霞。

秋　收

刘明昊

一年四季盼秋收，农民欢笑田中走。
金色稻谷堆成山，白云弯腰共牵手。

小雨滴

刘明昊

小雨滴，笑嘻嘻，喜看青山可美丽。
小雨滴，落下地，小草唱歌秧苗喜。
小雨滴，飘风里，孩子打伞上学去。

端午节有感

刘明昊

端午时节忆屈原，离骚诗篇万口传。
河上龙舟竞赛走，岸上粽香满人间。

同　学

朱梦捷

挽手同迈步，春风脚下路。
团结并肩行，人生不孤独。

秋　收

朱梦捷

远处枫叶红似火，山中农民笑开怀。
果香随风飘万里，稻浪千重丰收来。

赞诗社

朱梦捷

四月桃花雨，枝头小鸟啼。
诗星天上笑，孩子来吟诗。

赞老师

朱梦捷

皱纹上脸发如霜，粉笔枝枝画太阳。
学子何日来报答？春风桃李百花香。

春二首

朱梦捷

其一

土中有根枝，孕藏新生机。
苗露吐黄嫩，提示春已至。

其二

三月和风轻拂面，桃红柳绿是春天。
一年之计春为首，莫误春光好少年。

夜来香

朱梦捷

夏夜黑如墨，天际流星落。
忽闻幽香飘，夜来香魅惑。

秋游栖霞

包嘉庆

秋游结伴去栖霞，满山红枫胜百花。
金风贪景山河恋，引得游人忘归家。

秋　天

包嘉庆

谁言秋日叶枯黄，我说此时比春阳。
只看百花皆零落，唯有晚菊傲风霜。

雪　后

王明珠

雪后山城花叶凋，犹如鹅毛落园庭。
儿童上学迎风唱，逗得花狗踩脚印。

荷塘中

王明珠

粉荷羞涩会心笑，翠叶陪衬更妖娆。
莹珠滴池忙汇报，金鱼探脑吹口哨。

景

王明珠

凉月如眉镶天寰，翠柳若丝挂水湾。
南京三月桃花雨，金鲤振鳞跃岸滩。

垂　钓

王明珠

小儿备饵妇搓丝，父饮垂钓口吟诗。
日出两竿鱼正食，一家欢笑在塘池。

端午节有感

刘一凡

微风送粽香，屠苏迎端阳。
莫忘祭屈原，情洒汨罗江。

梅

刘一凡

红梅幽香飘，三月春平潮。
一年希望始，勤学志气高。

秦淮河

刘一凡

秦淮河水向西流，浪淘千古水悠悠。
碧波映出金陵美，我乘龙舟河上游。

花　坛

刘一凡

学校花坛多娇艳，万紫千红在春天。
花儿迎春娃娃笑，浇水换来朵朵鲜。

春到校园

刘一凡

春到校园风光好，小草发芽对我笑。
大家脱去厚冬装，换上新衣唱歌谣。

秋到下关

刘一凡

下关秋天好风光，菊花缤纷落叶扬。
丹桂飘香景色美，阅江楼上看夕阳。

凭吊雨花台

刘一凡

雨花台上放光彩，鲜艳花朵盛世开。
凭吊先烈高举手，建设祖国我们来。

小　亭

林雪月

小亭独处林荫间，鸟啼虫唱蝶翩跹。
烈日骄阳如灼焰，亭中凉爽赛神仙。

咏桃花雨诗社

林雪月

四月桃花雨，芬芳绿柳堤。
诗星新起日，花赞鸟鸣啼。

老父盼子归

张维智

少小离深山，金陵把家安。
城市虽然好，父盼儿早还。

落　花

陈陆巍

春风好似柔情女，横面吹下千般愁。
彩瓣飘洒桃花雨，浮在清溪向东流。

赞诗社

陈陆巍

四月桃花雨，芬芳换地衣。
诗坛新辈出，孩子爱诗词。

庆元旦

陈陆巍

元旦家家酒肉香，儿童笑盈着新装。
烟花爆竹空中舞，社会和谐盛世昌。

端午有感

陈陆巍

屈原爱国投汨罗，浩气长存留长河。
如今端午来怀念，碧水青山唱九歌。

夏荷二首

陈陆巍

其一

夏雨濯清涟，艳装宛若仙。
碧叶嬉红鲤，轻浪涟漪溅。

其二

晨雾嵌红烟？泛舟梦绕牵。
碧叶迎风浪，羞荷映连天。

黄　河

陈陆巍

浊水流沙万里行，惊涛骇浪闯峡关。
黄河之水亘古在，延绵不绝育神川。

离　别

陈陆巍

枝上鸟悲鸣，小河流水吟。
与君泪话别，人去亦留情。

校　园

苏　薇

独思在课间，临窗观校园。
梧桐参天下，紫藤互攀连。

赞桃花雨诗社

苏　薇

四月桃花雨，飘飘落心田。
诗中无穷乐，熟记三百篇。

赞母亲

苏　薇

闻母脚步声，送菜热气腾。
全家衣食住，慈母忙不停。

端午乐

苏　薇

端午时节家家乐，妈妈包粽送亲人。
爷爷奶奶交口赞，粽香悠悠感母恩。

菊　花

王　敏

名花异卉不胜寒，独爱秋菊在世间。
不与红枫来比美，风霜过后尽开颜。

春 雨

王 敏

春雨丝丝落，春风拂柳梢。
絮飞原野绿，小草唱歌谣。

端午有感

王 敏

距今已隔数千年，千古离骚壮丽篇。
伟大诗人身献国，汨罗江畔万花鲜。

赞老师

王 敏

天天都操劳，育苗汗水浇。
园丁人称赞，孩子唱歌谣。

春 意

王 敏

春风吹大地，花开争妍丽。
草木唯恐后，新芽增春意。

春

王 敏

四季景各异，春天胜一筹。
花草铺地开，湖水映城楼。

赞诗社

陈乐乐

桃花诗社大门开，同学争相涌进来。
老师百里来挑一，个个都是小人才。

校园图书馆

陈乐乐

校园书馆藏书多，我在书馆常静坐。
从小读破万卷书，根深叶茂不蹉跎。

凭吊雨花台

陈乐乐

雨花台上放光彩，鲜艳花朵盛世开。
凭吊先烈心默念，建设祖国我们来。

花

孙振宇

花开花落飞满天，顺应自然勿垂怜。
若是红花仍有意，化作果实献人间。

山中小景

蒋 萌

山高流水远，水静明月闲。
美景无可比，生活不羡仙。

叶

葛超越

生来清秀默无闻，百花丛中作陪衬。
看似平凡却伟大，落叶归根尽终生。

忆楚江

葛超越

万里乾坤朗，故人思楚江。
对酒慨而慷，水月洞天长。

赞母亲

韩华卉

母亲笑颜开，全是为我来。
上辈寄厚望，要做栋梁材。

端午节有感

韩华卉

滚滚江水东流去，屈原为国投汨罗。
今日社会人们乐，泉下有知五月歌。

桃园春

陈金华

红桃绿柳满园春，春光灿烂引游人。
墙雄桥曲亭乐赏，下关名胜五洲闻。

学　习

王　华

学习道路困难多，难题高山一座座。
信心恒心皆具备，知识视野更开阔。

桃花雨

王　华

三月雨纷纷，桃园喜逢春。
处处红映绿，桃花雨怡人。

端午节有感

王　华

五月端午乘风来，千家万户喜相迎。
绿苇香粽屈原祭，汨罗江水万古情。

春

杨润子

春风拂大地，春雨润物苏。
风雨共携手，催生草木绿。

难　忘

杨润子

同胞三十万，日寇刀下亡。
亿万中国人，雪耻永不忘。

赞母亲

杨润子

天涯海角万里行，母爱永记女儿心。
千辛万苦从不悔，无私伟大是母亲。

赞桃花雨诗社

庞　淦

四月桃花雨，滋润同学心。
笔下好词句，敢于比诗经。

端午节有感

庞　淦

犹记屈原立江边，离骚天问飘蓝天。
诗人爱国情似火，五月端阳万代传。

墨　竹

庞　淦

轻笔添神韵，墨竹伴浮云。
大师好手笔，处处有人寻。

烛

庞　淦

红衣伴火光，照亮室四方。
忽忆老教师，如烛放光芒。

春

赵阳明

春风拂面颊，清凉入心田。
百花齐绽放，娇艳惹人怜。

赞诗社

周冰倩

四月桃花雨，芬芳满金陵。
春光无限好，美景诗中寻。

雪中登阅江楼

孙　扬

江南名楼神州闻，山城水色唤游人。
欣看狮岭春雪舞，银装素裹仪凤门。

赞母亲

周冰倩

小儿幼时母哺育，十年长大转身离。
儿行千里母担忧，至爱无上感天地。

狮子山雪景

陈　祥

大雪扮狮山，初春古寺寒。
满坡松林翠，楼宇壮城关。

赞桃花雨诗社

周　明

四月桃花雨，绽开万树花。
诗香传四野，词句放光华。

咏金陵

李海伊

朝闻鸡鸣啼破晓，遥看玄武花琼瑶。
夫子庙前灯万盏，夜泊秦淮文德桥。

夏

刘新雨

芙蓉出兰沼，残月入小桥。
落红已成土，不堪雨潇潇。

书

仇紫琪

满腹经纶百事通，墨香撩人醉其中。
万千知识数不尽，学子乘舟游兴浓。

玫　瑰

刘新雨

激情满怀花中蕴，尖锐刻薄刺下存。
孰人不知其美艳，何贤才解满乾坤？

春　雨

王欢欢

春雨润万物，百花竞芬芳。
窗外迎飞燕，得诗喜欲狂。

春 天

刘 莉

风和日丽天气晴，万物复苏晨鸡鸣。
百花争艳江山秀，河清海晏歌升平。

春 天

姚 广

绿柳桃红满地春，百花竞秀画惊人。
蜂飞蝶舞乐四起，江南处处新农村。